KB114035

겨울을
반갑하다

결혼을 반납하다 1

초판 1쇄 찍은 날 | 2015년 3월 17일
초판 1쇄 펴낸 날 | 2015년 3월 25일

지은이 | 리브
펴낸이 | 서경석

편 집 장 | 권태완
편집책임 | 나정희
편 집 | 최고은

펴낸곳 | 도서출판 청어람
등록번호 | 제387-1999-000006호
등록일자 | 1999. 5. 31
어람번호 | 제5-0405호

주소 | 경기도 부천시 원미구 부일로 483번길 40 서경B/D 3F (우) 420-822
전화 | 032-656-4452 팩스 | 032-656-4453
http://www.chungeoram.net
E-mail | chungeorambook@daum.net

ⓒ 리브, 2015

ISBN 979-11-04-90156-0 04810
ISBN 979-11-04-90155-3 (SET)

※ 파본은 구입하신 서점에서 교환하여 드립니다.
※ 저자와 협의하여 인지를 붙이지 않습니다.
※ 이 책은 도서출판 청어람과 저작자의 계약에 의해 출판된 것이므로,
　　무단 전재 및 유포 · 공유를 금합니다.

1

결혼을 반납하다

Chungeoram romance novel

리브 장편 소설

도서출판

청어람

Contents

1

은밀한 조력자와의 재회

손에서 떨어진 우산이 바닥을 나뒹굴었다. 빗물이 스며든 옷자락은 피부에 서늘하게 달라붙었다.

"강태현……."

한두 번 본 것도 아닌데 서윤의 눈은 왜 아직 적응을 하지 못할까. 세련된 옷차림의 여자와 팔짱을 낀 채 우산을 쓰고 가는 그. 온갖 식료품으로 불룩해진 비닐봉지를 들고 서 있는 제 모습이 새삼 한심하게 느껴진다.

세차게 몸을 두드린 빗방울이 그대로 손가락을 타고 흘러내린다. 젖은 손가락 사이로 비닐봉지가 자꾸만 미끄러진다. 그 탓에 모양이 예쁜 것들로만 골라 담은 사과들이 비참하게 바닥에 나뒹굴었다. 현재 그녀의 모습처럼.

입술이 파르르 떨렸다. 실은 다 때려치우고 싶었다. 양팔을 떨리게 하는 무거운 비닐봉지도, 살아 있는 인형 취급 받는 현실도.

하지만 빗줄기 너머로 어슴푸레 보이는 어머니의 환상(幻像)에 애써 눈물을 참고 비가 와 질척해진 땅바닥에 손을 뻗어 사과를 주웠다. 만약 이 순간 시어머니나 시누이라도 만났다간 역시 천한 것은 어쩔 수 없다며 그런 걸 어떻게 먹느냐고 한바탕 핀잔을 들었을 것이다.

흙탕물로 더러워진 사과는 눈에 잘 띄지 않게 비닐봉지 밑바닥에 쑤셔 넣었다. 서윤은 손등으로 눈가를 쓰윽 훔친 후 우산을 들고 자리에서 일어났다. 그것만이 불안정한 현실을 묶어놓을 수 있는 유일한 방법이므로.

"저……."

강한 빗줄기 소리를 뚫고 들려오는 남자의 목소리에 그녀의 심장이 밑바닥까지 추락했다가 가까스로 제자리를 되찾았다. 놀란 가슴을 추스르며 높지도 낮지도 않은 듣기 좋은 목소리에 저도 모르게 고개를 돌리자,

"서, 서현후?"

"와, 역시 맞구나. 한영중학교 2학년 3반, 3학년 1반이었던 이서윤."

가슴을 방황하다

중학교 2, 3학년 때 같은 반이었던 옛 동창 현후의 모습이 보였다.

※　✖　※

"주문하신 레모네이드 두 잔 나왔습니다."

서빙을 하는 직원이 레모네이드 두 잔을 내려놓고 사라지자 현후가 그중 하나를 서윤 쪽으로 밀었다.

"정말 오랜만이다. 고등학교 2학년 때 잠깐 학원 같이 다닌 이후로 처음이지?"

서윤과 현후는 중학교 때 2년 연속 같은 반인 데다 3학년 1학기 때는 반장, 부반장까지 하며 꽤 친하게 지냈다. 하지만 이후 각기 다른 고등학교에 진학하면서 얼굴 보기가 힘들었다. 고등학교 2학년이 되었을 때 같은 영어 학원에 다니며 잠깐 만나긴 했지만, 얼마 못 가 서윤이 말없이 영어 학원을 그만두는 바람에 연락이 두절되었다.

"그러게. 한 3년 정도 되었나?"

지금이 스물한 살 가을이니까 그런 풋풋하던 기억도 3년이나 된 머나먼 일이다.

"뭐, 만나진 못했지만 소식은 대강 전해 들었어. 내가 발이 좀 넓잖아."

한쪽 눈을 찡긋해 보이는 현후에게선 여전히 어릴 적 모습을 발견할 수 있었다. 저 눈웃음에 참 많은 선생님들이 넘어갔지. 겉보기엔 멀쩡해도 의외로 뺀질거리는 녀석이라 숙제를 잊어서 안 해오기도 하고 하기 싫어서 안 해오기도 했지만, 저렇게 눈웃음을 치면 웬만한 선생님의 경우 크게 야단치지 못했으니까.

"발이 넓기는, 밝은 척하면서도 의외로 좀생이라 정말 친한 애는 한두 명밖에 없었으면서."

"어어, 그걸 알고 있었단 말이야? 이거 곤란한데……."

옅은 미소를 띠고 있던 얼굴이 삽시간에 찌푸려지는 것을 보며 서윤은 저도 모르게 웃고 말았다.

"푸훗."

이렇게 웃어본 게 대체 얼마 만인가. 한동안 잊고 지냈던 웃음이다.

"역시 넌 웃는 게 그나마 낫다니까."

"말을 해도 꼭 그런 식으로……."

"사실을 말한 게 죄는 아니잖아?"

상냥한 천사처럼 생긋 웃는 그의 모습은 예전과 똑같이 얄미웠다.

"흥, 됐어. 그건 그렇고, 이 근처엔 무슨 일이야?"

"나 얼마 전에 이 부근 오피스텔로 이사 왔거든. 혼자 살게 됐는데 이놈의 냉장고엔 아무것도 없지, 배는 아무거나 넣어달라고 시위를 하지, 할 수 없이 먹을 거 구하러 나왔는데 웬 섹시한 여자의 뒷모습이 눈에 들어오는 거야. 그래서 말을 걸었는데…… 너였네?"

이…… 우라질 놈의 새끼. 떨어져 있는 시간 동안 능청스러움은 물론이요, 이상한 사고방식과 말투는 덤으로 늘어난 것 같다.

"너 좀 이상해진 것 같아."

"더 매력적으로 바뀐 것 같지? 요새 운동한 게 효과가 있나 봐."

예전엔 이 정도까지는 아니었는데 어쩌다 이렇게 된 걸까.

"헛소리는 꿈에서나 해."

"아하하, 미안, 미안. 넌 어때? 잘 지내고 있어? 정말 깜짝 놀랐어. 어떻게 내게 한마디 귀띔도 없이 결혼을 하냐? TV로 그 사실 알고 한동안 쇼크였다고."

지금 생각해 보면 자신이 왜 그런 미친 짓을 저질렀는지 모르겠다. 결혼 따위 절대로 하지 않겠다며 입버릇처럼 달고 다니던 내가 재벌 도련님과 소설처럼 만나 번갯불에 콩 구워 먹듯 결혼식을 올린 것은 인생 최대의 실수였다.

"뭐…… 그동안 연락이 안 됐잖아. 아, 나 이제 그만 가봐야 해. 만나서 반가웠어. 먼저 일어날게."

현후와 있어봤자 옛날 생각에 더 괴로워질 것 같았다. 서윤이 서둘러 자리에서 일어났을 때, 그가 무언가를 내밀었다.

"그럼 앞으로 연락 좀 하고 살게 번호 입력해."

현후가 내민 검은색 스마트폰에는,

"어, 이거 아직까지 갖고 있었어?"

중학교 3학년 때 반 소풍으로 놀이공원에 놀러 갔을 때 샀던 토끼 모양의 핸드폰 고리가 달랑달랑 매어져 있었다. 귀퉁이가 여기저기 닳긴 했지만 여전히 제 모양새를 갖추고 있는 핸드폰 고리를 보며 서윤은 다시 한 번 추억에 잠겼다.

"한번 달고 나니까 바꾸기 귀찮아서 내버려 두게 되더라고. 자, 빨리 번호나 입력하셔."

이거 웃기는 놈일세. 옛날에 가지고 있던 은색 핸드폰은 요즘 유행하는 최신 폰으로 바꾼 주제에 핸드폰 고리는 귀찮아서 못 바꾸었단다.

서윤은 아무 번호나 적당히 찍어 누르고 가게를 나서려 했다. 즐거웠던 학창 시절을 공유한 현후와 연락을 주고받다가 비참해진 현재의 모습을 들키고 싶지 않았다. 태연하게 미소와 함께 거짓 번호가 찍힌 핸드폰을 돌려주고 가게 문을 힘차게 여는 순간,

"이 번호, 없는 번호라는데?!"

뒤쪽에서 그가 피식 웃으며 소리쳤다.

자식, 목소리 한번 더럽게 크네.

덕분에 카페 안 사람들의 시선이 전부 서윤과 현후에게 쏠렸다. 예전 같으면 남들이 쳐다보든 말든 별 신경 안 썼겠지만, 누군가의 부인이자 아내라는 입장은 여러 가지를 생각하게 만들었다. 이것이 크게 부풀려져 시댁에 전해질지도 모른다는 생각이 들자 심장이 덜컥 내려앉았다.

그런 서윤의 마음을 아는지 모르는지 굳어버린 그녀 곁으로 다가온 현후가 조금은 슬퍼 보이는 옅은 미소를 띠고 물었다.

"나랑 연락하는 게 그렇게 싫어?"

무어라 말해야 할까. 그가 알고 있는 추억 속 이서윤은 이미 사라졌으니까 그 사실을 그에게 비밀로 하고 싶어서 연락하고 싶지 않다는 말을 어떻게 전해야 할까.

일그러지는 제 표정을 본 탓일까. 현후가 한숨 어린 미소와 함께 뒤로 한 발 물러섰다.

"알겠어. 그런 표정 짓지 마. 나까지 우울해지니까. 오늘은 여기서 물러날게. 대신……."

"대신?"

"만약 일주일 안에 다시 만나게 되면 그땐 반드시 번호 알려주기. 이 정도 내기는 괜찮지?"

별 쓸데없는 것에 내기를 갖다 붙인다고 생각하면서도 서윤은 순순히 고개를 끄덕였다. 이 이상 사람들의 시선을 끌고 싶지 않았기 때문이다.

"그럼 나가자."

싱긋 웃은 현후와 서윤은 따뜻했던 카페를 떠나 다시금 빗속으로 뛰어들었다. 차가운 빗줄기가 현실처럼 피부로 스며들었다.

현후와 헤어진 후 서윤은 집 앞 복도에서 절대 만나고 싶지 않은 사람 5순위 안에 드는 시누이 강아라를 만났다.

"뭐예요, 언니? 또 마트에서 장 봤어요? 그러지 좀 말라고 했잖아요. 우리 집안이 거래하고 있는 유기농 농가에 인터넷으로 주문하라니까."

"그러려고 했는데…… 주문하면 시간이 걸리니까 어쩔 수 없이……."

"그러니까 미리미리 체크해야죠. 언니는 하루 종일 집에 있으면서 그런 것도 안 살펴요?"

말 한번 참 예쁘게 한다. 윗사람이 아랫사람 갈구듯 말하는 그녀는 서윤보다 두 살이나 어렸다. 수능이 끝났으면 잘난 자기 친구들과 어울려 놀 것이지, 이처럼 오빠네 신혼집을 방문해서 서윤을 한 번씩 갈구곤 했다.

"어쨌든 들어와. 차라도 한 잔 줄게."

"됐어요. 오빠도 없는데. 나중에 오빠 오면 전해주세요, 언제 한번 식사나 같이 하자고."

"으응, 그래."

돌아서는 아라의 모습을 본 서윤은 천천히 심호흡을 했다. 오늘은 그나마 가볍게 넘어가서 다행이다. 저도 모르게 안도의 한숨이 흘러나왔다. 디지털 락의 비밀번호를 누르기 위해 손가락을 드는 순간, 바람에 실려 온 작은 중얼거림을 못 들었다면 더 좋았을 것이다.

"저러니까 오빠가 바깥으로 나도는 거지. 정말이지, 남자는 여자 하기 나름이라니까……."

서윤은 아무 말도 못 들은 척 태연하게 문을 열고 집 안으로 들어섰다. 숨 막히는 정적만이 그녀를 맞이해 주었다. 굳게 닫힌 철문 뒤로 어깨를 기대자 그제야 눈가를 비집고 눈물 한 방울이 흘러나왔다. 짧은 시간 너무 많이 울어서일까. 이제는 짭조름하지도 않고 싱겁기만 한 눈물이 입안으로 흘러들어 왔다.

무엇이 어디서부터 잘못된 것일까. 죽어도 결혼 따위 하지 않겠다는 자신의 신념을 어길 정도로 사랑해서 결혼했는데, 정말 이 남자라면 평생을 함께해도 괜찮다고 생각해서 결혼했는데……. 2년도 못 되어 달라진 그는 서윤을 너무나 힘들게 했다.

신혼 두세 달은 소설이나 영화에서 보아오던 것처럼 한없이 달콤하기만 했다. 둘이 같은 침대에서 잠들고 눈뜰 수 있다는 사실만으로도 즐거웠던 시간. 그가 곁에 있었기에 예법이니 뭐니 깐깐하게 구는 시어머니와 시누이의 잔소리도 참을 수 있었

고, 거북스러운 주변 환경도 견딜 수 있었다. 하지만 아무것도 의지할 게 없는 지금은,

"흐읍…… 흑……."

하루하루 버티기조차 힘들다.

시곗바늘이 저녁 9시를 가리켰다. 식탁 위에 차려놓은 식사는 또다시 만든 보람도 없이 식어가고 있다. 늦으면 늦는다고, 친구와 밥 먹고 들어온다고 문자라도 해주면 좋으련만 그는 아무런 연락이 없었다. 그렇다고 저녁밥을 안 차릴 수도 없는 게,

"언젠가는 일찍 들어올 수도 있으니까."

바보 같은 희망을 아직 버리지 못하고 있기 때문이다.

식어버린 밥은 밥솥 안에 던져 넣고 반찬들은 랩으로 깔끔하게 포장해서 냉장고에 집어넣었다. 깨끗하게 빨아놓은 행주로 식탁을 닦고 있는데 디지털 락의 잠금 해제 소리가 들려왔다.

"태현아."

평소와 달리 술에 취하지 않은 멀쩡한 상태의 그가 들어왔다.

"어, 어서 와."

같은 집 안에서 살 부대끼고 사는 남편이지만 실로 오래간만에 얼굴을 마주하는 느낌이다. 처음 만난 타인을 대하는 것처럼 긴장된다. 아무 말 없이 신발을 벗고 들어선 태현은 제 방으로 쏙 들어가 버렸다. 서윤이 뒤따라 들어가자 점퍼를 벗은 그가

무뚝뚝한 목소리로 말했다.

"내일 저녁 애들 몇 명 집에 올 거야. 준비해 둬."

"저녁 대접하는 거야? 몇 명이나 오는데?"

"그냥 집이나 청소하라고. 먹는 거야 시키든 사오든 알아서 할 테니까. 돈 줄 테니 밖에 나가 있어도 되고."

모처럼 나눈 대화의 결론은 내일 친구들이 방문하니 그녀는 밖에 나가 있으라는 말이었다. 기대하고 있던 제가 다시 한 번 바보가 된 기분이다.

"……나, 그냥 집에 있으면 안 될까? 조용히 있을 테니까."

서윤은 창피함을 무릅쓰고 입을 열었다. 태현이 다소 신경질적으로 웃옷을 벗어 침대 위로 던지며 대답했다.

"마음대로 해."

다음 날 아침, 태현이 학교에 간 사이 서윤은 집 안 구석구석을 살피며 정리하느라 바빴다. 나름 귀하게 커서 청소도 요리도 잘 못하던 그녀는 결혼한 지 2년도 못 되어 억척 주부가 다 됐다.

대청소를 하다 보니 오전 시간이 빠르게 지나갔다. 오후에는 근처 백화점에 들러서 이것저것 장을 봐왔다. 비상금을 쪼개어 신상 원피스도 한 벌 구입했다. 상큼한 오렌지 컬러가 마음에 쏙 들었다. 그의 친구들이 집에 놀러 온다니까 옷차림도 헤어스타일도 평소보다 몇 배는 신경 쓰이는 것이 적어도 그의 아내로서 흠은 잡히지 말아야겠다는 마음이랄까.

새 옷을 사는 건 정말 오래간만의 일이다. 생활비를 시부모님이 대주시다 보니 아무래도 눈치가 보여서 평소에는 본인의 치장이나 개인적인 용무에 돈을 쓰기 어려웠다. 비상금을 모은 것도 그녀가 틈틈이 재택 알바를 해왔기 때문에 가능한 일이었다.

저녁까지 시간이 얼마 남지 않았다. 나름 자신 있는 요리들로 접시를 채우고 부족하다 싶은 부분은 백화점에서 구입한 음식들로 메운 후 깔끔하게 상을 차려내니 100% 완벽하지는 않더라도 그럭저럭 봐줄 만했다.

음식 준비가 끝나자마자 서윤은 서둘러 새로 산 원피스로 갈아입고 옅게 화장을 했다. 오래간만에 마스카라를 잡는 손이 가볍게 떨렸다.

딩동.

"아, 태현이다."

디지털 락의 비밀번호를 입력해도 되는데 군이 초인종을 누른 것은 그녀에게 준비할 시간을 주기 위해서인가. 서윤은 마지막으로 커다란 거울 앞에서 옷매무새를 점검한 후 현관으로 나갔다. 문을 여니 태현을 비롯해 네 남자가 서 있었다.

"어서……."

예쁜 미소로 그들을 맞이하려는 서윤의 계획은 누군가에게 시선이 닿는 순간 산산조각 깨지고 말았다. 태현의 일행에 전혀 생각지도 못한 사람이 끼어 있었기 때문이다.

'서, 서현후?'

서윤과 눈이 마주친 현후가 입가에 화사한 미소를 그려냈다. 내가 이겼지 하는 자신만만한 표정과 함께.

순식간에 어이를 안드로메다로 출장 보내 버린 서윤이 멍하니 그 자리에 서 있자 태현이 인상을 찌푸리면서 그녀를 가볍게 흔들었다.

"왜 거기서 멍 때리고 있어, 자.기.야?"

모르는 사람이 들었다면 한없이 자상한 남편의 걱정 어린 말인 줄 알겠지만, 진실을 알고 있는 서윤은 그 안에 가득 담긴 짜증을 느낄 수 있었다. 한마디로 빨리 꺼져 달라는 거겠지. 현후를 제외한 태현의 친구 두 명이 남의 속도 모르고 시끄럽게 떠들어댔다.

"야, 자기야가 뭐냐, 닭살 돋게."

"그런 말은 둘이 있을 때나 하라고."

친구들의 말에 억지웃음을 머금는 태현. 그 모습이 참으로 애처로워 보인다.

"아, 나도 모르게 잠깐……. 어서 들어……."

"역시 서윤이가 맞구나."

서윤의 말을 예쁘게 잘라 먹으며 말을 건네는 현후였다. 서윤은 물론이요, 태현과 다른 친구들마저 뜻밖의 말에 놀라 그쪽으로 시선을 돌렸다.

"정말 오랜만이다. 중학교 동창을 여기서 보게 될 줄은 꿈에도 몰랐는걸."

오늘 처음 만났다는 듯 태연하게 말을 꺼내는 그다.

"와, 세상 참 좁네. 그러니까 현후 이 자식이 태현이 마누라 중학교 동창이라는 거지?"

"서윤 씨, 그때는 어떤 모습이었어?"

현후가 어떤 말을 꺼낼지 몰라서 불안에 떨며 서윤은 과일을 깎아주겠다는 핑계로 그들의 옆을 지켰다. 그녀와 현후의 관계를 알게 된 친구들의 호기심 어린 질문이 쏟아지고 있었다.

서윤은 막 깎아놓은 사과 한쪽을 집어 들며 입을 여는 이 모든 소란의 원흉이자 원수 같은 현후를 흘겨보았다. 만약 지금 이 자리에 태현과 다른 친구들이 없었다면 당장 그의 멱살을 잡아 던져 버렸으리라.

"완전 깐깐하고 무서운 반장이었어. 밑에서 부반장 하다가 죽는 줄 알았다니까. 조금만 실수해도 어찌나 잔소리가 심하던지."

그 말이 끝나자마자 서윤의 손에 들려 있던 과도가 실.수.로. 현후의 옆 바닥에 꽂혔다.

"미안, 미안. 손에 땀이 나서……."

"하하하, 현후 너도 참……. 저렇게 예쁜 서윤 씨가 널 무섭게 갈구다니 상상이 안 되잖아. 그치, 성민아, 태현아?"

눈치 빠른 친구 한 명이 점점 더러워지고 있는 서윤의 기분을 눈치챈 건지 애써 분위기를 수습하기 위해서 노력하는데, 그 노력에 보답하기는커녕 불난 집에 기름을 들이붓는 현후.

"이렇게 성격이 안 좋다니까. 틀린 말 한 것도 없는데 사람을 과도로 위협이나 하고."

능청맞게 웃으면서 떨어진 과도를 건네주는 모습에 서윤은 간신히 붙들고 있던 이성의 끈이 너덜너덜해짐을 느꼈다.

참자, 참자, 참자. 참을 인(忍) 자 셋이면 살인도 면한다고 하지 않던가. 참아야 한다, 이서윤.

저 녀석은 나중에 손봐주면 되는 거야. 태현과 그 친구들 앞에서 재벌가 며느리에 어울리지 않는 폭력적인 모습을 보여줄 순 없었다.

"실수라니까."

서윤은 입가에 이는 경련을 애써 참으며 참해 보이는 미소를 지었다. 그리고 배 하나를 집어 들어 현후를 패는 상상을 하면서 껍질을 마구 깎아댔다.

용서 못 해, 서현후. 네가 감히 날 갖고 놀아? 뭐, 일주일 안에 우연히 다시 만나면 번호를 알려줘? 빌어먹을, 지나가는 고양이가 탭댄스를 추겠다.

위워, 진정하자. 일단 상황을 좀 정리해 보자고.

한동안 연락이 끊긴 동창 현후를 다시 만난 것은 바로 어제. 그가 남편의 친구라는 타이틀로 집을 방문해 온 것은 그다음 날인 오늘. 그렇다면 현후는 처음 만났을 때부터 제가 태현의 아내라는 사실을 이미 알고 있었던 것일까?

태현의 친구면서, 그녀가 어떻게 살고 있는지 어느 정도 짐작하고 있으면서 아무것도 모르는 척 접근하다니. 당황하는 제 모습을 보면서 즐거워했을 녀석을 떠올리자 서윤은 오장육부가 비비 꼬이고 뒤틀리는 느낌이었다.

시간이 지나면 지날수록, 과일을 깎으면 깎을수록 그에 대한 분노가 가라앉기는커녕 산불처럼 타올랐다. 서윤은 무서운 기세로 깎아낸 과일을 접시에 올려놓은 후 놀란 사람들의 표정을 뒤로한 채 방 안으로 들어가 버렸다.

방으로 들어와 좋아하는 음악을 들으면서 마음을 식히기 몇 시간째. 언제 화났냐는 듯 놀라울 정도로 마음이 차분해지자 걱정이 스멀스멀 밀려왔다.

'내가 미쳐, 미쳐, 미쳐! 거기서 그런 모습을 보이면 대체 어쩌자는 거야? 친구들 돌아가고 나면 태현이가 무진장 화내겠지? 태현이도 태현이지만 만약 오늘 일이 시어머니나 아라 귀에

들어가면 여러 소리 나올 텐데…… 아, 어쩌면 좋아.'

침대 위를 뒹굴며 고민의 늪에 빠져 있을 때 문 두드리는 소리가 들렸다.

'태현인가?'

불안한 마음으로 일어나서 문을 열자,

"서, 서현후!"

예상 밖의 인물이 서 있었다.

"쉿! 다른 애들은 술 마시고 거실에서 자고 있어."

제 입술 위로 하얗고 긴 손가락을 갖다 붙이며 조용히 하라는 제스처를 취한 그가 살며시 문을 닫았다. 정적으로 가득 찬 공간에서 두 사람은 서로를 마주 보고 섰다.

"지금 뭐 하는 짓이야? 당장 나가."

조금 전의 상황을 떠올린 서윤이 차가운 표정으로 뒤돌아섰다. 현후의 입술이 미묘하게 일그러졌다.

"내게는 예전처럼 행동하면서 다른 사람들에겐 왜 그러지 못하는 거야?"

"무슨 소리야?"

"이게 너잖아. 태현이 눈치 보고 비위 맞추기에 바쁜 모습이 아니라 네 감정에 충실한 너, 다른 사람들에게 당당한 네가 진짜 너잖아. 그런데 왜 감추고 있는 거냐고!"

도저히 이해 못 하겠다는 듯 조금 전까지의 장난스러운 목소리는 집어치우고 맹수의 으르렁거림처럼 따져 묻는 그의 모습에 서윤이 입술을 질근 깨물었다. 그것은 그녀가 자신에게 때때로 던지는 질문이기도 했다. 학창 시절, 잘나고 당당하던 이서윤은 도대체 어디로 사라져 버린 것인가. 지금은 왜 바보 같은 모습으로 주변의 눈치나 보면서 살아가고 있는 것인가.

"……네가 무슨 상관이야? 너랑 아무 관련 없잖아. 신경 쓰지 마."

자신을 여전히 당당한 여자로 봐주는 그의 마음이 눈물 나게 고마웠지만 애써 외면했다. 모든 것을 원래대로 되돌리기엔 너무 늦었다는 사실을 잘 알고 있으니까. 쓸데없는 기대와 희망을 가지기보다는 그것을 외면하는 편이 훨씬 덜 아프다는 사실을 심장은 본능적으로 알고 있었다.

"하지만 신경 쓰이는걸."

낮게 중얼거리는 그의 말에 다소 오싹한 이유 모를 전율이 심장을 스치고 지나갔다.

"내가 무너지려 할 때 손잡아준 너라서 신경 쓰여."

현후가 살며시 다가와 서윤을 끌어안았다. 그의 손에서 그녀의 손으로 무언가가 전해졌다. 그것은 코팅이 된 낡은 종이 쪽지였다.

"다시 시작할 수 있잖아. 네가 내게 말했던 것처럼 용기를 내."

──이지러진 꽃잎 위로

초록빛 새싹이 돋아나고,

눈물을 자양분 삼아

붉은 꽃이 탐스럽게 피었다.

몇 년 전, 당당하던 이서윤이 방황하던 동급생 현후에게 건네 주었던 글귀. 이번에는 짭조름한 눈물이 서윤의 볼을 타고 흘러 내렸다.

현후는 그 모습을 안타까운 시선으로 바라보았다. 서윤과 함께한 중학교 3학년 시절의 기억은 그 무엇보다도 강렬한 이미지로 그의 뇌리에 남아 있었다.

"······죽는다는 게 뭘까?"

햇살이 눈부시게 빛나던 어느 여름, 현후는 서윤에게 지나가는 말로 물은 적이 있다. 권태로운 오후, 집 근처 피시방에서 며칠 후 국어 수업 시간에 발표할 조별 프레젠테이션을 준비하고 있을 때였다.

"끝이겠지."

다른 사람과 다를 바 없는 평범한 대답이었다. 본인과 똑같은 평범한 중학생의 머리에서 고차원적인 대답을 기대한 그가 바보였다.

깜박거리는 커서를 바라보며 글자를 채워 넣는데 재수 없는 얼굴들이 자꾸만 떠올라서 현후는 작업에 집중하기가 힘들었다.

본인도 모르게 욕을 내뱉으며 신경질적으로 자판을 두드리고 마우스를 내팽개쳐서일까, 그가 타자 치는 모습을 굳은 표정으로 바라보고 있던 서윤이 슬며시 일어나서 밖으로 나갔다. 하긴 놀랄 만도 하겠다. 배알 없는 사람처럼 실실 웃고 지내던 교실 속 모습과 현재 그의 모습은 하늘과 땅 차이, 즉 천지 차이니까.

"될 대로 되라지."

여기저기에서 긁어모은 자료들이 마구 뒤섞여 어지러운 모니터 화면을 보며 생각했다. 지금 본인의 상태가 이와 같다고. 너무 많은 생각이 밀물처럼 밀려들어 머릿속이 터져 버릴 것 같다고.

"될 대로 되면 내 수행 평가 점수는 어떡하라고."

그 순간이었다. 장난스러운 음성이 볼에 차가운 느낌으로 와 닿은 것은. 어느새 그의 곁으로 다가온 서윤이 차가운 사이다 한 캔을 쓰윽 내밀었다.

"레모네이드로 사올까 하다가 사이다 샀어. 뭔가 복잡해 보이는 얼굴인데 마시고 확 풀라고."

"이게 사이다지 술이야, 마시고 풀어버리게?"

투덜거리면서도 캔을 받아 든 그는 어른들이 맥주 마시듯 사이다를 쭈욱 들이켰다. 사이다가 시원해서인지 서윤의 말에 세뇌된 것인지 답답하던 가슴 한편이 조금 뚫리는 것을 느꼈다.

"자, 그럼 빨리 하고 집에 가야지."

마찬가지로 제 몫의 사이다를 깔끔히 비운 서윤이 그를 밀치고 모니터 앞에 앉아서 타자를 치기 시작했다. 한쪽으로 물러선 그는,

"그렇게 하면 이쪽 여백이 예쁘게 정리되지 않잖아."

"여기서 뭘 더 바라?"

우울했던 그 주, 처음으로 진심을 담아 웃을 수 있었다.

그날 저녁, 현후는 잠자리에 들면서 한 가지 다짐을 했다. 언젠가 여자친구를 사귀게 된다면 이 정도 센스는 가진 애와 사귀어야겠다는 그냥 그런 생각.

'아니, 그러니까 걔를 염두에 둔 것은 아니지만…….'

서글서글한 미소가 매력적인 서윤의 모습이 순간적으로 떠올라 당황해하며 설렘에 고개를 내저었던 밤. 그다음 날은 현후의 열여섯 번째 생일이었다.

서윤의 센스 덕분에 잠시 나아졌던 현후의 기분은 아침 식탁에서 아버지를 마주 대하는 순간 이전보다 더욱 깊이 가라앉았다.

빌어먹을 영감탱이. 물론 자신을 낳아주신 부모님께 이런 불

손한 어휘를 붙여서는 안 된다는 것은 잘 알고 있지만 비뚤어진 심장은 그 단어 외에 달리 표현할 말을 찾아내지 못했다.

오십이 다 되어가는 나이에도 불구하고 세련된 헤어스타일과 값비싼 옷을 갖춰 입은 그는 사십대 초반, 심지어 삼십대 후반으로까지 보였다. 그래서 아직까지 남의 눈을 피해 밤마다 수많은 여인들을 만나고 돌아다니는 것일까.

얼마 전 그의 불륜 현장을 목격하고 자리에 드러누우신 어머니의 모습이 떠오르자 현후의 속이 울렁거렸다. 같은 남자지만 그를 보면 치가 떨린다. 때때로 그와 같은 성별인 제 존재조차 싫어지려고 했다.

"외고 준비는 잘 되어가고 있냐?"

식사를 하던 그가 신문으로 얼굴을 가린 채 물었다.

"네."

그것만이 아버지의 관심사였고, 그가 관심을 받을 수 있는 유일무이한 이유이기도 했다. 아버지는 사람을 비참하게 만드는 데 천부적인 재능을 지녔다. 그도, 어머니도……

"남은 기간 방심하지 말고 준비 잘해라."

그것으로 부자(父子)간의 대화는 끝이었다. 그가 웃옷을 집어 들고 현관에 발을 디뎠다. 집을 나서면 그는 아내와 아들을 괴롭히는 나쁜 아버지에서 젠틀한 사업가로 변신할 테지. 눈에 보이는 것만이 전부인 참 빌어먹을 세상이다.

최악의 컨디션으로 학교에 도착하니 현후의 생일을 알고 있는 몇몇 애들이 생일 축하한다면서 그를 때리려고 덤벼들었다. 현후는 벌컥 짜증을 내려다가 꾹 눌러 참고 아침 자습 시간에 교실을 슬쩍 빠져나와 옥상으로 도망쳤다. 원래는 낡은 쇠사슬로 잠겨 있었지만 녹이 슨 장비를 교체한다 어쩐다 한동안 말만 무성하게 나돌더니 지금은 어떠한 잠금 장치도 없이 그냥 닫혀만 있는 곳이다.

그곳 난간에 걸터앉자 지상의 때가 조금도 묻지 않은 푸른 하늘이 한층 더 가깝게 느껴졌다. 할 수만 있다면 저 속으로 뛰어들고 싶다. 있는 힘껏 손을 뻗어보았다.

어림 반 푼어치도 없는 아득한 거리. 세상과 그의 거리가 딱 이만큼이었다. 현후가 원하는 푸른 하늘과 그 사이만큼의 길이.

"여기서 뭐 해, 땡땡이 부반장?"

그때였다, 아득한 환상(幻想)을 깨는 현실적인 목소리가 들려온 것은.

옥상으로 올라온 존재가 학주가 아니라는 점은 참 고마운 일이었지만 서윤이라는 사실도 그리 반갑지만은 않았다. 그는 어제 진짜 제 모습의 일부를 그녀에게 들켰으므로.

이런 조용한 곳에서 단둘이 있다가는 머리가 회까닥 돌아버려 제가 안고 있는 모든 감정을 주절주절 늘어놓을지도 모른다. 정신 차려라, 서현후.

주먹을 꽉 쥐자 손톱이 손바닥 안으로 파고들며 짙은 자국을 남겼다. 그는 서둘러 웃음을 지으며 서윤에게 다가섰다.

"바람 쐬고 있었지. 그러는 반장님은 뭐 하고 있는데?"

"땡땡이 부반장 찾으러 왔지."

한 발자국 더 가까이 다가온 그녀는 당황한 현후가 무어라 말하기도 전에 그의 손을 꼭 붙들었다. 따뜻한 온기와 함께 쪽지 한 장이 손에 쥐어졌다.

"……어쨌든 무사해서 다행이야, 서현후. 담임에게는 양호실 갔다고 구라 쳤으니까 1교시 되기 전에 알아서 튀어와. 아참, 손에 그건 열여섯 번째 생일 선물. 생일 축하해!"

미묘한 뉘앙스의 말과 생일 축하를 동시에 남기고 사라져 버린 서윤을 붙잡을 수 없었다. 그 대신 현후는 조심스럽게 손을 펴서 쪽지의 내용을 확인해 보았다.

—이지러진 꽃잎 위로

초록빛 새싹이 돋아나고,

눈물을 자양분 삼아

붉은 꽃이 탐스럽게 피었다.

생각보다 단정한 서윤의 글씨. 글씨는 쓰는 사람의 성격을 드러낸다고 하던데, 그 말이 어느 정도 맞는 것 같다. 현후의 입가에 미소가 피식 떠올랐다.

"지금의 방황은 꽃을 피워내기 위한 고통인 거야?"

그녀는 썩어버린 심장 위에서도 예쁜 꽃이 필 수 있다고 생각하는 것일까.

반대편에서 은은한 열기를 담은 바람이 불어오고 있다. 현후는 그녀의 온기가 남아 있는 쪽지 위에 살며시 입을 맞추었다.

"처음부터 뛰어내릴 생각은 없었다고, 착각 대마왕 반장님."

하지만 본인도 의식하지 못하는 사이 뛰어내렸을지도 모르지.

현후는 옥상 문을 닫고 교실로 되돌아왔다. 뒤쪽에 앉은 친구와 무슨 이야기를 그리도 재미나게 하는지 깔깔거리며 웃는 서윤의 모습이 보인다.

천사라고 여기기엔 만인의 눈을 멀게 할 아름다움도, 한눈에 반해 버릴 것 같은 우아함도 없는 그녀지만 서윤은 모든 것을 때려치우고 싶은 그에게 용기를 내라고 말해주었다. 그리고 이 서윤이라는 이름 아래 산산조각 부서지려던 그의 심장을 꽁꽁 묶어놓았다.

그래, 그런 날들이 있었지. 서윤과의 기억이 현후의 뇌리를 아주 빠르게 스쳐 지나갔다.

"솔직히…… 다시 시작하고 싶었어."

혼잣말하듯 나지막하게 중얼거리는 서윤의 말을 그는 말없이 듣고 있었다. 그것만으로도 충분했다. 백 미터 달리기를 마치고 골인 지점에 들어온 사람처럼 심장이 거칠게 뛰어댔다.

"살아 있는 인형이 되어가는 기분에 이혼도 고민해 봤어. 하지만……."

결혼한 지 1년이 조금 못 되었을 때 어머니의 몸이 급격히 안 좋아져 병원 신세를 지게 되었다. 평범한 서민층에 해당하는 서윤의 집은 날이 갈수록 늘어가는 병원비를 감당하기 어려워졌고, 결국 육 개월 전부터는 시댁인 태현네 부모님이 병원비를 대주고 있었다.

"어머니가 언제까지 병원에 계실지 모르는데 섣불리 이혼하면 치료도 제대로 못 받고 덜컥 돌아가시게 될까 봐 두려웠어."

"만약 이혼하게 되면 밖에서 바람피우고 돌아다니는 강태현 그 자식에게 잘못이 있는 거니까 네게 위자료가 주어지지 않을까?"

그 말에 서윤은 피식 쓴웃음을 지었다.

"순진하구나. 강태현 그 자식이 바람피웠다는 증거는 내 두 눈을 제외하면 아무것도 없어."

"그게 무슨……."

"그쪽에서 아니라고 잡아떼면 그만이니까. 나에 비해 가진 게 많은 그들과 아무것도 없는 나. 경찰과 법원이 둘 중 누구 말에 더 귀 기울여 줄지는 뻔하잖아? 간통죄로 고소하고 싶어도 바람 피우는 현장을 잡아서 사진을 찍거나 정액이 묻은 콘돔, 휴지 같은 것을 확보하지 못하는 이상 불가능에 가깝지. 게다가 고소에 성공한다 하더라도 가벼운 처벌로 끝날 테니 내게 남는 것은 아무것도 없어."

짝짝짝.

내 말이 끝났을 때 현후는 작게 박수를 치고 있었다.

"뭐야, 너?"

왠지 모르게 놀림당하는 기분이 든 서윤은 인상을 찌푸리며 그를 노려보았다.

"다행이다 싶어서. 어쨌든 네가 이곳에서 벗어나려고 이것저것 생각했다는 게 기뻐서."

환한 웃음을 터뜨리는 그의 모습에 이건 아닌데 싶으면서도 그녀도 모르게 미소 짓게 되었다.

"그래서 앞으로 어떻게 할 생각이야?"

현후의 질문에 대한 답은 명확했다. 달라지기로 결심한 이상 그녀가 가장 하고 싶은 것이 있었다.

"나 대학에 들어갈까 해, 현후야."

고등학교 시절 서윤의 성적은 그리 나쁘지 않았다. 수학은 조금 부족했지만 언어나 영어, 사탐 점수는 그럭저럭 봐줄 만했다. 만약 시댁에서 쓸데없는 살림 교육을 받지 않고 또래처럼 대학에 들어갔다면 운이 좋을 경우 상위권 대학, 못 해도 중상위권 대학에 들어갈 정도는 되었다.

하지만 어린 나이에 누군가의 아내가 되다 보니 학업과 살림 두 가지를 동시에 잘할 수 없던 서윤은 학업을 포기했고, 태현은 원서를 잘 넣어서 운 좋게 상위권 대학에 입학하게 되었다.

대학생이 된 그는 조금씩 달라졌다. 학교에 가기 시작하면서부터 귀가 시간이 점점 더 늦어지고 서윤과 함께 보내는 시간이 크게 줄어들었을 뿐만 아니라 무뚝뚝해졌다. 게다가 사소한 일에도 '너는 대학에 안 가서 아무것도 모르겠지만'이라는 말로 면박을 주는 일이 잦아졌다.

조금은 예상했다. 제가 대학에 다니지 않음으로써 그의 세계를 어느 정도 공유하지 못하리란 점을. 하지만 그로 인해 태현의 마음이 바뀌고 제게서 돌아설 줄은 꿈에도 몰랐다.

시내에 나갔다가 다른 여자의 어깨에 손을 올리고 카페에 들어가는 그의 모습을 우연히 발견한 날, 배신감에 치를 떨다가 집에 돌아온 그에게 따지자 태현은 뻔뻔스럽게도 당당히 대꾸했다.

"너랑은 더 이상 통하는 게 없어서 못 놀겠어."

일말의 죄책감도 없이 자신의 행동이 당연하다는 듯 이야기하는 그를 보면서 서윤은 잠시 할 말을 잃어버렸다.

"내가 대학에 안 간 건…… 너와의 결혼 생활에 잘 적응하기 위해서였잖아!"

가까스로 입을 열어 항변했다. 신혼 초부터 그때까지 그녀의 행동을 하나부터 열까지 감시하고 지적하는 시어머니 때문에 서윤에겐 더 이상 자신을 위해서 무언가를 할 자유가 없었다. 누구보다도 자유로움을 추구하던 그녀기에 그런 숨 막히는 생활이 답답하기도 했지만, 그를 사랑해서 결혼했으므로 인내할 수밖에 없다고 생각했다. 그런데,

"변명이야, 이서윤. 네 능력 부족이지. 결혼해서도 대학 잘 다니는 애들 많아."

"······."

"아무도 네게 대학 가지 말라는 말 안 했어. 네 스스로 포기한 거잖아. 그걸 왜 내 책임으로 떠넘겨?"

"어머님께서 내 행동 하나하나 다 감시하시면서 이거 해라, 저거 해라 시키시는데 그럴 시간이나 여유가 있었을 거라 생각해? 너무하는 거 아냐? 네 말대로라면 능력이 부족해서 대학 못 간 것도 내 책임, 그래서 네가 내게 흥미를 잃고 다른 여자와 바람피우는 것도 다 내 책임이라는 거잖아!"

"당연하지. 너 같으면 세상 물정 하나도 모르고 집에만 갇혀 있는 애가 재미있겠냐?"

적반하장도 유분수지, 세상에 억지도 그런 억지는 없을 것이다. 하도 어처구니가 없어서 아무런 대꾸도 못 하고 그의 궤변

을 듣고 있었다. 바보처럼, 바보처럼…….

"……뭣하면 한동안 너희 어머님 병원비는 내가 감당할 수 있어."

현후에게 다 털어놓고 나니 차라리 속이 시원하였다. 침대 머리맡의 거울에 비친 서윤의 얼굴은 우는 것도, 웃는 것도 아닌 기묘한 모습이었다. 그런 그녀의 표정을 살피며 현후가 조심스레 제안해 왔다.

"사양할게. 이유는 너도 잘 알 거야. 그치?"

지나친 의존은 사람을 바보로 만든다. 태현, 그에게 너무 많이 의존해서 결국에는 사랑도, 진정한 자아도 잃어버린 것처럼 똑같은 실수를 반복하고 싶지 않았다.

"천천히 빠져나와야겠지."

빨리 벗어나고 싶은 마음의 늪에서 발을 확 빼내다간 오히려 더욱 깊숙이 잠기고 만다. 그러니까 조금씩 조금씩,

"잃어버린 나를 되찾기 위해 달라질 거야."

서윤과 한참 동안 대화를 주고받던 현후는 새벽 5시 30분쯤 오늘은 오전 수업이 있어서 그만 가봐야겠다며 자고 있는 친구 두 놈을 깨워서 함께 나갔다. 서윤은 그들을 배웅한 후 얌전한 태현의 아내로 돌아가 아침 식사를 차렸다. 적어도 당분간은 자

존심 없고 바보 같아 보이는 모습이 필요했다.

"7시 30분이야. 오늘 오전 수업 있잖아. 아침 먹고 학교 가야지."

태현을 살며시 흔들어 깨우자 아직도 술이 덜 깬 흐리멍덩한 눈동자가 서윤의 모습을 담아냈다.

"안 가."

그가 소파의 쿠션에 얼굴을 파묻으며 고집 센 어린아이처럼 중얼거렸다. 예전이라면 그를 그냥 내버려 두었을 것이다. 자신이 말한다고 해서 들을 사람도 아닐뿐더러 태현과 좀 더 함께 있을 수 있는 기회이기도 했으니까.

하지만 이젠 어떻게 해서든 그를 깨워 학교에 보내야만 했다. 어젯밤에 세운 계획을 실행하기 위해서는 혼자만의 시간이 절실히 필요하기 때문이다.

"일어나야지, 강태현."

서윤이 그의 귓가에 나지막하게 속삭였다. 간질거리는 느낌 때문인지 그가 후다닥 일어났다.

"너, 뭐야?"

살짝 인상을 찌푸리며 묻는 그에게 서윤이 생긋 웃으며 답했다.

"뭐긴, 인간이지. 빨리 씻고 와서 밥 먹어."

믿음도 사랑도 산산조각 난 그들의 관계를 회복하기보다는 예전의 자신을 되찾는 게 훨씬 더 빠르고 현명하며 가능성 있는 일이란 사실을 깨달은 지금 그녀는 천천히 달라질 것이다. 그때까지는 그가 무슨 행동을 하더라도 받아주고 모른 척 넘어갈 자신이 있었다.

서윤과 태현은 오랜만에 아침 식사를 함께했다. 결혼한 지 2년도 안 된 부부의 밥상이건만, 정다운 대화는커녕 일반적인 말 한마디 오가지 않았다. 수저 부딪치는 소리만이 고요한 침묵을 깨뜨리며 울려 퍼지고 있었다.

"할 말 있어, 태현아."

숨 막힐 듯한 정적을 깨고 먼저 입을 연 것은 서윤이었다. 태현이 밥을 먹던 숟가락을 멈추고 그녀를 쳐다보았다.

"나, 영어 학원에 다닐까 해."

그의 눈이 미묘하게 커졌다. 갑자기 왜? 의아함을 가득 담은 눈초리가 서윤의 얼굴을 훑는다.

이 정도 반응은 예상한 바다. 서윤은 태현의 얼굴을 똑바로 쳐다보았다.

얼마 전 옅은 갈색으로 염색한 머리카락이 눈부시다. 순정만화에서 튀어나온 것처럼 뺀질거리면서도 고운 얼굴에 심장이 더는 두근거리지 않는 날이 올 줄이야. 고소(苦笑)는 속으로 삼키고 밤새 생각해 두었던 가장 그럴싸한 이야기를 꺼내 들었다.

"곰곰이 생각해 봤는데…… 나, 네 말대로 집에만 있으니까 완전 바보가 된 것 같아. 아는 것도 별로 없고 다른 사람들과 교류도 없으니 너를 잘 이해하지 못해서 마찰도 더 심해지는 것 같고……. 그래서 영어 학원이라도 다녀볼까 해."

거짓말을 정말 잘하는 사람은 거짓만 이야기하지 않는다. 99%의 진실에 슬며시 1%의 거짓을 섞거나 생략한다.

서윤 또한 그 법칙에 따라 태현에게 허황된 거짓말은 하지 않았다. 지식을 쌓기 위해 영어 학원에 다니고 싶다. 그리고 수능을 볼 것이다. 단지 수능을 보겠다는 이야기를 생략했을 뿐이다.

"훗, 호박에 줄 긋는다고 수박 되냐?"

일부러 낮은 목소리로 들릴 듯 말 듯 대꾸하는 태현. 그녀의 자존심을 건드려 욱하게 만들 생각이었다면, 아아, 불행히도 실패다. 서윤은 어제부로 저기 머나먼 안드로메다 은하은행에 자존심을 1년 예금으로 맡겨두었다. 만기일은 내년 가을 수능이 끝나는 날이다.

"다녀도 되지?"

마지막으로 확인차 되묻는 서윤의 말에 태현이 살짝 인상을 찌푸리며 자리에서 일어났다.

"마음대로 해."

그가 정말 잘나고 똑똑한 놈이었다면 이때 눈치챘을 것이다. 여자는 달라지고 싶을 때 머리카락만 자르는 게 아니라는 것을. 평소와 똑같은, 하지만 미묘하게 달라진 모습으로 살아가다가 어느 날 확 바뀐 모습으로 너와 마주할 수 있다는 것을.

　태현이 학교에 가자 서윤은 서둘러 외출 준비를 했다. 그녀가 가장 좋아하는 캐주얼한 티셔츠에 다리에 쫙 달라붙는 청바지를 차려입고 집을 나섰다. 엘리베이터 거울에 비친 그녀의 얼굴은 아직 십대의 풋풋함을 유지하고 있었다.

　"뭐, 현후도 잘~ 보면 고등학생처럼 보인다고 했으니까."

　그녀의 나이 21세. 그리 많은 나이는 아니다. 주부라는 단어가 서윤을 나이 들어 보이게 할 뿐이지, 그녀 나이 대의 다른 이들은 보통 대학교 2학년이니 파릇파릇한 청춘이라고 봐야 옳았다.

　서윤은 집 근처 버스정류장에서 초록색 버스를 잡아탄 후 네 정거장을 지나 내렸다.

　현후가 알려준 대로 십 분쯤 걷다 보니 높다란 건물 하나가 떡하니 자리 잡고 있었다. 알록달록한 오색 간판을 쳐다보니 전부 다 학원이다. 이 건물은 학원가의 집결지였던 것이다.

　"YS 영어 학원이라고 했지?"

　수능을 보기로 마음먹자 제일 먼저 닥친 문제는 공부를 어떻게 하느냐는 것이었다. 언어와 사탐은 문제집을 풀어가며 혼자서도 공부할 자신이 있었다. 고등학교 다닐 때도 그런 식으로 공부했으니까. 하지만 기초가 중요하다는, 한번 놓으면 다시 시작하기 힘들다는 수학과 영어는 좀처럼 답이 나오지 않았다.

"수학은 내가 어떻게든 도와줄 수 있는데."

서윤과 함께 고민하던 현후가 새벽녘쯤 조심스레 입을 열었다.

"네가 수학을? 지나가는 개가 탭댄스 추는 소리 하지 마셔. 너 중학교 3학년 때 수학 중간고사 점수가 어땠는지 다 알고 있는데."

"아, 그때는 실수했다고. 전날 밤새워서 머리가 아픈 바람에 계산을 잘못한 거란 말…… 야. 근데 네가 그걸 어떻게 알아?"

"왜, 그때 담임 쌤이 꼬리표 나온 거 반장인 나한테 애들 나눠 주라고 시켰잖아."

"아 놔, 진짜 미쳐. 쌤은 그런 걸 왜 학생한테 맡기는데?"

"덕분에 잘~ 봤지. 수학 47점이었던 서.현.후. 군."

중학교 시절, 전날 밤을 새워서 머리가 아팠든 어쨌든 간에 수학 부진아이던 그가 지금은…….

"말, 말도 안 돼! 네가 태현이랑 같은 한국대학교 경영학과라고?"

"게다가 나 수능에서 수리 96점 받았거든? 성적표 보여줘?"

이무기가 탈피하여 용이 된 것보다 더 쇼킹하게 변해 있었다. 허허, 참, 이래서 세상은 오래 살고 볼 일이다.

그리하여 수학은 현후가 일주일에 두어 번 정도 자주 틀리거나 잘 모르는 문제를 체크해서 봐주기로 했다. 한마디로 우수한 과외 선생님을 공짜로 영입한 셈이다. 마지막으로 영어는,

"아무래도 학원을 다니는 게 좋겠어."

"그럼 태현이에게 의심받지 않겠어? 무언가 꾸미고 있다는……."

"이미 현후 너와 내가 언제 어디서 어떻게 만나 수학 과외를 받을지도 충분히 고민스러운 상황이야. 거기에 한두 개 더 보탠다고 해서 달라질 것은 없다고 봐."

이리 강력히 주장하자 현후가 잠시 고개를 갸웃거리더니 한 영어 학원을 추천해 주었다. 일반적으로 고등학교 재학생만 받아들이는 동네 영어 학원과 달리 나이를 크게 구분하지 않는 학원이라나 뭐라나. 그곳이 지금 내가 들어선 바로 이 학원이다.

"YS 영어 학원입니다. 무슨 일로 오셨습니까?"

카운터 직원의 친절한 안내를 받아 서윤은 자신에게 적합한 반과 프로그램이 있는지 꼼꼼히 살펴보았다. 마침 화, 목 6시부터 8시까지 일주일에 두 번 수업하며 문법을 집중적으로 가르쳐 주는 프로그램이 있었다. 듣기와 독해도 적은 비중이지만 병행하므로 수능을 준비하기에 적합해 보였다. 게다가 태현이 오후 늦게까지 수업이 있는 날이라서 시간적으로도 여유가 있었다.

"그럼 여기 입학신청서를 작성해 주세요."

규모가 꽤 큰 학원이라서 그런지 신청서에 기입할 내용이 상당히 많았다. 서윤은 의자에 앉아 다소 설레는 마음으로 이름과 나이, 주소를 기입했다. 마지막으로 메일 주소와 핸드폰 번호까지 기입한 후 직원에게 건네주고자 일어나려는 순간, 앞쪽에서 허스키하면서도 건방진 목소리가 들려왔다.

"뭐야? 우리 학원에 이제 삼수생 아줌마도 다니는 거야?"

아, 아줌마? 그게 설마 자신을 가리키는 단어는 아니겠지? 서윤은 저도 모르게 제 옷차림을 쭉 내려다보았다.

캐주얼한 티셔츠와 청바지 차림. 그리 아줌마스러운 차림은 아닌 것 같은데. 현후에게도 들어보지 않은 놀림을 낯선 이에게서 들으니 길 가다가 은행을 밟은 것처럼 기분이 더러워졌다. 서윤은 고개를 들어 시비조의 말을 내뱉은 이의 모습을 확인했다.

단정한 듯하면서도 개성 있는 헤어스타일과 깔끔한 듯하면서도 무언가 거슬리는 옷차림. 딱 보아하니 모범생의 탈을 뒤집어

쓴 문제아랄까. 윤기 있는 검은색 머리카락과 반짝이는 까만 눈동자, 앳되어 보이면서도 조각같이 잘난 얼굴은 그가 흔치 않은 미형의 소유자임을 말해주었지만 말하는 투가 싸가지 없어서인지 그저 얄미워 보였다.

'무시하자. 내가 여기 공부하러 왔지 새파랗게 어린놈과 싸우러 온 건 아니잖아?'

태현과 생활하면서 요사이 부쩍 늘어난 인내심으로 서윤은 아줌마라는 호칭을 애써 무시하며 발걸음을 옮겼다. 그러자 그녀의 어깨를 툭 치고 지나가면서 한마디 더 내뱉는 녀석.

"앞으로 종종 보게 될 텐데 사람 무시하면 안 되지, 아줌마. 나중에 또 보자고."

왠지 모르게 불길한 느낌이 들어 신청서를 접수받는 카운터 직원에게 그 녀석에 대해서 물어보자,

"아아, 그 아인 윤설민이에요. 조금 전에 이번 달부터 화, 목 6시 반으로 바꾼 것 같은데."

믿고 싶지 않은 상냥한 답변이 들려왔다.

Oh, My God! 재수 없는 놈은 뒤로 넘어져도 코가 깨진다더니 하필 같은 반일 줄이야! 뭔가 앞으로 심각하게 꼬일 것 같은 불길한 예감이 든다.

✠　✠　✠

아침 9시에 시작한 전공 수업은 10시 20분이 되어서야 잠시 쉬는 시간을 가졌다. 어제 술이 과했던 탓일까, 졸린 눈으로 교수와 칠판을 응시하던 태현은 쉬는 시간이 되자마자 그대로 책상 위에 엎어졌다. 곁에서 들려오는 어느 목소리만 아니었다면 그대로 잠들었을지도 모르겠다.

"하하, 그렇다니까. 여태까지 그것도 모르고 있었다니 아이큐 검사를 받아봐야겠는걸."

많은 여학생과 남학생 무리에 둘러싸여 한창 이야기를 펼치고 있는 남자 서현후. 태현이 대학교에 들어와 처음 사귄, 현재로서는 가장 가까운 친구이다. 사교성이 좋아 누구하고도 쉽게 어울리며 성적 또한 우수해서 교수들에게도 신임받고 있다.

"……이서윤이 서현후 동창이라고?"

책상에 몸을 눕히다시피 한 상태에서 나지막하게 중얼거려 보았다. 오늘따라 다른 애들과 어울려 웃고 있는 그의 모습에서 왠지 모를 위화감이 느껴진다. 어제저녁, 자신의 집에서 보았던 그의 모습과 강의실에서의 모습이 오버랩되며 무언가 알 듯 모를 듯한 미묘한 느낌이 들었다.

"여어, 아직도 정신을 못 차리고 있나, 친구!"

하지만 그것도 잠시, 자신을 부르며 손가락을 까딱거리는 그의 장난기 어린 모습에 태현은 피식 웃으며 곁에 합류했다. 어던지 모르게 거슬리는 위화감은 어젯밤 과하게 마신 술 때문이라 생각하고서.

✠ ✖ ✠

서윤이 학원에 등록한 후 근처 서점에 들러 필요한 참고서와 교재들을 사가지고 나왔을 땐 시곗바늘이 2시를 향해 질주하고 있었다.

"점심은 간단히 때워야지."

양손 가득 들린 책의 무게에 팔은 고달팠지만 마음만은 뿌듯했다. 아파트 계단 입구까지 낑낑거리며 간신히 도착했는데,

"서윤아!"

해맑은 목소리와 함께 뒤쪽에서 누군가가 서윤을 덮쳐 왔다. 목을 졸라매듯 그녀를 한 번 끌어안고 나서 뒤이어 날아오는 책들을 피해 도망치는 그자의 정체는 바로 서현후.

서윤으로서는 지금 이 순간 그가 왜 이곳에 있는지 이해할 수 없었다. 태현과 같은 학교, 같은 과라면 9시부터 12시까지 전공 수업이 있고 2시부터 5시까지 또 다른 전공 수업이 있거늘…….
설마 오늘 2시 수업은 휴강한 것일까.

"이 시각에 어쩐 일이야?"

"아직 점심 안 먹었지? 짜잔! 내가 대한민국 표준 간식인 떡

볶이와 튀김을 사왔지롱~"

무얼 어디서부터 지적해야 할까. 표준 간식이 아니라 대표 간식이겠지. 좌우지간 사람 말 다 잘라 먹고 검은 봉지를 들이밀며 동문서답하는 그를 패라고 서윤의 양손에 두꺼운 책이 있어서 참 다행이었다.

"내가 지금 밥 사달라고 했냐? 헛소리 집어치우고 내 질문에 답하란 말이야!"

"잠, 잠깐! 책 좀 치워봐! 2시 수업이 휴강해서 어제 계획에 대해 좀 더 의논할 겸 찾아온 거야."

'가까운 주먹이 진리'라는 옛 성현의 말은 절대 그르지 않았다. 바로 제대로 된 답이 나오지 아니한가.

"그럼 태현이는? 아, 하긴 수업 끝났다고 바로 들어오는 놈이 아니니 상관없으려나?"

"걱정 마. 태현이는 지금 학교에 있으니까."

"무슨 말이야?"

수업도 없는데 학교에 남아 있는 태현의 모습을 상상할 수 없어 다소 놀란 표정으로 현후를 바라보자 실수했다는 표정을 짓는 그의 얼굴이 보였다. 필시 뭔가 찔리는 게 있으리라.

"뭐야? 너 숨기는 거 있으면 솔직히 말해. 휴강했는데 태현이가 왜 학교에 있어? 술집이나 카페라면 모를까."

"그러니까…… 오늘은 나만의 임시 휴강이걸랑."

그 말인즉슨,

"너 아직도 땡땡이치는 버릇을 못 고쳤어? 대학 등록금이 얼마인데 무슨 놈의 얼어죽을 임시 휴강이야?"

2시 수업을 빼먹고 이곳에 왔다는 이야기다. 책아, 정말 미안하지만 지금 이 순간만큼은 네 한 몸 희생해서 저 미친놈을 손봐주지 않으련?

"분명히……."

어젯밤 약속했다. 이번 계획에 있어 친구인 그의 도움을 받긴 하겠지만 그가 무언가를 희생해야만 하는 도움은 바라지 않는다고. 그러니 그가 할 수 있는 범위 내에서만 자신을 도와주기로 말이다.

"너 때문에 수업 빠진 거 아냐! 어제 술 마셨더니 머리 아파서 집중도 안 되고 차라리 시간 낭비하지 말고 다른 일이나 하자 싶어서 찾아온 거란 말이야!"

필사적으로 외치는 말에 대낮부터 이게 웬 소란인가 싶어 그들 쪽으로 시선을 던지는 주변 사람들의 눈도 있고 해서 서윤은 얌전히 책을 내려놓았다. 현후가 안도의 한숨을 내쉬며 졸래졸래 그녀의 뒤를 따라 아파트 안으로 들어왔다.

"이번만 봐준 줄 알아."

엘리베이터 안에서 나지막하게 속삭이는 서윤의 말에,

"오케이, 반장."

씨익 웃으며 콧노래를 흥얼거리는 그. 헤어스타일이나 옷 입는 스타일은 꽤 많이 달라졌어도 웃는 얼굴 뒤에 숨겨진 어두운 그늘과 슬픈 콧노래는 여전했다. 그의 본질은 예전과 조금도 달라지지 않았다.

"넌 어째 달라진 게 없다?"

"왜, 나 예전보다 훨씬 괜찮아졌는데?"

현후가 두 눈을 동그랗게 뜨고 대꾸해 왔다.

"현재는 하고 싶은 것도 있고, 갖고 싶은 것도 있고, 그것들을 이루기 위해서 조금씩 노력도 하고 있고. 얼마나 성실하고 보기 좋아?"

그 말을 내뱉는 그의 까만 눈동자는 은밀한 쾌락에 젖어 있었다. 서윤은 아직 모르고 있지만 그가 가장 원하는 것은 시야에 이미 담겨 있었다. 오랜 시간을 들여 타깃에 접근했으니 이제는 천천히 다가서기만 하면 되었다.

"아, 그러세요?"

서윤이 전혀 동의하지 못하겠다는 표정으로 건성건성 고개를 끄덕였다. 현후가 그녀의 말뜻을 알아들었는데도 능청을 떠는 것인지, 아니면 정말 못 알아들은 것인지는 알 수 없었지만, 그 부분에 대해서는 더 이상 언급할 필요가 없겠다는 생각이 들었다.

띠잉.

15층에 도착했다는 엘리베이터 기계음이 타이밍 좋게 울렸다.

"자, 빨리 들어가자!"

✠ ✠ ✠

"서현후 이 자식을 그냥!"

한편, 그보다 조금 이른 약 1시 40분경, 한국대학교 태하관 9층에 위치한 경영학과 강인환 교수의 연구실 앞에서 분노에 찬 음성이 터져 나왔다. 다음 강의 시간에 필요한 참고서를 챙기러 연구실에 올라온 교수가 문 앞에 붙어 있는 작은 포스트 잇 하나를 발견했기 때문이다.

—사랑하는 강인환 교수님 겸 삼촌에게.

귀엽고 사랑스런 학생이자 조카 서현후 군은 청춘의 젊음과 열정을 불사르기 위해 이번 수업 시간에 자리를 비우고자 합니다. 교수님의 많은 양해 부탁드립니다.

✠ ✠ ✠

식탁 위에 떡볶이와 튀김을 가득 담은 접시가 놓였다. 그것들과 그다지 어울리는 조합이라 볼 수 없는 녹차와 커피도 한 잔씩 준비되었다.

그들은 잠시 중학교 시절로 되돌아간 듯 떡볶이와 튀김을 신나게 먹어치웠다. 현후는 여전히 오징어튀김을 싫어했다. 그래도 서윤 저를 위해서 오징어튀김을 잊지 않고 사온 그가 참 기특했다.

"수학은 한동안 놓았으니까 기본부터 다지는 게 좋을 거야."

배고프다며 떡볶이를 허겁지겁 집어먹을 땐 언제고 우아한 포즈로 커피를 들이켜며 얌전히 참고서를 들이미는 현후의 모습에 서윤은 피식 웃음을 터뜨렸다.

"뭐야? 왜 웃어? 내가 선생 같지 않다는 거야?"

"조금 전 모습과 영 딴판이다 싶어서. 아까는 굶주린 승냥이 같더니 지금은 좀 대학생 같네."

"쳇."

삐친 듯 인상을 살포시 찌푸린 그가 그에 대한 복수인지 따끈따끈한 이번 해 수능 수리영역 문제를 건네며 지금 이 자리에서 풀어볼 것을 요구했다.

"님아, 제정신이세요?"

"당연하지. 정신이 아주 말짱, 또렷한걸."

"근데 나보고 이걸 풀라고?"

"과외하기에 앞서 실력 진단은 필수지."

수학 문제 풀어본 지가 대체 언제더라? 말도 안 되는 그의 주장에 따라 100분 동안 낑낑거리며 문제를 푼 결과는 처참했다.

그동안 공부에 두 손 놓고 있었다는 사실을 일깨워 주기라도 하듯 종이 위로 붉은 비가 주룩주룩 쏟아져 내렸다.

"38점. 꽤 심각하네. 이번 해 문제가 어려웠던 점을 감안해도 6등급이야. 그나마 다행인 것은 5등급에 가까운 6등급이라는 것?"

조금 전까지만 해도 장난스럽던 표정은 어디다 갖다 버린 건지 현후가 진지한 표정으로 틀린 문제를 검토하고 분석해 나갔다. 서윤 또한 덩달아 심각해진 얼굴로 시험지를 뚫어져라 쳐다봤다. 후우, 땅이라도 꺼지게 할 듯한 무거운 한숨이 그녀의 입술을 비집고 흘러나왔다.

"괜찮아. 이제 시작인데, 뭐. 앞으로 남은 시간 열심히 하면 되지."

서윤의 머리카락을 쓰다듬는 현후의 손가락이 미세하게 떨린다. 그동안 출입 불가능하던 금지 구역에 한 발 들어선 기분이다. 까슬까슬하면서도 부드럽게 감겨드는 촉감이 꽤 좋았다. 어머니의 머리카락 외에 여자의 머리카락을 만져 본 것은 난생처음이다.

"이것은 무한 수열과 관련된 거야. 공식만 알면 쉽게 풀 수 있어. 그리고 그다음 문제는……."

비밀 과외수업이 한창 열기를 띠고 있을 때다. 띠익띠익, 비밀번호가 눌리고 문이 열리는 소리에 서윤의 표정이 딱딱하게 굳었다. 태현, 이 빌어먹을 남편은 평소처럼 술집이나 카페에 들렀다가 올 것이지, 오늘은 무슨 바람이 불어 일찍 들어오는지 모르겠다.

쿵쾅, 심장이 미치도록 뛴다.

서윤과 달리 현후는 태연한 얼굴이다. 그는 침착하지만 재빠른 동작으로 식탁 위에 놓여 있는 참고서를 가방 안에 쑤셔 넣고 무언가를 대신 꺼내 들었다. 바로 그 순간, 집 안으로 들어온 태현이 서윤과 현후가 식탁에 마주 앉아 있는 모습을 발견했다.

"……서현후, 네가 왜 이곳에……?"

태현의 진한 다갈색 눈동자에 가득 담긴 의아함. 서윤이 이 상황을 뭐라고 둘러대야 하나 고민하고 있을 때, 현후가 아무렇지도 않게 입을 열어 답했다.

"수업, 벌써 끝났어? 강인환 교수님이 뭐라셔?"

"딱히 별말씀은 없으셨는데, 단지 오늘 수업 시간 주인공이 너였을 뿐. 예를 들면, 현후가 주식에 천만 원을 투자했는데 바보같이 삽질을 해서 다 날려먹고 망했습니다. 여기서 우리가 살펴볼 수 있는 것은…… 뭐, 이런 식이었어."

피식 웃으며 설명을 늘어놓는 태현의 모습은 과거 서윤에게도 곧잘 보여주던 그녀가 좋아하는 모습 중 하나이다. 자신 외의 다른 사람에게는 여전히 친절하고 위트 있는 그인가 보다. 새삼 가슴이 화상이라도 입은 것처럼 쓰라렸다.

"삼촌도 참. 하나밖에 없는 조카를 그런 식으로 망신 줘서야……."

"그건 그렇고, 여긴 어쩐 일로 와 있는 거야? 난 네가 아무 말 없이 수업을 빼먹어서 중요한 일이 있는 줄 알았는데."

현후가 생긋 웃으며 머리를 긁적였다.

"그냥 단순히 듣기 싫어서 도망친 거야. 어제 술을 너무 많이 마셔서 그런지 머리가 슬슬 아프더라고."

"그러고 보니 어제 네가 가장 늦게까지 마셨나?"

"응. 남아 있는 술 내가 다 비웠잖아."

다 비우긴 개뿔. 서윤과 밤새도록 이야기하다가 애들 깨우기 몇 분 전에 술이 남아 있으면 안 된다고 부엌 싱크대에 버린 놈이다. 그 때문에 서윤은 싱크대의 독한 양주 냄새를 없애느라 고생했다.

"그럼 태현이 왔으니 난 이만 가볼까나? 부부끼리 있는 시간 방해했다간 벌 받지. 자, 서윤. 갖다 주기로 한 중학교 때 사진이야."

현후가 의자에서 사뿐히 일어나며 작은 앨범 하나를 서윤에게 건넸다. 영문을 모르겠지만 일단 그가 주는 앨범을 받아 들자 지켜보고 있던 태현의 목소리가 들려왔다.

"앨범 갖다 주러 온 거야?"

"응. 중학교 때 소풍 가서 찍은 사진 잃어버렸다고 해서. 난

두 장씩 인화해 가지고 있어서 하나 주는 거야."

태현의 뒤편에서 눈을 찡긋하는 그를 보고 서윤 또한 서둘러 화답했다.

"이것 때문에 군이 찾아올 필요는 없었는데……. 시간 되면 건네달라고 한 거지. 어쨌든 고마워, 현후야."

"별말씀을. 그럼 둘이 좋은 시간 보내라고."

현관을 나서는 현후를 빤히 바라보던 태현이 그와 한잔하고 오겠다며 뒤따라 나갔다. 어딘지 모르게 기분이 묘했다.

태현에게서 벗어나려고 발버둥 치는 자신. 그런 저를 성심성의껏 도와주는 현후. 그녀의 자립을 돕고 있다는 사실을 전혀 모른 채 현후를 친구로서 많이 좋아하는 것 같은 태현.

소설이나 영화 속의 주인공이 된 느낌이다. 과연 이 이야기의 최후의 결말은 무엇일까.

"……복잡하다."

의자에 기대어 힘없는 한숨을 내쉴 때 핸드폰에 메시지가 도착했다는 알람 표시가 떴다. 확인 결과 발신자는 서현후.

―앨범에 네가 다음 시간까지 풀어야 할 수학 문제 끼워놨거든? 잘 풀어놔, 서윤 학생. 음하하핫!

메시지에 깜짝 놀라 앨범을 펼쳐 보니 앨범 페이지마다 들어 있는 중학교 시절 사진 뒤쪽에 수줍게 숨어 있는 문제들이 눈에 띄었다. 도대체 이건 언제 만든 것일까. 어젯밤 늦게까지 계획을 짜고 의논한 데다가 오늘 아침에는 학교를 다녀와서 시간이 별로 없었을 텐데.

—내가 한 준비성 하잖아. 이 오빠의 준비성이 참으로 믿음직스럽지?

그 준비성의 반의반만 제대로 된 곳에 썼다면 그의 인생이 열두 번은 더 바뀌었을 것이다. 제발 이런 사소한 것에 불타오르지 마!

—네 인생이 걸린 문제잖아. 무엇보다 중요한걸.

말이나 못 하면 덜 미울 텐데. 별것 아닌 자신을 소중히 대해주는 그의 마음이 과분할 정도로 고맙다. 코끝이 찡해온다.

"짜식, 괜히 폼 잡고 있어."

떡 본 김에 제사 지낸다고, 서윤은 앉은 자리에서 펜을 들어 문제를 하나둘 풀어 나갔다. 어렵지 않게 풀리는 문제도 있었지만 5분, 10분을 붙들고 있어도 감조차 오지 않는 문제도 있었다.

하얀 연습장에 빽빽이 들어서는 검은 글자. 어느새 식탁에는 머리 굴리는 소리와 사각거리는 펜 소리만이 고요히 울려 퍼지고 있었다.

※　✖　※

인근 호프집. 두 청년이 구석 자리에서 술잔을 조용히 기울이고 있다.

"서현후, 너한테 묻고 싶은 게 있어."

양 볼이 제법 발그스레해진 태현이 꼬부라진 목소리로 중얼거렸다.

"뭐든 물어봐."

손에 들린 소주잔을 한 번에 털어 넣은 현후가 시원스레 답했다.

"결혼하면 여자는 변하는 걸까?"

"무슨 말이야?"

"……예쁘고 똑똑한 여자였어. 누구 앞에서나 당당하고 꿀릴게 없었지. 그 모습이 보기 좋아서 사랑하고 결혼도 했는데, 왜 그렇게 달라져 버렸을까."

참아야 한다. 자조 섞인 그의 목소리에 현후는 테이블 밑에서 살며시 주먹을 움켜쥐었다. 누구보다 반짝이던 서윤이 저리 변한 것은 전부 다 그 때문이다. 아직은 그의 면전에 이 말을 내뱉어줄 수 없다는 사실이 굉장히 짜증 났다.

"결국 개도 다른 여자와 별다를 바 없었던 거야."

현후의 입술이 묘하게 비틀렸다. 태현은 지금 그의 앞에서 서윤을 모욕하고 있었다.

자신은 멀리서 바라만 보고 감히 꺾지 못하던 꽃을 단번에 꺾어버린 주제에 그녀에 대한 모욕적인 말로 제 심장에 말뚝을 박고 있었다. 제 심장을 새까맣게 태우는 걸로도 모자라서 기름을 들이붓고 있는 것이다.

"취했다, 태현아. 마누라랑 무슨 일이 있었는지는 모르겠지만 앞으로 살아갈 날이 많은데 벌써부터 싸우면 안 되지."

현후는 한없이 착한 친구의 가면을 뒤집어쓴 채 대꾸했다.

앞으로 살아갈 날이 많을 거라고? 웃기는 소리다. 서윤은 달라질 테고, 가까운 시일 안에 그에게서 도망칠 것이다.

자신은 그러한 서윤을 물심양면으로 돕는 자. 태현은 어리석게도 서윤의 가장 큰 조력자이자 첩자인 저를 진정한 친구로 여기고 있다. 서윤이 태현의 곁을 완전히 떠나는 날, 그 또한 모든 것을 잃게 되리란 사실을 모르고서. 이 위치에 오르기까지 현후 제가 얼마나 많은 것을 포기해야 했는지 태현과 서윤은 모를 것이다.

"모르겠다, 젠장. 괜히 결혼을 해서는……."

"이 새끼가 솔로인 나를 염장 지르려고 작정했나. 괜히 싸우지 말고 있을 때 잘해. 너, 여자가 한을 품으면 오뉴월에도 서리가 내린다는 말 몰라?"

겉으로는 태현에게 평범한 위로의 말을 건넸다. 잘 지내라고 조언했다.

하지만 진심은 그가 하나도 변하지 않았으면 좋겠다. 앞으로도 바람피우는 나쁜 남편, 무능한 가장으로 지내준다면 참으로 고맙겠다. 그래서 서윤이 그녀가 계획한 모든 일을 성공적으로 끝내고 나면 더는 흔들리지 않고 그의 곁을 떠났으면 좋겠다.

술을 몇 잔 더 들이켠 후 담배 연기 가득한 호프집을 빠져나왔다. 현후는 술 취한 태현을 기꺼이 집까지 데려다주었다.

초인종을 누르니 서윤이 걸어나왔다. 방금 전까지 제가 건네준 수학 문제와 씨름하고 있었던 것인가. 머리를 높이 틀어 올리고 루즈한 티셔츠를 걸친 모습이 꽤 섹시해서 현후는 저도 모르게 침을 꿀꺽 삼켰다. 뒤늦게 취기가 올라오는지 온몸이 후끈하다.

태현이 술에 취해 아무것도 분간하지 못하고 널브러져 있는 사이, 그들은 눈빛으로 말없이 대화를 나누었다. 아직은 현후 저 혼자 시작한 연애지만, 마음은 쌍방 통행 못지않게 설레었다.

'나, 문제 다 풀었어.'

'참 잘했어요. 그럼 내일 답 맞춰보자고.'

돌아서는 길. 엘리베이터의 조명이 금방이라도 꺼질 듯 깜박거린다. 현후는 차가운 벽에 기대어 사각형의 거울을 바라보았다. 타락한 천사처럼 가만히 웃고 있는 제 모습이 보인다.

"현재는 하고 싶은 것도 있고, 갖고 싶은 것도 있고, 그것들을 이루기 위해서 조금씩 노력도 하고 있고. 얼마나 성실하고 보기 좋아?"

"내가 하고 싶은 일은 널 태현에게서 벗어나게 하는 것. 그리고 내가 갖고 싶은 건 예전처럼 자유로워진 너."

때문에 서윤을 돕고 있는 현재의 그는 이전처럼 불행하지 않았다. 아니, 오히려 아주 행복했다.

"강태현, 넌 서윤을 놓친 걸 두고두고 후회하게 될 거야."

그녀의 결혼 소식을 접한 자신이 한동안 끝없는 절망에 빠져 있던 것처럼.

거울 속의 남자가 씨익 웃어 보였다. 그가 느꼈던 감정을 태현에게 고스란히 되돌려 줄 때가 그리 멀지 않아 보였다.

2

스페셜 과외

어젯밤 또다시 술을 잔뜩 마시고 들어온 태현은 아침 늦게 일어났다. 그는 푸석한 얼굴로 식사를 하는 둥 마는 둥 깨작거리다가 오후 수업을 들으러 학교에 갔다. 태현을 학교에 보낸 후 어제 사두었던 영어 참고서를 살펴보며 학원 갈 시간만을 손꼽아 기다리고 있던 서윤은 뜻밖의 손님을 맞이했다.

"너……!"

태현처럼 오후 3시에 전공 수업이 있을 현후 녀석이 문제의 답을 맞춰보자며 찾아온 것이다. 어이를 상실한 그녀가 택한 방법은 단순했다. 손에 들고 있던 참고서를 인정사정없이 집어 던져서 그를 바깥으로 쫓아낸 다음 현관문을 잠그고 학교나 가라고 한 것이다. 달콤한 언어로 서윤을 현혹하려던 그는 그녀가 20분이 지나도록 문을 열어주지 않자 투덜거리며 사라졌다.

정말이지, 골치 아픈 녀석이다. 뭔가를 해야겠다고 마음먹으면 그것에만 몰두해서 다른 일은 전혀 신경 쓰지 않는 것 같았다. 그녀의 계획으로 인해 현후의 일상생활을 상당 부분 흩뜨려 놓는 것 같아 마음 한구석이 불편했다.

집에서 학원까지는 넉넉잡고 30분 정도 걸린다. 예상 소요 시간보다 조금 일찍 집을 나섰다. 수업 첫날이니만큼 일찍 가서 앞자리에 앉고 선생님께도 눈도장을 찍기 위함이다. 아무래도 선생님과 친하게 지내면 모르는 문제를 물어보기도 쉽고 배울 때도 편하니 말이다.

학원 강의실에 도착하니 5시 40분인데도 불구하고 꽤 많은 학생들이 와 있었다. 교복을 입고 자습하는 고등학생들이 대부분이었지만, 그녀처럼 재수나 삼수, 혹은 자기 개발의 목적을 가지고 강의를 신청한 성인도 몇 명 끼어 있었다.

동질감이랄까. 묘한 안도감을 느끼며 서윤은 앞자리에 앉아 책을 펴보았다.

예전부터 알고 있던 것 같은 친숙한 느낌의 단어들이 여기저기서 보였지만 그뿐이었다. 상당히 암울한 현실이다. 정말 열심히 공부해야겠다는 생각이 들었다.

수업이 시작되었다. 삼십대 후반으로 보이는 여선생님이 들어와서 간단하게 학습 목표 및 수업 방향에 대해서 설명하고 수업을 진행했다. 한 20분쯤 지났을까. 갑자기 강의실 뒷문이 드르륵 열렸다.

그 탓에 많은 사람들의 시선이 순간 뒷문으로 쏠렸다. 오랜만에 듣는 수업인지라 다소 멍하니 칠판을 쳐다보고 있던 서윤의 시선도 자연스레 그쪽으로 향했다.

'캑! 뭐야? 정말 그 녀석이잖아?'

그녀를 아줌마라고 부른 시건방진 고딩 녀석 윤설민. 그가 다소 숨찬 모습으로 들어온 것이다. 수업이 시작될 때까지 강의실 어디에서도 그의 모습이 보이지 않아 내심 기뻐하던 것이 무색하게 멀쩡한 모습으로 들어온 설민은 쩍 벌어진 서윤의 입이 보이지도 않는지 그녀의 옆자리에 가방을 내려놓았다.

"왜 하필 이 자리에……."

"내가 내 돈 내고 학원 등록해서 앞자리에 앉겠다는데 문제 있어?"

서윤에게만 들릴 정도로 작게 속삭인 그는 태연하게 교재와 필통을 꺼내더니 아무런 문제도 없다는 듯 칠판을 바라보았다. 논리적으로 따지면 백번 맞는 말이지만, 어째서인지 이 상황을 쉬이 납득할 수 없던 서윤은 싸가지 없는 고딩 녀석의 옆모습을 빤히 쳐다보다가,

"서윤 씨, 수업에 집중해 주세요."

"아, 네. 죄, 죄송합니다."

선생님께 지적당했다. 그러자 그 모습을 비웃은 건지 어깨를 잠시 들썩이던 설민이 선생님이 칠판 쪽으로 뒤돌아서는 순간을 노려 그녀의 교재에 무어라 끼적였다.

─바보.

'일주일 내에 다시 만나면 핸드폰 번호 알려주기'라고 지껄이던 현후 녀석보다 저를 더 열 받게 만드는 놈이 생길 줄은 꿈에도 몰랐다. 도대체 이 녀석은 왜 처음 보는 사람에게 할 일 없이 시비를 거는 것일까?

─처음 보는 사람에게 왜 시비를 걸어요?
─난 처음 안 보는데?
─난 그쪽 만난 기억 없거든요?

탁! 아이쿠, 깜짝이야!

"거기 두 분, 앞자리에 앉아서 신경 쓰이게 뭐 하는 거죠? 이야기를 하고 싶으면 나가서 하세요!"

두꺼운 영어책이 서윤과 그의 머리 위로 떨어지며 벼락같은 목소리가 들려왔다.

씨이, 이게 아닌데. 앞자리에 앉아 선생님의 시선을 끌어보려던 그녀의 원대한 계획은 저 재수 없는 녀석 때문에 물 건너갔다. 오히려 첫날부터 미운털이나 안 박히면 다행이다.

그 후 나머지 수업 시간 동안 서윤과 그는 조용히 칠판만 바라보았다.

'저 자식을 어떻게 처리하지? 이따가 수업 끝나면 진지하게 대화를 나눠봐야겠어. 앞으로 강의실에서 계속 마주칠 텐데 오늘 결판을 내야지. 언제까지 이러고 살 순 없어.'

문제는 녀석의 처리에 대해 고민하느라 수업 내용이 눈에 하나도 들어오지 않았다는 것이다.

1분이 1년 같던 수업 시간이 끝나고 서윤은 강의실 밖에서 그 녀석이 나오기만을 기다렸다. 설민은 느긋하게 소지품을 챙긴 후 천천히 걸어 나왔다.

"야!"

서윤의 부름에 그가 피식 웃으며 이쪽을 바라보았다.

"왜, 아줌마?"

"내가 뭘 어쨌다고 저번부터 계속 시비 거는 거야?"

"……못 하니까."

"뭐?"

"아줌마가 날 기억하지 못하니까."

인상을 쓰며 투정부리듯 말하는 녀석을 보고 서윤은 잠시 생각에 잠겼다. 이상하다. 시집살이를 심하게 하다 보니 설마 기억력이 감퇴한 것일까. 예전에 한 번이라도 만난 적이 있다면 자신이 저런 잘생긴 고등학생을 기억하지 못할 리 없을 텐데…….

"서윤아, 수업 끝났어?"

사람이 모처럼 생각 좀 하려는데 방해하는 이는 대체 누구인고. 서윤이 다소 짜증 어린 얼굴로 주변을 둘러보았다. 학원으로 들어오는 투명한 유리문 앞에서 손을 흔들고 있는 현후의 모습이 보인다.

"너야말로 학교 수업은 다 마치고 온 거야?"

현후가 불신 가득 담긴 그녀의 시선을 쌈박하게 무시하며 가까이 다가왔다. 그는 서윤의 앞에 비딱하게 서 있는 설민을 보고 표정을 굳혔다.

"네가 여기 웬일이냐, 윤설민?"

"둘이 아는 사이야?"

잔뜩 굳은 표정의 현후와 눈에 이채를 띠기 시작한 설민을 바라보며 서윤은 다소 어리둥절한 표정으로 물었다.

"……응."

떨떠름하게 대답한 현후가 이내 싱긋 미소를 지으며 덧붙였다.

"서연아 알지?"

결혼을 반납하다

"당연한 소리를."

그녀는 현후를 통해 알게 된 그의 사촌이다. 같은 고등학교에 진학해서 꽤 친하게 지냈다. 연아가 대학에 진학한 이후 연락이 끊기긴 했지만, 그녀와 함께한 시간은 아직까지 좋은 추억으로 남아 있다.

"설민은 연아의 외사촌이야. 왜, 너도 몇 번 봤을 텐데. 연아 집에 놀러 갔을 때 조그마한 꼬맹이 하나 못 봤어?"

아아, 수면 아래 잠겨 있던 기억들이 하나둘 씩 떠오른다. 연아의 이모 부부가 교통사고로 일찍 돌아가시는 바람에 그들의 유일한 자식인 설민을 연아 부모님이 맡아서 키우게 되었다. 때문에 외동이던 제게 세 살 차이의 남동생이 생기게 되었다고 연아가 소개해 준 기억이 난다. 호리호리하다 못해 비쩍 마른 몸, 부모님을 잃은 슬픔 때문에 눈물을 그렁그렁 매달고 있던 새까만 눈동자가 떠올랐다. 이제야 알 것 같았다.

"네가 그때 걔구나?"

어린아이가 감당해야 할 짐이 너무 많다며 안쓰러워해 놓고는 까맣게 잊고 있었다니. 무신경한 제 기억력에 화가 날 지경이다. 그가 왜 자꾸 시비를 걸어왔는지 이유를 알겠다. 몇 년 전 함께 놀고 웃던 기억을 새까맣게 잊어버리고 그를 처음 보는 타인처럼 스쳐 지나간 제가 참 야속했을 테다.

"……미안해, 설민아."

어찌할 바를 모르다가 우물쭈물 건넨 사과의 말에 그가 어쩔 수 없다는 듯 피식 웃었다.

"괜찮아요, 누나."

들어도 들어도 익숙해지지 않는 '아줌마'에서 정겨운 '누나'로 호칭이 바뀌는 순간이었다.

그사이 연아네 집이 이사했는지 설민과 서윤의 집 방향이 비슷해서 둘은 같은 버스에 올라탔다.

"작년에 이사했거든요, **동 사거리 쪽으로."

"정말? 나도 그 근처에 사는데. 그야말로 이웃사촌이 된 거네."

"집에 한번 놀러 와요. 연아 누나도 반가워할 테니까."

얼굴을 못 본 시간이 길었던 만큼 쌓인 이야깃거리도 많았다. 이런저런 이야기를 나누다 보니 어느새 사거리의 버스정류장 앞에 도착했다. 그와 불꽃 튀는 신경전을 벌이던 초반과 달리 웃으면서 헤어졌다는 사실이 어찌나 신기하던지 서윤은 설민의 뒷모습이 멀어져 더는 보이지 않을 때까지 그 자리에 서 있었다.

"설마 어린애한테 약한 타입?"

서윤과 설민이 이야기하는 동안 귀에 이어폰을 꽂은 채 한쪽 구석에 찌그러져 있던 현후가 볼멘소리로 물어왔다. 자신은 전생에 대체 무슨 죄를 지었기에 연애 좀 해보겠다는데 이토록 걸리적거리는 방해물이 많은가.

"무슨 소리야?"

"지금 네 나이에 설민이를 노리는 것은 범죄야."

"세 살 차이구만, 뭐."

"야!"

두 눈을 커다랗게 부릅뜨고 소리치는 그가 동생에게 관심을 뺏기고 삐친 어린아이 같아서 서윤은 웃음을 터뜨렸다.

"아이고, 우리 현후. 추운 날 수학 답 맞혀보러 왔는데 누나가 다른 동생에게 관심 보여서 서운했쪄요?"

현관문 앞에 서서 애 다루듯 그의 머리를 쓰다듬자 인상을 잔뜩 찌푸리는 현후. 집 안에 들어서자마자 식탁 옆에 턱 소리가 나도록 가방을 내려놓더니 다리를 꼬고 앉아 말한다.

"아줌마, 장난 그만하고 태현이 오기 전에 답이나 빨리 맞혀."

이런, 젠장. 이제 그 소리 좀 안 듣나 싶었더니 볼이 퉁퉁 부은 현후 녀석이 설민을 대신해 말하고 있었다.

"짜식, 성질은. 기다려 봐."

자고로 삐친 놈 달래는 데는 먹을 게 최고다. 서윤은 그에게 우유 한 잔을 데워 건네주고는 풀어놓은 문제를 가지러 방 안으로 들어갔다.

서윤이 방에 들어가자마자 현후는 핸드폰을 꺼내 들었다. 수백 개의 연락처 목록을 휙휙 넘기다 마침내 한 번호를 발견한 그는 신의 손을 능가하는 속도로 메시지를 작성했다.

─야, 이제 고3 올라가는 것 같던데, 딴 데 정신 팔지 말고 공부나 열심히 해라.

수능을 먼저 치른 선배로서 인생의 커다란 고비를 눈앞에 둔 후배 설민에게 진심 어린 충고를 건넸다. 각종 기기에 익숙한 신세대답게 설민에게서 빠른 답변이 왔다.

─요즘 취업하기 완전 힘들다던데, 딴 데 정신 팔지 말고 토익 공부나 열심히 하시죠.
─나 토익 900점대거든? 게다가 학점도 좋으니 남 걱정 말고 너나 잘하셔.
─저도 모의고사 1등급 대니까 걱정 마세요. 다른 것 할 시간이 충분하답니다.

아직 주민등록증 잉크도 안 마른 새끼가……. 욕이 저절로 튀어나온다. 저도 모르게 통화 버튼을 누르려는 순간,

"야, 갖고 왔어."

서윤이 타이밍 좋게 문제 쪽지를 가지고 나왔다.

"처음이라 그런가, 꽤 성실하네?"

"내가 원래 한 성실 하거든?"

그녀와 대화를 주고받으며 현후는 식탁 밑에서 조심스럽게 'V' 자를 쳐 보냈다. 학원과 야자에 찌든 건방진 고등학생보다는 옷 잘 입고 똑똑하고 센스 있는 대학생이 연애에서 훨씬 유리한 법이라고 생각하며.

※　✠　※

"지금 한번 해보자는 거죠? 후후후."

짧은 한 글자 문자를 보며 설민은 가만히 웃었다. 자고로 사람은 늙고 오래된 것보다는 어리고 신선한 것에 끌리게 마련이다. 늙은 소고기보다 어린 송아지 고기가 맛있는 것처럼.

어릴 적 첫사랑을 어떻게 다시 만났는데 이대로 놓칠 순 없었다. 서윤 누나를 영어 학원에서 우연히 다시 만나게 된 것은 영화나 소설 속의 만남처럼 신이 맺어준 인연이리라. 서현후, 그가 제아무리 날뛰어봤자 운명으로 맺어진 인연을 어찌 이기리오.

딩동딩동.

생각에 잠겨 있는 설민의 귓가에 초인종 소리가 들려왔다. 예쁘게 차려입은 여대생 한 명이 문밖에서 차가운 바람에 바들바들 떨고 있다. 11월 하순, 곧 다가올 겨울을 예고하는 바람은 시린 칼날처럼 차갑고 따가웠다.

"어서 와, 누나. 이게 뭐야. 추워서 바들바들 떨기나 하고. 옷 좀 따뜻하게 입고 다니랬잖아."

"어우, 시끄러. 두툼하게 입으면 선이 안 살잖아, 선이."

그녀가 얄밉지 않게 샐쭉 웃으며 제 방으로 쏙 들어갔다. 이름은 서연아. 올해 스물한 살의 멋쟁이 여대생이다. 머리도 꽤 좋고 공부도 열심히 해서 서울의 상위권 대학에 입학했다. 때문에 주변의 많은 이들이 설민도 연아처럼 좋은 대학에 들어가기를 바라고 있었다.

"선은 무슨, 그러다 얼어 죽겠다."

누나를 걱정하는 동생의 마음으로 한바탕 쏘아주고 설민 또한 제 방으로 들어갔다.

—태현아, 오늘 재밌었어. 난 잘 들어왔으니까 너도 잘 들어가♡

문자를 보낸 연아는 핸드폰을 내려놓고 옷을 갈아입었다. 디자인이 마음에 쏙 들어 구입한 블랙 재킷은 종잇장처럼 얇았다. 이렇게 입고 나갔으니 추운 게 당연했지만 어쩔 수 없었다. 새로 사귄 그는 정말이지 매력적인 남자라서 예쁜 모습만 보여주고 싶었다.

"따뜻한 물로 샤워라도 해야겠다."

방문을 닫고 나서는 그녀의 등 뒤로 조용한 침묵이 내려앉았다.

✵ ✵ ✵

예전 같으면 또다시 늦게 들어온 태현을 보며 새까맣게 타버린 서윤의 가슴이 눈물을 뚝뚝 흘렸을 것이다. 하지만 달라지기로 결심한 지 얼마나 됐다고 너무도 무덤덤해져 버린 심장에 깜짝 놀랄 지경이었다.

태현을 생각보다 많이 미워하고 있는 모양이다. 결혼식장에서 검은 머리 파뿌리 될 때까지 함께하겠다고 맹세한 기억을 저버리고 바람을 피운 그가, 자신을 더 이상 사랑해 주지 않는 그가 많이 야속했나 보다. 이렇게나 빨리 그에 대한 관심을 지우고 새 출발 하는 것에만 온 신경이 쏠린 것을 보면.

"연아야……."

아니, 아닌가. 무덤덤해진 게 아니라 무덤덤해지려고 애쓰는 건가, 잠든 그의 입에서 흘러나온 다른 여자의 이름에 심장이 덜커덩 추락하는 느낌이 드는 것을 보면.

그러고 보니 얼마 전부터 그가 무의식중에 내뱉는 여자의 이름이 어딘지 모르게 익숙했다. 그동안 별생각 없이 지나쳤는데 최근 현후와 설민을 만나면서 떠올리게 된 옛 친구 연아의 이름과 같다는 사실을 문득 깨달았다.

"설마 그런 소설 같은 우연이 있겠어. 아침 드라마도 아니고."

제가 생각하고도 어처구니가 없어 고개를 절레절레 저은 서윤은 책상 앞에 앉았다. 오랜만에 밤늦게까지 스탠드를 켜놓고 하는 영어 공부는 생각보다 재미있었다. 고등학교 재학 당시에는 절대 느낄 수 없었던 희열이다.

이래서 다들 목표가 뚜렷하게 존재하는 공부를 해야 한다고 말하나 보다. 지옥 같은 생활에서 벗어나기 위해, 스스로를 위해 하는 공부는 괴로운 것이 아니라 즐길 수 있는 것이었으며, 하지 않으면 안 되는 것이 아니라 하고 싶은 것이었다.

"에구구, 시간을 또 초과했네."

감이 떨어져서 그런지 예전과 달리 정해진 시간 안에 문제를 다 풀지 못하는 경우가 많았다. 시간을 초과해서 푼 만큼 다 맞기라도 하면 위안이 될 텐데 오늘도 문제집 위에는 빨간 비가 주룩주룩 내렸다. 바라보고 있노라니 한숨이 저절로 터져 나온다.

"하아, 잠시 머리 좀 식힐까."

서윤은 고등학생 때와 신혼 시절 즐겨 찾던 '미드 카페'에 들어갔다. 최근 통 접속을 안 하고 있었는데 영어 공부를 시작하면서 듣기 공부 대용으로 미드의 필요성을 느꼈다. 물론 재미라는 부수적인 이유는 따로 빼두자.

최근 보고 있는 미드의 제목은 'The Subject of Love'. 우리말 해석으로는 '사랑의 주체' 정도 될까나. 여주인공의 상황이 저와 비슷한 점이 많아서 1화를 보자마자 바로 매료되었다.

평범한 가정의 딸 '레이나(Raina)'는 저처럼 재벌가 도련님과 꿈같은 결혼식을 올리지만 얼마 못 가 상류층 사회에의 부적응, 남편의 외도 등으로 소외된 일상에 갇혀 버리고 만다. 하루하루가 힘겹던 그녀에게 다가온 이는 어릴 적 소꿉친구인 '매튜(Matthew)'. 레이나를 줄곧 짝사랑해 오던 그는 그녀가 새로운 삶을 시작할 수 있도록 적극 도와주는 한편, 그녀의 남편에게 복수할 계획을 세운다는 것이 대략적인 스토리다.

물론 현후는 제 소꿉친구가 아니며 저를 짝사랑하지도 않고 태현에게 복수할 생각이 없다는 점에서 여러모로 달랐지만, 나머지 상황은 비슷한지라 레이나에게 감정을 이입해 가며 열심히 보고 있는 중이었다. 전체 24화 중에서 8화까지 본 상태. 오늘은 11화까지 보았는데, 레이나가 미국 명문대 디자인 학부에 원서를 내는 장면에서 저도 모르게 가슴이 쿵쾅거렸다.

"나도…… 저렇게 할 수 있을까?"

서윤은 기도하듯 두 손을 가만히 그러모았다. 주인공 레이나가 부럽고 또 부러웠다. 미쳤지. 자신이 정말 미쳤던 거지. 어째서 눈앞의 현실에 안주하여 자신을 더 발전시키지 않고 가만히 내버려 둔 것일까. 이 세상 모든 것이 그러하듯 사랑 또한 가꾸지 않으면 시들어 버리게 마련인데. 제 부모를 지켜보면서 충분히 공감했던 사실이 아닌가.

"다시 한 번 내 이름으로 당당히 살고 싶어."

이서윤이 아니라 강태현의 아내로 살면서 결혼과 함께 자연스레 묻혀 버린 나란 존재. 죽어버린 이름 석 자를 다시 한 번 살려서 세상을 활보하고 싶다는 욕망이 마른 장작에 불 지피듯 치밀어 올랐다.

"다시 한 번 해보자, 이서윤!"

큰 소리로 기합을 불어넣은 서윤은 컴퓨터를 끄고 이번엔 현후의 수학 숙제에 매달리기 시작했다. 약 30분 후, '졸리니까 내일 아침 일찍 일어나서 해야지' 하는 자기 합리화와 함께 침대에 드러누운 것은 현후에게 결코 들키고 싶지 않은 비밀이다.

목이 말라붙는 갈증 때문에 잠에서 깨어난 태현은 거실로 나와 냉수를 벌컥벌컥 들이켰다. 잠에 취해 몽롱한 그의 시야에 달력이 들어왔다.

11월 24일. 빨간색 동그라미가 커다랗게 그려져 있다. 어디 보자. 저날이 무슨 날이더라. 제 기억을 더듬어보던 태현의 귓가로 갑자기 웬 목소리가 들려왔다.

"다시 한 번 해보자, 이서윤!"

모처럼 들어보는 서윤의 쾌활한 목소리다. 순간 그녀가 도대체 이 시각까지 무얼 하고 있나 궁금해진 태현은 살짝 열린 방문 사이로 고개를 들이밀어 보았다. 새벽 2시인데 그녀는 이 늦은 시각까지 스탠드를 켜놓고 공부하고 있었다.

'영어 학원에 다닌다고 했지? 그 숙제인가?'

어깨를 넘어서는 긴 생머리를 가지런하게 묶고 의욕에 넘쳐 무언가를 하는 모습이 상당히 새롭게 다가왔다. 고등학교 3학년, 지하철에서 처음 마주했을 때 한눈에 반한 그녀의 모습이다. 그의 가슴이 미묘하게 두근거렸다. 한계치까지 운동을 하고 난 후의 흥분과 떨림처럼.

"난 또 뭘 기대하는 거지, 바보같이."

태현은 절레절레 고개를 저으며 방으로 들어갔다. 지금의 상황을 전부 제 탓으로만 돌리기 바쁜 서윤이다. 그런 여자가 달라져 봤자 호수에 바닷물 한 바가지를 들이붓는 것과 마찬가지였다.

✠ ✠ ✠

중학교 동창 현후를 다시 만난 후 새 삶을 기획하느라 바빠서 서윤은 시간이 어떻게 흘러가는지도 몰랐다. 2박 3일간 경영학과 엠티가 있다며 태현이 커다란 배낭을 짊어지고 떠나 버린 오늘 새벽, 그녀는 무심코 달력으로 시선을 던졌다가 잠시 숨이 멎어버렸다.

11월 24일. 오늘은 서윤이 이 세상에 첫발을 내디딘 날이다.

유일한 친정 식구인 어머니는 병원에 입원해 계시고, 남편은 제게 더 이상 아무런 관심도 없다. 친구들과는 결혼하면서 연락이 전부 끊겨 버렸다. 때문에 아무도 축하해 주는 사람이 없어 저 또한 생일을 기억하지 못한 것일까.

서윤은 짙은 한숨을 내쉬며 작년 생일을 떠올려 보았다. 태현이 바람을 피우고 있다는 사실을 어렴풋이 인지했을 무렵이다. 병원에 입원한 지 얼마 안 된 어머니의 손을 붙잡고 말없이 눈물만 삼키던 기억이 엊그제 일처럼 선명하게 되살아났다.

"……그만하자, 우울한 생각은. 오늘은 어머니 병원에나 들러 볼까."

저 먹고살기도 바빠 최근 발걸음이 뜸해진 것이 죄송스러웠다. 태현이 없으니 2박 정도는 병원에서 어머니와 함께 보내는 것도 나쁘지 않겠다는 생각이 들었다.

병원에 가기 위해 서둘러 설거지를 하고 청소기를 돌렸다. 이젠 집안일과 공부를 병행하는 것에 요령이 생겨서 영어 단어를 외우며 청소기를 돌리는 게 익숙해졌다.

공부도 하고 집안일도 하면서 바삐 움직이다 보니 시간이 금세 지나갔다. 태현의 짐과 식사를 챙겨주느라 아침 6시에 일어났는데 어느새 10시가 다 되었다. 참 신기하게도 바쁘게 움직이면 움직일수록 시간이 빨리 흘러간다. 휴우, 어디 잠깐 쉬어볼까.

청소기도, 영어 단어장도 내려놓았다. 아침 겸 점심이나 가볍게 먹어야겠다고 생각하며 부엌으로 걸음을 옮겼다. 띠릭띠릭. 식탁 위 핸드폰에 메시지가 도착했다는 알림이 떠 있다. 방금 온 스팸 문자 외에도 메시지가 두 개 더 도착해 있었다.

첫 번째 문자는 태현이 보낸 것이었다.

—오늘 생일이니까 내 카드 가지고 나가서 친구들이랑 놀아.

기억은 하고 있었구나. 그나마 다행이라고 해야 하나.

그렇다 해도 아무도 없는 무인도 해변에서 언제 올지 모르는 구조대를 기다리는 사람처럼 답답한 가슴이 나아지지는 않았다. 휴우, 뭐라고 답장을 보내야 하나. 이러지도 저러지도 못한 채 액정만 부서져라 노려보던 서윤은 결국 짙은 한숨을 내쉬고 이전에 도착한 문자부터 확인하기로 마음먹었다.

—서윤 학생, 오늘은 스페셜한 날이니까 스페셜한 과외 수업을

준비했어. 빨랑 문 열어.

발신자 서현후. 발신 시각 오전 9시 40분.

서윤은 저도 모르게 갈색 벽시계를 쳐다보았다. 10시 11분. 벌써 30분이나 지나 있다.

"설마……."

불안한 마음으로 현관문을 열자 가늘게 피어오르는 알싸한 담배 향이 서윤의 코로 스며들었다. 하얀 난간에 기대어 담배를 피우고 있는 까만 뒤통수가 보인다. 그가 담배 피우는 모습은 오늘이 처음인데, 자주 봐온 사람처럼 익숙한 느낌이 든다.

서윤의 의식이 연어처럼 먼 과거로 거슬러 올라갔다. 중학교 3학년 어느 여름, 옥상 난간에 걸터앉아 있던 그의 모습과 지금의 모습이 겹쳐졌다.

그때도 궁금했다. 한겨울, 차가운 눈을 뚫고 돋아나는 잎사귀는 무슨 생각을 하고 있을지. 5년이 지난 지금도 그는 눈을 헤치고 피어나는 여린 잎처럼 위태로운 느낌이 들었다. 그런 주제에 저와 아무 상관 없는 타인까지 챙기느라 바쁘다.

태현은 분명 오늘부터 2박 3일간 경영학과 전체 엠티가 있다고 했다. 과 교수님들도 오시니까 학점과도 관련이 있다며 대단한 일을 하러 가는 사람처럼 뻐기지 않았던가. 그렇다면 태현과 같은 과인 현후 또한 이곳에 있어서는 안 됐다.

결혼을 방해하다

서윤은 왠지 모르게 눈물이 왈칵 쏟아질 것만 같아서 고개를 푹 숙여 버렸다. 탁 뒤돌아서는 발자국 소리가 들렸다. 검은 그림자가 제 눈앞에 드리워진다.

"이 아가씨는 진짜 문자 확인도 늦다니까. 뭐 하나 빠른 게 없어요, 빠른 게."

평소와 다를 바 없는 장난기 어린 목소리에 눈물이 쏟아졌다. 이유를 알 수 없는 눈물이.

당황해하는 현후의 목소리가 크다가도 작게, 작다가도 크게 들려온다. 머리가 하도 어지러워서 이대로 정신을 놓아버릴 것만 같았다. 어째서 하얀 눈 속의 새싹이 눈에 자꾸 밟히는지 모를 일이다.

서윤은 살짝 부은 눈과 불어터진 볼로 한 시간째 창밖을 내다보고 있었다. 옆에서 몇 분 간격으로 저를 힐끔힐끔 쳐다보는 현후의 시선이 느껴졌지만 모른 체했다.

나쁜 놈. 이유는 모르겠지만 그 때문에 오랜만에 눈물을 흘린 제 모습이 부끄러워 서윤은 속으로 온갖 욕을 퍼부어댔다. 그 욕의 대상이 현후인지 저인지는 알 수 없었다.

먼지가 낀 고속버스 창문으로 바깥 풍경을 보다가 저를 쳐다보고 있는 창문 속 그와 시선이 딱 마주쳤다. 그의 입꼬리가 씨익 올라간다.

"우리 반장님, 오빠 앞에서 울어서 부끄러웠쪄요?"

아니, 이 자식이. 며칠 전 제가 한 말을 살짝 바꿔서 따라 하는 그의 모습에 서윤이 사납게 눈을 흘겼다.

"뭐래니."

"하긴, 나라도 감격해서 울 듯. 이렇게 좋은 과외 선생님이 어디 있어? 스페셜 수업도 해주고."

저 혼자 신나서 주절주절 떠드는 모습을 보니 기가 막혀 화내야겠다는 생각도 사라졌다. 서윤은 한 시간 반 전의 상황을 천천히 되짚어보았다. 이유 모를 눈물을 한동안 쏟아내고 나서 그녀가 제일 먼저 꺼낸 말은······.

"오늘 경영학과 엠티 있다며? 그런데 왜 여기 있어?"

조금은 악에 받친 목소리로 그가 이곳에 있는 이유를 묻는 내용이었다.

"엠티 가봤자 술만 마셔대서 속 버려."

피우던 담배를 난간에 눌러 끄며 태연하게 대답하는 녀석을 보니 왠지 모르게 화가 나서 서윤은 그의 등짝을 마구 때려주었다.

"교수님들도 오신다며? 너 찍히면 어쩌려고 그래? 언제까지 그렇게 땡땡이치고 살 거야?"

있는 힘껏 때린 탓인지 나중에는 손바닥이 얼얼해져 왔다. 손을 쥐었다 폈다 하는 서윤을 향해 빙긋 웃어 보인 그가 손목시계를 쳐다보더니 재촉해 왔다.

"야, 시간 없어. 빨리 옷 갈아입고 나와."

대체 왜 그러냐고 묻는 말을 죄다 무시한 채 서두르는 현후의
손에 이끌려 도착한 곳은 서울 고속버스터미널. 택시 안에서도
기사아저씨를 어찌나 재촉하던지 서윤은 옆에서 듣고 있다가
민망해서 혼났다. 상황을 파악할 겨를도 없이 눈 깜짝할 사이에
모든 것이 이루어졌다. 뛰고 뛰고 또 뛰어서 11시 강릉행 버스에
탑승할 수 있었다.

그 결과 그들은 지금 강릉으로 가고 있다. 11월 하순에 뜬금
없이.

1시 40분이 조금 넘어 강릉 고속버스터미널에 도착했다. 6시
에 일어나서 아무것도 집어넣지 않은 서윤의 배가 굶어 죽겠다
며 거센 시위를 벌이고 있었다.

"우선 밥부터 먹자. 널 제대로 패려면 힘 좀 비축해 둬야겠
어."

모든 것이 갑작스럽게 벌어진 일이라 상당히 당혹스러울 법
도 한데 배가 고프니 아무 정신이 없었다. 먹을 것, 먹을 것이
필요해! 서윤의 얼굴과 몸짓에서 그 뜻을 충분히 읽어냈는지 현
후가 쿡쿡거리며 얄밉게 웃어댔다.

"네네, 알아서 모시겠습니다."

다시 택시를 잡아타고 도착한 곳은 어느 음식점 앞. 강원도의 별미라고 불리는 고소한 감자옹심이를 전문으로 내세운 가게였다. 손님들이 드나드는 문 앞에 **방송에 출연했다는 커다란 현수막이 자랑스레 걸려 있다.

늦은 점심때라 그런지 널따란 가게 안에는 손님이 그리 많지 않았다. 서윤과 현후는 이것을 처음 먹어보는 외지인에겐 감자옹심이만 들어 있는 메뉴보다 감자옹심이 칼국수를 추천한다는 주인아주머니의 말에 따라 칼국수 두 그릇을 시켰다. 서윤은 음식이 나오자마자 말없이 그릇을 비우기 시작했고, 현후는 그 모습을 보며 웃느라 제대로 먹질 못했다.

"아, 진짜 누가 보면 내가 너 일주일은 굶긴 줄 알겠다."

"네가 갑자기 끌고 오는 바람에 아침도 못 먹고 나왔거든요?"

"그래그래, 많이 먹어, 반장님. 넌 살찌는 거 신경 안 쓰잖아."

무럭무럭 커가는 새끼 돼지를 바라보는 듯한 눈빛에 서윤의 입술이 크게 비틀렸다. 콱! 그 순간, 테이블 밑으로 정강이를 거세게 걷어차인 현후가 말은 못 하고 표정만 잔뜩 일그러뜨렸다.

아, 고것 참 쌤통이다. 진즉 이렇게 때릴 걸 그랬어. 서윤은 아무 일도 없다는 듯 국물을 후루룩 들이켰다. 거참, 진득하니 고소한 게 입에 착착 들러붙네.

아아, 배불러. 신 김치와 함께 칼국수 한 그릇을 뚝딱 비워냈더니 이제야 좀 살 것 같았다. 현후가 그녀의 식성에 놀란 듯 혀를 내둘렀다. 서윤이 냉수 한 잔을 벌컥벌컥 들이켠 후 먹느라 다물고 있던 입을 열었다.

"자, 그럼 이제 제대로 설명해 봐."

"무엇을? 아까 다 말했잖아."

"스페셜한 과외 수업은 대체 뭐며 강릉까지 내려온 이유, 네 녀석이 과 엠티를 땡땡이친 이유, 이 모든 것을 순순히 불란 이야기야."

"어허, 이 아가씨, 은근히 말이 안 통한다니까. 이미 이야기 다 끝난 거 아니었어? 나야 좋은 선생님으로서 방해물이 멀리 떠난 사이 하나뿐인 학생을 위해 스페셜한 수업을 준비한 거지."

보통 사람 같으면 다람쥐 쳇바퀴 돌 듯 반복되는 대화에 짜증이 날 법도 하련만 배를 든든히 채운 서윤은 팔짱을 끼고 느긋하게 앉아 그의 이야기를 듣고 있었다.

"아, 그러세요?"

"응, 응."

"그래, 우리 나가자. 나가서 맞고 시작하자."

강릉까지 타고 온 버스표는 현후가 이미 계산한지라 서윤은 밥값이라도 내기 위해 계산대로 향했다. 지갑을 꺼내는데 누군가가 그녀의 손목을 붙들었다. 뒤돌아보니 현후가 고개를 도리도리 젓고 있다.

"버스표는 네가 계산했잖아. 밥은 내가 살게."

"아냐. 일단 내가 한꺼번에 계산할 테니까 나중에 나누자."

부득불 우기는 녀석 때문에 서윤은 지갑을 도로 집어넣었다. 먼저 밖에 나와 있으니 계산을 마친 그가 뒤따라 나왔다. 하얀 손가락이 서윤의 입술에 닿는가 싶더니 무언가가 입안으로 쏘옥 들어왔다. 시원한 박하사탕이다.

"이제 그 입 좀 막히려나?"

한쪽 눈을 찡긋거리는 그의 눈웃음은 예전과 다를 바 없었다. 어휴, 이런 거에 마음 약해지면 안 되는데.

"뭐라고?"

"푸념이야, 푸념. 아가씨가 워낙 눈치도 없고 성격도 괄괄해서……."

"맞고 싶다는 이야기를 그렇게 돌려 하지 않아도 돼."

슬쩍 흘겨보다가 때리는 시늉을 하자 현후가 몇 발자국 뒷걸음질했다. 이어 웃음기를 머금은 목소리가 들려왔다.

"일단 내려왔으니 즐기자. 뭐, 궁금한 것도 많고 묻고 싶은 것도 많겠지만…… 시간이 지나면 다 알 수 있을 테니까."

"너 어젯밤 대체 무슨 영화나 드라마를 쳐본 거니?"

"엇, 눈치챘어? 크크크."

말이나 못 하면 밉지나 않지. 아무래도 녀석은 제 목적을 순순히 알려줄 생각이 전혀 없는 듯했다.

인내심 많은 서윤, 제가 일단 한발 뒤로 물러나기로 했다. 모든 일에는 끝이 있으니 때가 되면 다 알 수 있으리라 생각하고서.

그녀의 기분이 들떠 있는 점도 그러한 결정에 한몫했다. 어쨌든 서울을 벗어난 것은 정말 오래간만의 일이다. 답답한 집, 우울한 일만 가득한 공간을 떠나서 낯선 도시에 내려오니 무언가를 새로 시작하는 사람처럼 마음이 설레었다.

"자, 그럼 가실까요, 반장님."

그가 집사처럼 허리를 숙이며 입을 열었다. 서윤이 피식 웃으며 앞서 걸었다. 바람을 잔뜩 집어넣은 풍선처럼 마음이 자꾸만 공중 위로 떠오른다.

어디로 갈까. 이 질문에 서윤과 현후가 입을 모아 답했다.

바다. 서윤은 뜬금없이 늦가을 한적한 바다가 보고 싶었다. 그곳에 가면 짭조름한 바닷바람에 막혀 있는 속이 시원하게 뚫릴지도 모른다. 미리 짜고 치는 고스톱처럼 같은 장소를 언급한 것이 웃긴지 그들은 잠시간 서로의 얼굴만 빤히 쳐다보았다.

계획 없이 떠난 여행. 근처 슈퍼에서 경포해수욕장까지 가는 방법을 물어보고 버스에 올라탔다. 현후가 정류장을 착각해서 한 정거장 앞에 내린 것은 비밀 아닌 비밀. 덕분에 둘은 상당 시간 걸은 후에야 한적한 늦가을 바다에 도착할 수 있었다.

백(白)과 청(靑)의 조화. 세상이 흰 모래밭과 푸른 바다 두 가지 색으로만 나뉜 듯한 착각이 일었다. 바다 특유의 물비린내가 바람에 실려왔다. 생각보다 싸늘한 기운에 서윤의 어깨와 양팔이 파르르 떨렸다. 도톰한 블랙 재킷이 그녀의 어깨 위에 살포시 올려졌다.

"어우, 야, 됐어."

"나중에 감기 걸려서 공부 못 하겠다고 징징거리지 말고 줄 때 입으셔. 버스 떠난 다음에 후회해 봤자 아무 소용 없다?"

자식, 어디서 본 건 있어 가지고. 서윤은 못 이기는 척 현후의 재킷을 걸쳐 입었다. 옷의 두께에 누군가가 자신을 걱정해 주고 있다는 마음의 두께까지 겹쳐져 꽤 따뜻했다.

조개껍데기가 섞여 있는 모래사장에 운동화가 푹푹 빠져들었다. 한 발 한 발 바다가 가까워질수록 그리운 고향집을 찾아가듯 가슴이 두근거렸다.

"자, 오늘의 첫 번째 수업입니다. 답답한 마음, 우울한 생각 모두 쏟아버리기."

서윤이 의아해하는 표정으로 현후를 쳐다보았다. 갑자기 저게 무슨 소리람. 그에겐 포도 알맹이 벗기듯 사람의 정신을 쏙 빼놓는 재주가 있었다.

"뭐라고?"

"봐봐. 여긴 아무도 없어. 말 못 하는 바다만 드넓게 펼쳐져 있을 뿐. 하고 싶은 말, 하고 싶은 욕 다 할 수 있는 이 세상에서 가장 완벽한 장소란 말이지."

서윤이 현후를 향해 가볍게 눈을 흘겼다.

"너는?"

"응? 뭐라고? 뭐라는지 하나도 안 들리네. 서현후는 지금부터 10분간 귀가 안 들릴 예정이라서……."

정말이지, 미워할 수 없는 녀석. 시선도 다른 곳에 두겠다며 머리가 조금 모자란 사람처럼 모래사장에서 조개껍데기나 뒤지고 있는 그의 뒷모습이 서윤의 시야를 가득 메워왔다. 저도 모르게 깨문 입술에서 피가 조금 흘러나왔다. 생각 없이 매운 고추를 집어먹은 것처럼 마음이 아리다.

서윤은 찰랑거리는 바다에 한 걸음 내디뎠다. 일렁이는 하얀 물결이 운동화 밑바닥을 간질인다. 이 순간, 저 또한 드넓은 바다의 일부가 된 듯한 착각이 전신을 휩쓸었다.

"이서윤! 내 말 들리니?"

후아아! 쪽팔림을 무릅쓰고 첫말을 내뱉자 미친 듯이 쿵쾅거리던 심장이 어느 정도 진정되었다.

"다시 시작하겠다고 마음먹은 것 축하해! 지금이라도 새로 시작할 수 있어서 정말…… 정말…… 다행이라고 생각해!"

철썩! 하얀 파도가 화답하듯 해변으로 밀려왔다. 바위에 부딪쳐 산산이 흩어지는 물방울이 한낮 햇빛에 다이아몬드처럼 반짝이며 빛났다. 물보다 짙은 푸른 하늘 위로 길 잃은 새 한 마리가 지나간다. 이 근처를 한동안 맴돌다가 마침내 결단을 내린 듯 수평선 저 너머로 사라지는 모습이 서윤 저를 닮았다는 생각이 들었다.

"그동안 많이 힘들었지? 늙은 족제비 같은 시어머니에 여우 같은 강아라 고 기집애, 한 대 쳐버리고 싶은 강태현…… 돈이 좀 있으면 뭐 하니, 인간이 안 됐는데! 지가 누구 덕분에 그 대학에 들어갔는데! 내가 입시설명회 쫓아다니면서 원서 어디에 넣으면 좋을지 상담해 준 건 하나도 기억 못 할 거야! 그치? 나쁜 놈! 개자식! 빌어먹을 놈!"

지난날의 설움이 끓고 있는 물주전자의 수증기처럼 가득 피어올라`눈가가 따끔거렸다. 눈과 귀가 멀쩡히 붙어 있는데 그들이 제게 했던 모욕적인 말이나 행동이 보이지 않고 들리지 않을 리 없다. 대응해 봤자 제가 더 상처 입을 것을 잘 알기에 못 본 척, 들리지 않는 척 노력했을 뿐이다.

"진짜 죽이고 싶을 정도로 원망스러웠는데…… 문득 이런 생각이 들었어. 나는 과연 100% 피해자일까."

원망과 미움만으로 마음이 들끓던 이전과 달리 어느 정도 안정을 되찾은 요즈음 그들의 입장에서도 한 번쯤 생각해 보게 되었다. 어머니의 막대한 병원비에 대한 부담, 고졸 출신 며느리 및 아내를 두고 있는 기분, 인격 빼고 다른 조건은 무엇 하나 꿀릴 것 없는 사람들이 저처럼 부족하고 결점 많은 사람을 끌어안고 살아가야 하니 거슬리긴 하겠더라. 그냥 가만히 있어도, 무얼 해도 미워 보일 테고.

"그들을 이해한다는 게 아냐. 다만 내게도 책임이 있다는 사실을 인정하게 됐을 뿐이지. 차라리 마음이 편해. 조금 덜 미워하게 돼서…… 헤어져도 이 시간이 커다란 마음의 짐으로 남지 않고 나만의 삶, 잘 꾸려 나갈 수 있을 것 같아. 아니, 그러길 바라."

그들을 적당히 미워해서 부디 그 증오와 미움에 제가 온전히 먹히지 않기를. 거창한 복수를 꿈꾸기보다 제 새로운 삶과 미래를 더 소중히 여기기를.

"힘내자! 난 할 수 있어! 국어, 사회는 조금만 하면 될 것 같고, 영어와 수학도 금방 감 잡을 테니까!"

잠시 숨을 가다듬었다. 마지막 말을 내뱉기 위해서는 소리를 지르기 시작한 순간보다 더욱 많은 용기가 필요했다.

"그리고 이서윤이…… 서현후에게도 무진장 고맙다고 전해 달래! 너 덕분에 다시 시작할 수 있는 용기를 얻었다고!"

얼굴에 뜨거운 열이 몰리는 것을 느꼈다. 서현후 그가 어떤 표정을 짓고 있을지 궁금하기도 했지만, 똑바로 쳐다볼 엄두는 나지 않았다. 두 눈을 꼭 감아버리자 한층 예민해진 청각으로 모래를 저벅저벅 헤치고 걸어오는 발자국 소리가 들렸다.

목에 걸쳐지는 팔이 뜨겁다. 맞닿은 등과 가슴. 철썩이는 파도 소리와 낮은 심장박동 소리가 하모니를 이룬다. 귓가에 와 닿는 숨결이 이른 봄의 아지랑이처럼 서글프게 느껴지는 것은 그이기 때문일까.

눈물겹다. 그 한 단어가 이토록 심장에 와 박힐 줄 몰랐다. 그는 한겨울 눈을 뚫고 돋아나는 잎사귀처럼, 이른 봄의 아지랑이처럼 늘 눈물겨운 존재다.

"……5년 전의 서현후가 전해달래. 그날 자신을 살려줘서 고맙다고."

낮은 음성이 심장을 두근거리게 만든다. 힘이 잔뜩 들어간 양손이 그녀의 목을 조르듯 매달려 온다.

바람이 분다. 그 여름날 학교 옥상 위로 불었던 서늘한 바람이.

서윤의 의식은 자꾸만 과거로 달려간다. 한적한 늦가을 바다에서 지난 기억을 되새겨 본다.

✻ ✻ ✻

홀로 발걸음하던 가을 바다에 단둘이 왔다는 사실만으로도 현후의 마음은 설레었다. 항상 쓸쓸해서 거울 속 저를 바라보는 것 같던 드넓은 바다가 그녀의 존재감으로 가득 채워졌다. 황량

한 물의 사막, 텅 비어 있는 하늘. 저 같은 존재가 또 있다는 것이 고맙기도 하고 신기하기도 해서 매년 찾아오던 바다가 오늘은 눈이 부시도록 빛나고 있다. 모래사장은 눈(雪)처럼 희고 바다는 초원(草原)처럼 푸르다. 저도 바다도 달라진 점은 아무것도 없는데, 한 사람의 존재가 지니는 의미는 이처럼 크다.

강하지만 약하고, 약하지만 강한 여자. 그동안 마음고생이 심했을 서윤에게 제안해 본다. 미움, 원망, 설움……. 서윤 그녀를 괴롭히던 모든 것을 이곳에 다 내려놓고 가라고. 내년에도 이곳을 다시 찾을 제가 모조리 다 집어삼킬 테니.

"다시 시작하겠다고 마음먹은 것 축하해! 지금이라도 새로 시작할 수 있어서 정말…… 정말…… 다행이라고 생각해!"

축하한다, 서윤아. 10분간 귀는 닫아두었지만 마음마저 닫아둔 것은 아니다. 마음으로 전해 들은 외침, 마음으로 전한다.

"그동안 많이 힘들었지? 늙은 족제비 같은 시어머니에 여우 같은 강아라 고 기집애, 한 대 쳐버리고 싶은 강태현……. 돈이 좀 있으면 뭐 하니, 인간이 안 됐는데! 지가 누구 덕분에 그 대학에 들어갔는데! 내가 입시설명회 쫓아다니면서 원서 어디에 넣으면 좋을지 상담해 준 건 하나도 기억 못 할 거야! 그치? 나쁜 놈! 개자식! 빌어먹을 놈!"

고생 많았다, 서윤아. 자신이 그녀가 아닌 이상 그 아픔, 그 괴로움을 어찌 다 이해한다고 말할 수 있을까. 손바닥에 있던 조개껍데기를 힘주어 눌렀다. 파삭, 힘없이 깨어지는 폼이 제 마음 같았다.

"진짜 죽이고 싶을 정도로 원망스러웠는데…… 문득 이런 생각이 들었어. 나는 과연 100% 피해자일까. 그들을 이해한다는 게 아냐. 다만 내게도 책임이 있다는 사실을 인정하게 됐을 뿐이지. 차라리 마음이 편해. 조금 덜 미워하게 돼서…… 헤어져도 이 시간이 커다란 마음의 짐으로 남지 않고 나만의 삶, 잘 꾸려 나갈 수 있을 것 같아. 아니, 그러길 바라."

언제나 제 예상을 뛰어넘는 서윤. 중3 어느 여름날, 제 손에 쥐어졌던 작은 종이 쪽지 하나에 당황했듯이 지금은 바람결에 실려온 그녀의 고백에 당황스럽다. 그녀의 책임과 잘못. 저는 단 한 번도 생각해 보지 않은 것.

저나 그녀나 피해자인 그들이 제 아버지나 그녀의 시댁 식구 등 가해자의 입장까지 생각해 줄 필요가 있는가. 꽉 움켜쥔 현후의 손아귀 사이로 모래알이 덧없이 빠져나간다. 태현에게 되갚아주는 일도 이와 같을까.

덧없는 복수보다 제 삶과 미래를 더 소중히 여기는 태도. 서윤이 한낮의 태양처럼, 밤하늘의 달처럼 반짝일 수 있는 이유 중 하나이다. 현후는 깊은 한숨을 내쉬었다. 그녀에게 등을 돌리고 있어서 다행이다. 똑바로 쳐다보았다간 그 눈부심에 시력을 잃어버렸을 테니까.

"힘내자! 난 할 수 있어! 국어, 사회는 조금만 하면 될 것 같고, 영어와 수학도 금방 감 잡을 테니까!"

그녀는 잘할 것이다. 스스로 빛을 발하는 사람이니까. 저는 단지 그 빛이 조금 덜 흔들리도록 보호해 주는 사람일 뿐. 한때 벼랑 끝까지 내몰린 저를 구원해 준 그 빛을 현후는 굳게 믿는다.

"그리고 이서윤이…… 서현후에게도 무진장 고맙다고 전해 달래! 너 덕분에 다시 시작할 수 있는 용기를 얻었다고!"

혼자서도 반짝반짝 빛나는 그녀는 태양. 스스로를 구석으로 내몰고도 모자라 타인마저도 집어삼키려는 자신은 어둠. 새까만 어둠도 태양에게 과연 도움이 될 수 있을까. 매일 자문하던 제게 주어진 답.

맞닿은 등과 가슴이 뜨겁다. 두 개의 심장 소리가 차츰 비슷해짐을 느낀다. 차가운 바람에 노출된 피부는 서늘하고, 눈물에 노출된 눈가는 뜨겁다. 목이 메어와 말을 내뱉는 것이 참 힘들다.

"……5년 전의 서현후가 전해달래. 그날 자신을 살려줘서 고맙다고."

진작 해주고 싶었던 말이다. 5년 전에 했어야 할 감사 인사를 저는 지금 늦가을 바다 앞에서 하고 있다.

바람이 분다. 그 여름날 학교 옥상 위로 불었던 서늘한 바람이.

심장이 거칠게 뛴다. 11월 24일, 오늘은 그대가 태어나서 참으로 기쁜 날이다.

"에취!"

콜택시에 올라탄 현후 녀석은 연신 기침을 해댔다. 모처럼 드라마나 영화 속 남자 주인공처럼 폼 잡더니만 차가운 바닷바람에 감기가 단단히 걸린 모양이다. 이대로 서울에 올라가 쉬는 편이 낫지 않을까. 돌아가자고 제안해 보았지만 그는 부득불 꼭 가봐야 할 곳이 있다고 우겼다.

잠시 후 도착한 곳은 허균·허난설헌 기념공원이었다. 홍길동전의 저자로 이름 높은 허균은 다들 잘 알고 있는 인물이라 생각한다. 그의 누나 허난설헌, 그녀의 본명은 허초희로 조선 중기 선조 때 활약하던 여류 시인이다. 신은 그녀에게 불행과 재능을 동시에 주었으니, 고된 시집살이와 개망나니 같은 남편, 하늘나라로 일찍 떠나보낸 자식 등 불우한 처지에 놓인 본인의 모습을 섬세하고 아름다운 필체로 그려내었다. 사후에야 그녀의 문장과 글이 비로소 빛을 보아 중국에서 시집 『난설헌집』이 간행되었고 일본에서도 그녀의 시가 애송되었다.

한때 문학소녀를 꿈꾸던 여중생, 여고생이 있었다. 자신의 불우한 처지를 그토록 애잔하고 아름다운 글로 표현해 낸 여인을 동경하던 소녀는 시간이 지나 그녀와 비슷한 처지에 놓인 여인이 되어 이곳을 찾아왔다.

허균·허난설헌 기념공원은 강릉의 대표적인 명소 오죽헌만큼 크진 않았다. 찾는 이도 많지 않았다. 단정하게 정리된 기념관 내부에는 허균과 허난설헌의 생애를 비롯하여 그들의 사상과 문학 흐름을 나타낸 설명판들이 차례대로 늘어서 있었다.

　—푸른 바닷물이 구슬바다에 스며들고

　푸른 난새가 채색 난새에 기대었구나

　스물 하고도 일곱 송이의 부용꽃은

　붉은 빛 다 가신 채 달빛에 서리가 차다

몽유광상산. 그녀의 시 중 가장 좋아하는 작품이자 본인의 죽음을 담담히 예견했기에 더욱 애달프게 느껴지는 작품이다. 한문으로 쓰인지라 읽는 사람에 따라 해석이 조금씩 달랐다. 마지막 한 구절을 이해하기 위해 고등학교 시절 그 시 하나만 하루 종일 붙잡고 있던 기억이 문득 떠올랐다.

스치듯 떠오른 기억에 무언가를 찾듯 뒤돌아본 그곳에는 빛바란 흑백사진에서 튀어나온 듯한 현후 녀석이 서 있다. 겹겹이 쌓인 낙엽처럼 주홍색과 갈색으로 빛나고 있는 이 공간에서 그 혼자만 까맣게 빛나고 있었다. 중학교 동창과 한적한 늦가을의 강릉을 여행하는 기분은 생각보다 묘했다.

가을은 이곳 정원에도 사뿐히 내려앉아 젊은 개혁가와 서글 픈 여시인의 삶을 애도하고 있었다. 발끝에 말라붙은 누런 낙엽 들이 채였다. 솔 향을 싣고 흐르는 바람이 서윤과 현후 두 사람 을 반갑다고 맞아주었다.

그녀와 그녀 형제들의 시가 쓰인 비석 사이에서 과거의 시간 으로 되돌아온 시간 여행자가 된 기분이 들어 잠시 멈추어 섰 다. 무어라 설명할 수 없는 서글픔과 애잔함이 밀려왔다. 오래 전에 잊어버렸던 무언가가 생각날 듯 말 듯 미묘한 기분이다.

현후의 까만 눈동자와 서윤의 짙은 다갈색 눈동자가 허공에 서 마주쳤다. 현후의 입술이 천천히 열렸다.

"자, 두 번째 수업입니다. 내 삶의 목표 찾기."

"목표…… 찾기?"

"공부해 봐서 알잖아. 목표 없는 공부가 얼마나 허망한지."

"나는 지금의 무기력한 일상에서 벗어나기 위해……."

현후의 입술이 평소와 달리 비웃듯 비틀렸다. 하지만 이상하 게도 당황스럽지 않았다. 그를 잘 포장하고 있던 가면이 애벌레 가 허물을 벗듯 한 꺼풀 벗겨진 느낌이다. 단지 그뿐이다.

"그래? 그럼 태현이만 정신 차리면 너는 더 이상 이 힘든 공 부를 계속해 나갈 이유가 없겠네?"

늦가을 바람은 제법 서늘하다. 하지만 지금 서윤의 귓가에 와 닿는 현후의 목소리는 그것보다 더 서늘했다. 다소 커진 서윤의

꿈을 방관하다

눈동자가 잘게 떨린다.

공부를 시작한 이후 단 한 번도 '태현이 언젠가는 정신 차릴 것'이라는 가정을 해본 적이 없다. 하지만 그의 말대로 태현이 곧 정신을 차린다면 저는 더 이상 공부를 계속해 나갈 필요가 없는 것인가. 잘 모르겠다. 단순한 가정만으로도 머릿속이 혼란스러워진다.

고개를 푹 숙인 서윤의 귓가로 이번에는 다소 부드러워진 목소리가 들려왔다.

"내가 그랬어. 중학교 때까지 내가 열심히 공부한 이유는 단 하나였어. 공부 잘해서 성공하면 이 지옥 같은 곳에서 벗어날 수 있으리라 생각했어."

현후는 해가 저물어가는 주홍빛의 하늘을 올려다보고 있었다.

"하지만 그럴수록 더더욱 숨이 막혀왔어. 나는 능력이 부족해서 이 지옥에서 탈출하지도 못하겠구나. 또 다른 지옥에 발을 디딘 느낌이었어. 숫자와 수치로 평가되는."

현실을 벗어나기 위한 도피성 목표가 아니라 실질적인 목표를 찾고 나서야 숫자와 수치로 평가되는 성적 스트레스에서 벗어날 수 있었다.

"나는 네가 그곳에서 벗어나기 위해 죽어라 공부하기보다는 네 삶, 네 미래…… 네가 원하는 것을 이루기 위해 노력하고 그 결실을 얻었으면 좋겠어."

너, 예전에 글 쓰는 것 좋아했잖아. 학교 글짓기 대회에서 상도 몇 번 탔고. 나지막한 그의 목소리가 고요한 대기에 울려 퍼졌다. 서현후 그는 알고 있었다. 누구에게도 속 시원히 털어놓지 못한 한 소녀의 작은 소망을. 커다란 비밀을 들킨 사람처럼 가슴이 두근거린다.

부모님이 이혼하고 나서 어머니와 단둘이 살아왔다. 홀로 살림을 꾸려 나가느라 고생하는 어머니의 뒷모습을 보며 차마 돈도 안 되는 글이나 쓰면서 살고 싶다는 말을 할 수 없었다. 이 정도 성적이면 잘 관리할 경우 서울의 상위권 대학에 입학하는 것도 가능하겠다는 담임선생님 앞에서 문예창작과에 가고 싶다는 이야기를 꺼낼 수 없었다.

주변 친구들은 학교라는 답답한 감옥과 아무리 공부해도 오르지 않는 성적에 대해 푸념을 늘어놓거나 영화, 연예 등 흥미 있는 오락거리를 찾아 이야기를 나누었다. 누구도 시 한 편을 읽고, 소설 한 권을 읽고 그 감정을 공유하려 하지 않았다.

세상의 정해진 루트에서 벗어나기가 쉽지 않았다. 낭떠러지에 발을 디디는 것 같은 아슬아슬한 감각에 제 마음을 밀어 넣고 싶지 않았다. 무엇이 두려웠는지는 정확히 모르겠다. 세상 물정 모르는 어린아이 취급받는 것이 싫었던 건지, 아니면 너는 재능이 없으니 그냥 포기하라는 말을 듣기 싫었던 건지 알 수 없다.

"……알고 있었어?"

함축적인 질문이다. 자신이 글을 쓰고 싶어 한 것도, 가장 좋아하는 시인이 허난설헌이란 것도 현후는 알고 있었던 것일까.

"좋은 선생님이란 학생의 적성과 원하는 바를 정확하게 파악하고 있는 사람이 아닐까."

동문서답식의 대답이 들려왔다. 하지만 그것만으로도 충분했다. 시가 가지런하게 새겨져 있는 비석에 햇빛이 부딪치며 서윤의 손등으로 스며들었다.

"이젠 네가 원하는 바를 위해 날개를 펼쳐."

새까만 그가 천사처럼 손을 내밀었다. 본디 서윤은 신을 믿지 않았다. 만약 신이 존재한다면 이 세상에 괴롭고 고통스러운 사람들이 이처럼 넘쳐 나지는 않을 것이란 생각 때문이었다. 하지만 지금 이 순간만큼은 절대적인 힘을 지닌 누군가가 제게 눈앞의 그를 수호천사로 보내준 것 같은 기분이 들었다.

천천히 뻗어온 오른팔. 손과 손이 맞닿았다. 현후의 까만 눈동자와 서윤의 짙은 다갈색 눈동자가 상대방의 모습을 한가득 담아내고 있다. 주홍빛으로 물든 하늘과 가을의 선선한 바람이 두 사람 사이의 빈 공간을 메웠다.

허균·허난설헌 기념공원 근처에 있는 초당 순두부 마을에서 맛있는 순두부 전골까지 먹고 나서야 서윤과 현후는 서울로 돌아가는 버스에 몸을 실었다. 내려앉은 서윤의 눈꺼풀 아래로 정신없이 지나간 시간들이 조각조각 재생되었다. 고등학교 시절 제주도로 다녀온 수학여행 이후 친구와 함께하는 여행은 진짜 오랜만이다. 모처럼 답답한 도시 서울을 탈출한 느낌도, 서늘한 바닷바람과 푸른 바다도, 오랜만에 제 꿈을 되새겨 볼 수 있던 가을 정취 물씬 풍기는 기념공원도, 맛있는 칼국수와 두부전골도 무엇이 제일이라 우열을 가릴 수 없을 만큼 다 좋았다.

피곤하니까 눈만 감고 있어야겠다고 생각했는데 저도 모르게 잠이 들었나 보다. 버스가 흔들리며 서윤의 고개도 함께 흔들렸다. 옆으로 픽 고꾸라지는 순간, 자연스레 받쳐 주는 무언가가 있었다. 온몸을 나른하게 뒤덮고 있는 잠기운 때문에 무엇인지 생각할 겨를도 없었다. 단지 편하다는 느낌만 들었다.

꾸벅꾸벅 졸던 서윤의 머리가 옆으로 휙 쏠렸다. 현후는 자리를 조금 당겨 앉았다. 오갈 데 없던 그녀의 머리가 그의 왼쪽 어깨를 베개 삼아 안착했다. 흘러내리는 머리카락이 현후의 어깨를 부드럽게 간질인다.

창밖으로 까만 풍경들이 보인다. 그 위로 현후와 서윤의 모습이 불투명하게 비쳤다. 서울로 올라가는 이 시간이 너무나 빠르게 흘러가는 듯하다. 아니, 그녀와 함께한 오늘 하루 자체가 사악한 마녀가 마법이라도 걸어놓은 것처럼 쏜살같이 흘러갔다.

"이 아가씨는 긴장감이라곤 조금도 없구만."

서윤이 자신을 편하게 생각한다는 사실에 마냥 기뻐할 수만은 없었다. 친구로서는 제법 후한 점수를 받고 있을지 몰라도 이성으로서는 조금도 어필하지 못하고 있다는 이야기일 테니까. 이 세상 모든 것을 수학처럼 문제화시킬 수 있다면 서윤 그녀는 난이도 최상의 문제였다.

"강태현 그 빌어먹을 자식이 능력이 조금 있긴 있나 봐?"

공부를 비롯해서 능력, 배경 등 모든 면이 태현보다 낫다고 자부하는 제가 그에게 열등감을 느끼고 있는 이유는 단 하나였다. 태현은 서윤의 마음을 얻었고 저는 그렇지 못했다는 점.

제가 알고 있는 학창 시절의 서윤은 반 남자 아이들과 그럭저럭 잘 지내는 편이긴 했지만, 누군가에게 이성적으로 관심을 가지거나 좋아한 적은 없었다. 오히려 평소 하는 이야기를 가만히 듣고 있다 보면 독신주의자는 아닐까 하는 생각마저 들 정도였다.

"그런데 이렇게 뒤통수를 치다니……."

현후는 쓰게 웃으며 마른 입술을 핥았다. 이마와 볼에서 미약하게나마 열 기운이 느껴진다. 낮에 무방비하게 바닷바람에 노출된 탓인지 아니면 서윤이 제 어깨에 곤히 기대어 잠들어 있기 때문인지 그 이유는 알 수 없었다. 그래도 이 몽롱한 느낌이 마냥 싫지는 않았다.

서윤의 핑크빛 입술이 어두운 고속버스 조명 아래 유혹하듯 반짝인다. 불에 홀린 불나방처럼 도통 시선을 떼지 못했다. 하지만 아직은 때가 아니었다. 부처님 같은 마음으로 시선을 애써 돌리면서도 이 기특한 행동을 누군가에게 칭찬받고 싶은 것은 제가 아직 어리기 때문일까.

여자만 첫 키스의 환상을 가지고 있으란 법은 없다. 시꺼먼 사내인 제게도 이날 이때까지 고이 간직해 온 첫 키스의 환상은 존재한다. 금단의 과실도 달콤하긴 하지만, 사랑하는 여자와 제가 한마음이 되었을 때 그 달콤함을 마음껏 취하고 싶다.

"어이, 반장님. 침 좀 닦고 일어나 봐. 서울 도착했어."

서윤은 장난스럽게 속삭이는 현후의 목소리에 화들짝 놀라 일어났다. 더더욱 놀란 점은 조심성 많은 제가 아무렇지도 않게 그의 어깨를 베개 삼아 기대어 잤다는 것이다. 중학교 때 수학여행지인 경주로 가던 버스 안에서 계속 졸면서도 끝내 제게 기댄 적 없어 신기했다는 이 모양이 봤다면 크게 놀랄 만한 모습이다.

"아, 미안. 옆으로 치우지 그랬어."

"그랬다가 꿈나라 여행 중인 반장님의 무자비한 손에 맞아 죽으라고?"

사람 머리가 아니라 돌이 얹힌 줄 알았다며 킥킥거리는 그의 모습은 더도 말고 덜도 말고 딱 한 대만 때려주고 싶을 만큼 얄미웠다. 그래도 그의 어깨를 혹사시킨 죄가 있으니 얌전히 있었다.

고속버스터미널역 안으로 들어가 지하철을 탔다. 앞으로 집까지는 2, 30분 정도 걸릴 것이다.

"그냥 집에 들어가라니까."

"아, 물론 네 얼굴만 보면 험한 일 당할 걱정은 하나도 없지만 원래 세상일은 아무도 모르는 거……."

서윤은 앉아 있고 그는 그 앞에 서 있었다. 그녀의 발이 빠르게 움직였다. 낮에 걷어찬 그곳에 다시 한 번 정확하게 킥이 들어갔는지 현후 녀석의 인상이 상당히 찌푸려졌다. 옆자리에 앉아 있던 커플 한 쌍이 소리 죽여 낮게 웃는다. 으이구, 진짜 이 자식이…….

현후는 기어이 현관문 앞까지 따라왔다. 장난꾸러기 소년처럼 깝죽거리고 있지만 이 늦은 시각에 피곤한 몸을 이끌고 집 앞까지 바래다준 것도, 본격적으로 수능 공부를 시작하기에 앞서 스페셜 수업이라며 기분 전환 삼아 강릉에 데려다준 것도 그만의 다정한 배려라는 사실을 잘 알고 있다. 다시 만난 이후 주는 것 없이 받기만 해서 미안할 지경이다.

"차라도 한 잔 마시고 갈래?"

"아냐. 나도 이제 슬슬 들어가 봐야지."

"오늘…… 여러모로 고마웠어."

서윤은 그를 차마 똑바로 쳐다보지 못했다. 시선을 살짝 피한 채 중얼거리듯 감사 인사를 건넸다.

"훗, 별말씀을."

가볍게 미소 지은 그가 갑자기 손목시계를 쳐다봤다. 이후에 따로 할 일이나 약속이라도 있는 것일까. 서윤은 바쁜 사람을 괜히 붙잡아두려고 한 것은 아닌지 미안해졌다.

현후가 아침부터 죽 메고 있던 검은색 배낭을 처음으로 열어젖혔다. 그의 손에 하늘색 상자 하나가 딸려 나온다.

"11시 53분. 아직 12시가 안 되었으니 11월 24일 맞지? 생일 축하해, 이서윤."

이건 꽤 신경 쓴 선물.

서윤이 뭐라 말할 틈도 없이 그녀의 가슴팍에 선물 상자를 던지듯 건네준 현후는 말썽을 잔뜩 피운 아이가 도망치듯 그 자리를 떠나 버렸다. 계단을 쿵쾅쿵쾅 뛰어 내려가는 소리가 들려온다.

"서현……."

기습 공격을 당한 기분이다. 서윤이 뒤늦게 정신을 차리고 계단 쪽으로 뛰어갔지만, 그는 머리카락 한 올조차 보이지 않았다. 그녀는 할 수 없이 집 안으로 들어왔다.

이상하게도 심장이 쿵쾅거려 차가운 현관문에 기대서 잠시 숨을 골랐다. 양 볼이 가까이서 난로를 쬐는 사람처럼 화끈거렸다. 상자를 끌어안고 있는 손바닥에는 땀이 축축하게 배어들어 금방이라도 품 안의 내용물을 떨어뜨릴 것만 같은 느낌이 들었다.

오늘 처음이자 마지막으로 축하를 받았다. 생일 축하. 별것 아니라고 생각했는데 이상하게도 눈물이 났다. 오늘 왜 이럴까. 감정 하나 제대로 통제하지 못하고 왜 애꿎은 눈물만 자꾸 쏟아내는 것일까.

힘이 빠진 서윤은 그 자리에 털썩 주저앉아 버렸다. 그녀의 손가락이 상자 위의 푸른 리본을 조심스럽게 잡아당겼다. 제법 두툼한 하늘색 편지 봉투가 보인다.

옆으로 살짝 기울여 쓴 그의 글씨체는 서윤이 기억하고 있는 모습 그대로였다. 악필은 아니었지만 명필도 아니다. 그래도 어떻게든 실수 없이 쓰려고 한 노력이 엿보여 서윤은 피식 웃음을 터뜨렸다.

─서윤에게

생일 축하합니다. 생일 축하합니다. 사랑하는 반장님의 생일을 축하합니다.

아, 어떻게 해. 나 손발이 오그라드는 것 같아. 손편지 쓰는 것 진짜 오랜만이다.

오늘 이 현후님의 스페셜한 수업은 어땠어? 학교에서 실시하는 스페셜 수업이라면 다음 주까지 A4용지 한 장 이상 감상문을 제출하라고 요구하겠지만 이건 사설 과외 수업이니까 한 번만 봐준다잉~

수능이라는 긴 레이스를 시작한 너. 바다에 그동안의 원망과 스트레스 다 던져 놓고 왔다 해도 그 빈자리에 공부와 좌절감으로 인한 새로운 스트레스가 쌓일지도 몰라. 조급하게 마음먹지 않았으면 해. 선수들이 마라톤 뛸 때도 처음부터 막 달리는 게 아니라 나중 일 생각해서 적절히 완급 조절하는 것 잘 알지?

현실에서 도망치기 위해 공부하다 보면 언젠가 공부에서도 도망치고 싶을지도 몰라. 그때 네가 정말 하고 싶었던 것, 네 꿈을 생각해 보길 바라. 그를 위해 한 발 한 발 내딛는 것이라고 생각하면 힘든 수험 생활을 좀 더 재미있게 잘해낼 수 있을 거야.

오늘에서야 5년 전 반장님에게 진 빚, 어느 정도 청산하는 것 같아 기분이 날아갈 듯 유쾌, 상쾌, 통쾌하네.

난 말야, 중3 때 반장님이 내 생일을 어떻게 알고 그런 깜찍한 선물을 건네줬는지 아직도 잘 모르겠어. 나는 반장님 생일이 오늘이라는 것, 나중에 미정이에게서 듣고 알았는데. 그래서 중3 때 생일은 얼렁뚱땅 넘겨 버렸으니까 오늘 그동안 밀린 거 싹~ 다 하려고. 나는 한 번에 계산하는 센스 넘치는 남자.

음음, 중3 때 주고 싶던 선물은 무릎담요야! 기억나? 우리 반만 다른 반에 비해서 유독 추웠던 것. 빌어먹을 학교, 난방도 제대로 안 틀어주고. 학교는 학생들의 난방권을 보장하라, 보장하라!

고1 때 주고 싶던 선물은 문화상품권! 수험생은 책도 사야 하고 노트도 사야 하고 이것저것 살 게 많잖아? 난 너그러운 선생님이니까 한 번 정도 패스트푸드점에서 햄버거 까 먹는 건 용납해 줄게.

고2 때 주고 싶던 선물은 커피 기프트 카드! 너 영어 학원 갈 때 보니까 손에 커피 한 잔은 꼭 들고 가더라? 카페인 많이 섭취하면 머리 나빠진다는데…… 적당히 마셔. ㅋㅋ 뭐, 더 나빠질 머리도 없어 보이지만.

고3 때 주고 싶던 선물은 뮤지컬 티켓! 수능 끝나고 맞이하는 생일이니까 문화생활 좀 즐겨야지. 여기서 문제 하나. 티켓이 두 장인 이유는 어째서일까요? 첫째, 못난 남편이랑 함께 가라고. 둘째, 이 세상에서 가장 잘생기고 매너 좋고 완벽한 서현후 님과 함께 가라고. 이거 틀리면…… 수능에서 만점 받을 것 한 문제씩 까임. ㅋㅋ

작년에 주고 싶던 선물은 목걸이. 남자 못지않게 힘세고 걸걸한 반장님이지만 가끔은 여자답게 분위기 내보는 것도 나쁘지 않잖아? 오빠 센스 믿지? 디자인 마음에 안 들어도 어쩔 수 없음. ㅋㅋ 교환, 환불 불가능합니다, 호갱님.

올해 주고 싶던 선물은 가슴이 확 트이는 강릉 여행. 이 편지 쓰면서 생각하는 건데 이것 때문에 내가 내일 애 좀 많이 먹을 것 같아. 반장님이 눈치 없이 행동할 게 뻔하니까. 음하핫! 네가 지금 이걸 읽고 찔린다면 난 종로 사거리에서 돗자리 깔고 장사하는 길도 한번 생각해 봐야겠어.

이렇게 선물을 잔뜩 던져 놓고 나면 강남 갔다가 돌아오는 제비처럼 내년 내 생일 때도 분명 돌아오는 게 있겠지? 사랑과 선물은 돌아오는 거라며. ㅋㅋ 내년 나님 생일 때 고1, 고2, 고3, 작년, 올해, 내년 생일 것 모두 챙기려면 이서윤 고생 좀 하겠는데? 올~ ㅋㅋ 내년이 완전 완전 기대된다.

이러니저러니 떠들어도 어쨌든…… 서윤 너와 다시 만나게 돼서 정말 기뻐. 네가 오늘 태어나 줘서 신께 진심으로 감사드려. 이서윤이 21년 전 오늘 태어났기에 5년 전의 서현후가 살 수 있었어. 그때의 난 답도 없는 구제불능이었지. 중2병이라도 앓고 있었나? ㅋㅋ 예나 지금이나 중2병이 문제라니까. 지금의 내가 과거로 돌아간다면 너 미쳤냐면서 뜯어말릴 것 같아. 대학 생활이 이렇게 좋은데.

대학 생활 생각보다 꽤 좋다? 무엇보다 더 이상 맛없는 급식 안 먹어도 되지, 땡땡이치는 것도 훨씬 더 자유롭지, 쭉쭉 빵빵한 미녀도 가끔 보이지(물론 네 경우엔 잘생긴 남정네겠지만)……. 그러니까 이서윤 양도 뇌 풀가동해서 내년 겨울에는 대학 입학통지서를 딱 받았으면 하는 게 이 선생님의 바다같이 깊고 너른 마음이야. 더 말하면 잔소리로 들릴 테니 오늘은 여기까지.

다시 한 번 생일 진심으로 축하해, 반장님. 오빠의 센스 넘치는 선물과 편지에 너무 많이 감동받지는 말고, 울다가 웃으면 엉덩이에 털 나는 거 알지?

편지 봉투 밑으로 문화상품권 봉투와 커피 기프트 카드, 뮤지컬 티켓 봉투와 네모난 작은 상자 하나, 따뜻해 보이는 갈색 무릎 담요가 차례차례 놓여 있다. 묵직한 야구방망이로 머리를 얻어맞은 듯 얼떨떨했다. 손에 쥐어진 편지를 여러 번 읽어보았다.

"도대체 무슨 생각이야, 이 자식은."

문화상품권의 액수나 커피 기프트 카드의 액수만 하더라도 상당했다. 적어도 당분간은 책이나 참고서를 살 때 태현의 이름으로 되어 있는 생활용 카드를 눈치 보며 긁거나 제 비상금을 쪼갤 일은 없을 듯했다. 인스턴트 커피와도 당분간 작별을 고할 수 있었다.

뮤지컬 티켓 봉투를 열어보았다. 최근 인터넷과 지하철에서 많이 광고되고 있는 대형 공연이다. 영국의 미스터리한 살인자와 그의 사랑에 관한 비밀을 파헤치는 내용으로 그녀가 좋아하는 배우가 주연으로 등장해 내심 보고 싶다고 생각한 뮤지컬이다.

"이건 답이 정해진 문제니까…… 태현이 약속 있을 때 현후랑 같이 보러 가면 되겠다."

그때 밥이랑 간식이랑 풀코스로 쏴야지. 그 자식이 뭘 좋아하더라? 희미해진 옛 기억을 뒤적이며 서윤은 마지막으로 네모난 작은 상자를 열어보았다.

—반짝반짝 빛나는 사람에게

노란색 포스트잇 하나가 가지런히 끼워져 있다. 별 모양의 큐

빅 목걸이가 눈에 들어온다.

으차! 힘주어 자리에서 일어났다. 상자를 식탁 위에 내려놓고 목걸이를 든 채 거울 앞에 섰다. 비어 있는 횅한 목에 선물 받은 목걸이를 걸어보았다. 심장 위쪽에서 별 하나가 반짝반짝 빛난다.

내친김에 파우치에서 분홍 립글로스도 꺼내어 발랐다. 조금이라도 꾸민 모습은 또래와 별다를 바 없는 풋풋한 청춘이다.

거울을 빤히 쳐다보았다. 몇 시간 동안 배를 타다가 육지에 첫발을 내디딘 것처럼 속이 울렁거리고 혼란스러웠지만 두 가지만큼은 확실했다.

첫째, 그는 오늘 제 생일을 축하해 준 유일무이한 사람이며, 둘째, 제 계획을 돕기 위해 아주 단단히 작정을 하고 있었다는 점이다.

오싹 소름 끼치면서도 결코 기분 나쁘지 않은 감각이 서윤의 전신을 스치고 지나갔다.

✠　　✠　　✠

1층까지 뛰어내려 온 현후는 잠시 그 자리에 서서 숨을 골랐다. 얼굴에 열이 잔뜩 몰린 이유가 계단을 급하게 뛰어 내려와서 그런 것인지, 어제 꽤 고심하며 준비한 선물 상자를 그녀에게 건네줘서 그런 것인지는 알 수 없었다. 서윤이 과연 그 선물들을 마음에 들어 할까?

부담 주고 싶지 않아서 최대한 아무렇지도 않은 듯 장난치는 말투로 편지를 써 내려갔다. 내년 생일에 그녀도 만만치 않게 신경 써야 할 것이라며 짐짓 엄포도 놓아보았다. 물질적인 금액으로는 제법 큰 액수일지 몰라도 제 마음에 비하면 한없이 부족했다. 그녀가 부담스러워하기보다는 필요할 때 제 선물들을 요긴하게 써줬으면 좋겠다.

오늘 온종일 꺼두었던 핸드폰을 켰다. 전원이 들어오고 기능이 작동하자마자 수십 통의 문자와 부재중 전화의 흔적이 떠올랐다. 절반 정도는 부과대인 성민에게서 온 것이고, 1/4 정도는 태현이, 나머지는 과 선배와 후배 등 기타 지인들이 보낸 것이었다.

"내가 이렇게 인기가 많다니까."

현후는 피식 웃으며 제집 기사에게 이쪽으로 와달라는 문자 한 통을 보냈다. 기다리는 동안 담배 한 개피를 꺼내 들었다. 온갖 화학물질로 버무려진 회색 연기를 눈으로, 폐로 음미하며 메시지들을 천천히 확인해 보았다.

―서현후, 너 진짜 엠티 안 올 거야? 너 미쳤어? ― ―^ 죽고 잡냐? 11월 24일 7시 30분

―과대인 네가 빠지면 어쩌라고, 이 미친놈아!! 교수랑 선배한테

오늘 X나게 까일래? 11월 24일 7시 43분

─개새끼야, 너 진짜 죽일 거야! 11월 24일 8시 30분

─아, 진짜!! 제발 좀 오라구! 버스 출발하잖아!! 11월 24일 8시 58분

성민에게서 온 메시지는 육두문자가 절반이었다. 평소보다 과한 이모티콘 및 문장 부호가 그의 짜증과 초조함을 고스란히 전달해 주고 있었다.

"흐음, 난 분명 아침에 전화해서 조곤조곤 설명한 것 같은데."

성민이 봤다면 그 자리에서 거품을 물고 쓰러져도 이상치 않을 미소를 지으며 현후는 장난스럽게 웃었다.

한 20분쯤 기다렸을까. 어두운 대기를 뚫고 검은 승용차의 환한 라이트가 제 존재감을 알리며 다가왔다. 현후는 담배꽁초를 발로 짓이겨 끄고 재빨리 차에 올라탔다.

"아저씨, 왜 이렇게 늦었어요? 저 얼어 죽었으면 어쩌려고요."

정 기사는 현후가 어릴 때부터 함께해 온 몇 안 되는 소중한 사람이다. 그는 저를 낳아준 아버지에게선 전혀 느끼지 못한 부정(父情)을 베풀어주었다. 삐친 아이처럼 능청을 떠는 현후의 모습이 귀여워 정 기사는 작게 웃음을 터뜨렸다.

"안 얼어 죽었으니 됐지, 뭐."

"와아, 이 아저씨, 사람 막 때리고도 안 죽었으니 됐지 할 사람이네."

"잔뜩 들떠 있는 걸 보니 오늘 데이트가 아주 성공적이었나 보구나?"

"데이트는 무슨, 스페셜한 과외 수업이지."

"그래, 그렇다고 치자. 어디로 갈 거냐? 집으로 갈 거냐, 아니면……."

"가야지, 엠티. 양평으로 가주세요."

"그래, 알겠다. 눈 좀 붙여라."

차에 올라탄 지 10분도 못 되어 현후는 깊이 잠이 들었다. 이대로 누군가 업어가도 깨지 않을 듯한 모습이다. 세상 물정에 해박한 척, 제가 잘난 척, 유리한 척, 괜찮은 척해도 그 또한 언제든 쉬이 상처받고 무너질 수 있는 어린애라는 것을 오랫동안 지켜봐 온 정 기사는 누구보다도 잘 알고 있었다.

정 기사는 조심스레 차를 몰았다. 검은 승용차가 어두운 대기를 뚫고 도로를 달린다.

3

그녀가 모르는 것

서윤은 아침에 일어나자마자 핸드폰부터 확인했다. 어제저녁, 현후에게 '고마워. 요긴하게 잘 쓸게. 이번 달 안으로 뮤지컬 보러 가자'고 메시지를 보낸 후 바로 잠들었기 때문이다.

지금 시각은 8시. 핸드폰에는 어떠한 메시지도 도착해 있지 않았다. 아직 안 일어났나? 괜스레 밀려오는 실망감. 그 순간 타이밍 좋게도 메시지가 도착했다는 알람이 울렸다.

—훌륭한 선택이야. ㅋㅋ 이번 수능에서 만점 받겠네.

자식, 답변을 해도 꼭 그런 식으로······.

―만점만 받겠어? 이러다 뉴스에 나오는 건 아닌지 몰라.

키득거리며 답장을 보냈다. 서윤은 커튼을 헤치고 창문을 열어 집 안을 환기시켰다. 주변을 정돈하고 병원에 갈 준비를 서둘렀다. 어제 만들어둔 전복죽을 데워 보온 그릇에 담고 매실 음료를 챙겼다.

바깥으로 나오니 제법 두툼하게 차려입은 코트 안으로 차가운 바람이 스며들었다. 겨울이 곧 들이닥칠 모양이다. 서윤은 종종걸음으로 버스정류장에 도착했다.

버스에 올라탄 그녀는 유리창 너머로 스쳐 지나가는 풍경들을 말없이 바라보았다. 가게 오픈 준비에 분주한 골목 시장의 모습이 보이고, 낡은 건물의 재건축 공사 현장도 보인다. 출근 시간에서 조금 벗어난 이른 오전. 제 갈 길 바쁜 사람들은 무표정한 얼굴로 걸음을 옮기고, 모든 것이 형체 없는 연기처럼 아스라이 멀어져 간다. 끌어안은 보온 그릇에서 흘러나온 온기가 휑한 가슴을 조금 적셔주었다.

서윤의 어머니가 입원해 있는 병실은 3층 306호다. 깔끔한 2인실. 시댁에서는 1인실도 상관없다고 했으나 서윤도 어머니도 1인실보다는 2인실이 낫다고 생각했다. 외동인 그녀가 자주 찾아뵙지도 못하는 상황에서 홀로 쓸쓸히 계시는 것보다는 곁에 한 사람이라도 말동무가 있는 편이 나았으니까. 다행히 함께 투병 생활 하시는 분도 어머니와 비슷한 또래의 아주머니라 대화가 잘 통하는 모양이었다.

병실 문을 여니 옆 침대의 아주머니는 항암 치료를 받으러 가셨는지 보이지 않고, 어머니와 간병인 아주머니만 도란도란 이야기를 나누고 있다.

"어머, 오셨어요?"

간병인 아주머니가 일어서며 자리를 비켜주었다. 서윤도 꾸벅 인사를 했다. 저를 대신해 어머니를 보살펴 주시는 감사한 분이다.

"아주머니, 오늘도 수고가 많으시네요. 매번 드리는 말씀이지만 정말 감사해요."

"저야 뭐……. 인영 씨, 따님 오셨으니 저는 잠깐 나가 있을게요."

문이 닫혔다. 오랜만에 보는 어머니의 얼굴에는 전보다 그늘이 좀 더 짙게 드리워져 있다. 병마의 짙은 그림자일까. 서윤의 가슴이 철렁 내려앉았다.

"엄마, 나 너무 오랜만에 왔지. 미안해."

"뭐가 미안해, 엄마가 더 미안하지. 어제가 네 생일인데 미역국도 못 끓여주고……."

그녀의 생일을 기억해 주는 사람이 한 명 더 있었다. 자신을 낳아주고 이날 이때까지 키워주신 엄마. 자주 찾아오지 못하는 딸자식의 무심함을 책망하기보다는 부모로서 챙겨주지 못한 부분을 더 안타까워하신다. 예전 같았으면 코끝만 찡하고 말 것이 이제는 서러운 눈물로 흘러나온다.

"얘는 왜 또 운대. 어유, 아침부터 왜 울어."

입술을 잘근잘근 깨물어본다. 이런 모습 보여 드리려고 찾아온 것이 아닌데……. 만물의 영장이라 불리는 사람도 제 의지로 통제할 수 없는 것이 몇 가지 있다고 한다. 볼을 타고 흘러내리는 미지근한 눈물도 그중 하나일까.

어머니가 건네주는 티슈를 잠자코 받아 들었다. 입술을 깨문 것이 효과가 있는지 격양된 마음이 차츰 진정되었다.

"어머, 그 목걸이 예쁘네. 잘 어울린다. 강 서방이 선물해 준 거야?"

"어? 목걸이?"

서윤은 오른손으로 목걸이 끝을 조심스레 매만졌다. 서늘하면서도 반질반질한 느낌이 누군가를 떠올리게 했다. 이 목걸이를 선물해 준 장본인을.

"아냐. 친구가 선물해 준 거야."

"친구?"

의아해하는 어머니의 표정을 본 서윤이 덧붙여 말했다.

"기억할지 모르겠네. 중학교 때 나랑 같은 반이었고, 반장 부반장도 함께 했던 애 있잖아. 서현후 말이야."

"현후?"

"응, 얼마 전에 우연히 만나서 다시 연락하고 지내거든. 걔가 그동안 밀린 선물이라나 뭐라나 하며 어제 이것저것 선물해 줬어. 내년 자기 생일 때도 그만큼 해달라면서. 여하튼 은근히 괜찮은 구석이 있는 녀석이야. 엄마가 볼 때도 잘 어울려?"

서윤이 목걸이를 만지작거리면서 되물었다. 그녀의 어머니 인영은 말없이 웃으며 고개를 끄덕였다. 인영의 뇌리는 과거의 시간을 거슬러 올라가고 있었다.

"이상하게 신경 쓰이는 애가 있어."

서윤이 중학생일 때였나. 어느 날 학교에서 돌아온 딸이 과일을 먹다가 문득 생각난 듯 이야기를 꺼냈다.

"신경 쓰이는 애라니? 우리 딸, 결혼 안 할 거라고 노래를 부르더니…… 마음에 드는 애라도 생겼어?"

"아니, 그런 게 아니라…… 음, 뭐랄까. 눈물겨운 느낌이랄까. 보통 또래 남자애들은 철이 없거나 강한 척하거나 머리에 아무것도 든 게 없어 보이는데 그 앤……."

"그 애는?"

"무너질 것 같달까. 옆에서 그냥 지켜보고 있기엔 뭔가 아슬아슬한 느낌."

"그래?"

"이상하지? 남자도 여자처럼 상처 받을 수 있구나 하는 생각을 하게 됐어."

현후는 기억할 수밖에 없는 존재였다. 당사자인 서윤과 현후는 잘 모르고 있지만, 그는 제 딸의 생각과 가치관에 상당히 많은 영향을 끼친 인물이다.

인영과 남편이 매일 싸우다가 이혼하는 모습을 지켜봐 온 탓인지 서윤은 남자도, 연애도, 결혼도 탐탁지 않게 생각하는 여중생으로 자라났다. 그녀는 기본적으로 남자를 폭력적이고 거칠며 여자에게 위협적인 존재로 인식하고 있었다. 하지만 서윤의 표현을 그대로 갖다 빌리자면 '눈물겨운 존재'인 현후를 만나고 나서야 그러한 인식에 변화가 조금씩 생겼고, 결국 태현과 사랑에 빠져 이른 나이에 결혼까지 하게 되었다.

"사실 어제 오려고 했는데 말이야, 현후 이 자식이 갑자기 나타나 스페셜 수업이니 뭐니 하면서 나를 강릉으로 끌고 가지 않겠어? 덕분에 오랜만에 바다도 보고 좋긴 좋았는데……."

서윤은 제가 챙겨온 죽 그릇이며 매실 음료가 담긴 보온병을 하나둘 내려놓으면서 이야기를 계속해 나갔다. 어제 그와 단둘이 강릉 여행을 다녀온 이야기부터 최근 그와 다시 만나게 된 계기, 내년에 수능을 치르겠다는 원대한 계획까지 요 근래 일어났던 일 전부를.

인영은 그 모든 이야기를 담담하게 듣는 듯했지만 애잔한 눈빛으로 서윤을 바라보고 있었다. 이 세상 모든 어머니가 그렇듯 서윤 또한 그녀에게는 하나밖에 없는 귀하고 어여쁜 딸자식이다. 그 딸이 시집을 잘못 가서 마음고생을 잔뜩 하고 있는데 저 또한 병석에 누워 부담이나 주고 있으니 생각하면 생각할수록 미안하기 그지없었다. 저만 아니었다면 그녀가 남편과 시댁을 대할 때 좀 더 당당할 수 있었으리라.

겉으로는 강한 척, 무덤덤한 척, 괜찮은 척해도 기가 죽고 풀이 죽고 생기가 없어지던 딸이 오늘은 꽤 예쁜 미소를 짓고 있었다. 그리고 그녀의 이야기에서 끊임없이 등장하는 한 남자 서현후.

인영은 또 다른 기억을 떠올렸다. 서윤이 결혼한 지 얼마 안 되었을 때 텅 빈 집에 저 홀로 쓸쓸히 있던 밤, 맥주라도 한잔할까 싶어 근처 편의점에 들렀다 오는 길이었다. 좁은 골목을 따라 올라오는데 집 근처에서 술에 흠뻑 취한 듯한 남자 한 명이 서성이고 있었다. 동네에서 처음 보는 젊은 남자. 막연한 경계심에 전봇대 뒤로 몸을 숨기고 상황을 지켜보았다.

"……거짓말이지. 이서윤 결혼했다는 거, 거짓말이지. 아, 나…… 나, 이제 어떡하면 좋아."

그 남자의 입에서 흘러나온 이름이 놀랍게도 제 딸아이의 것과 같았다. 인영은 그때 그 남자가 서윤이 말하는 '서현후' 라는 남자와 동일 인물일지도 모르겠다고 생각했다.

서윤과 현후와 태현. 미묘하게 어긋난 인연이 제자리를 찾아가고자 하는 것일까. 이 상황을 과연 어떻게 받아들이면 좋을지 그녀는 조금 혼란스러웠다.

인영의 입에서 옅은 한숨이 흘러나왔다. 매실 음료를 컵에 따르던 서윤이 흠칫 놀라 그녀를 쳐다보았다.

"왜 그래, 엄마? 무슨 일 있어?"

"아냐, 아무것도. 옛날 생각을 좀 하고 있었어."

'……상관없겠지. 어느 쪽이든 우리 서윤이만 행복하다면.'

사람의 인연이란 실로 오묘하여 누군가 억지로 잇거나 맺어준다 해서 이루어지는 것이 아니다. 인영은 가능하면 서현후라는 인물을 한번 만나보고 싶었다. 그를 직접 만나서 모든 이야기를 차근차근 들어보고 싶었다.

―만점만 받겠어? 이러다 뉴스에 나오는 건 아닐지 몰라.

피부에 와 닿는 바깥바람이 제법 쌀쌀했지만 그녀의 답변을 받은 현후의 얼굴에 순간적으로 미소가 어렸다. 펜션 바깥의 나무들은 잎이 거의 다 떨어져 깡마른 모습을 드러내고 있다.

삐거덕거리는 소리를 내며 펜션 문이 열렸다. 하얀 문 위에 매달린 낡은 종소리가 뒤따라 들려왔다. 여전히 성난 표정의 성민이 성큼성큼 다가와 심술궂게 말을 걸어온다.

"어이구, 이 시대에 하나 남은 순정파이자 최고의 로맨티스트가 여기 계셨네."

그 말에 현후는 평소처럼 장난기 어린 표정으로 고개를 끄덕거렸지만, 성민은 질렸다는 듯 그를 쳐다보았다. 현후의 하얀 얼굴은 평소와 달리 울긋불긋했다. 얼굴만이 아니었다. 그의 목과 손등에도 울긋불긋한 반점이 피어 있다. 오징어를 먹었을 때 나타나는 그만의 독특한 두드러기 증상이다.

서윤과 강릉에서 신나게 놀고 돌아온 그는 엠티에 뒤늦게 참석할 수밖에 없는 훌륭한 변명거리를 만들기 위해 이곳에 도착하기 전 정 기사와 야참으로 오징어튀김을 먹었다고 했다. 그 결과, 그의 몸 전반에 울긋불긋한 반점들이 나타났다. 강릉에서 뭔 짓을 하고 왔는지 감기까지 걸린 바람에 핑계거리로는 충분했다.

"보시다시피 몸 상태가 좋지 않아 결석했지만, 저녁이 되니 조금 나아진 듯해서 왔습니다."

교수와 선배 및 동기, 후배들을 상대로 현후는 눈 하나 깜박하지 않고 거짓말을 했다. 친척으로서 현후의 성격과 체질을 어느 정도 파악하고 있는 강인환 교수만이 무언가 이상하다는 듯 눈을 가느다랗게 뜬 채 그를 주시했지만 그뿐이었다. 심증은 있어도 확실한 물증이 없었다.

"너무하는 것 아니냐, 너?"

"……."

"과대잖아. 행사 있을 때 우리 과 이끌어 나가는 사람 아니었어, 너? 네가 빠지면 나는 그렇다 치더라도 동기들 입장이 어떨지 뻔히 알면서 그렇게 무책임하게 행동해도 되는 거야?"

"미안…… 이란 소리는 지금 이 상황에서 너무 뻔한 것 같네, 하하하!"

"그래, 그렇겠지. 됐고, 하나만 물어보자. 그녀를 그렇게까지 좋아하는 이유가 대체 뭐야?"

그동안 궁금했지만 대놓고 물어보진 않았다. 현후가 그녀를 언급하는 일을 별로 좋아하지도 않을뿐더러 태현과 함께 있는 경우가 많아 물어보기도 곤란했으니까. 하지만 이제는 미칠 듯이 궁금해졌다. 그가 이렇게까지 서윤에게 목매는 이유가.

외형적인 조건으로만 놓고 보자면 태현에게 그녀가 어울리지 않는 것처럼 현후에게도 서윤은 어울리지 않았다. 현후는 누구나 부러워할 명문대생에 집안도 좋았으니까. 가식적이긴 하지만 이미지 관리에 충실한 탓에 인간관계도 좋았고 여자들에게 인기도 많았다. 굳이 유부녀인 서윤에게 목매지 않더라도 다른 사랑을 찾을 기회가 얼마든지 많다는 의미다.

마침 태현도 곁에 없었다. 그는 전날 술이 과해서 아직도 꿈나라를 헤매고 있었다. 현후의 속마음을 듣기엔 충분한 조건이 갖추어졌다. 현후에게 일말의 양심이 있다면 어제 그가 빠지는 바람에 부과대인 자신이 교수들과 선배들에게 이리 치이고 저리 치인 사실을 모르지도 않을 터였다.

현후는 자연스레 담배 하나를 꺼내 들었다. 본인이 알코올에 약한 것을 잘 알기에 술은 어느 정도 자제하는 그였지만 담배는 곤란할 때마다, 화날 때마다, 슬플 때마다 하나씩 피워댔다.

"……좀 더 좋은 인간으로 살아갈 수 있다는 느낌이랄까."

"무슨 말이야?"

"그녀가 곁에 있어주면 내가 조금은 착한 인간으로 살 수 있을 것 같아."

현후가 평상시의 웃음기를 거두어들이며 진지하게 입을 열었다. 성민은 심장박동이 차츰 빨라짐을 느꼈다. 이 날씨에 민소매 티 하나만 걸쳐 입고 밖에 나간 사람처럼 피부 위로 소름이 우수수 돋았다.

"……어쨌든 무사해서 다행이야, 서현후. 담임에게는 양호실 갔다고 구라 쳤으니까 1교시 되기 전에 알아서 튀어와. 아참, 손에 있는 건 열여섯 번째 생일선물. 생일 축하해!"

"나는 과연 100% 피해자일까. 그들을 이해한다는 게 아냐. 다만 내게도 책임이 있다는 사실을 인정하게 됐을 뿐이지. 차라리 마음이 편해. 조금 덜 미워하게 돼서……."

이상하게도 중학교 시절의 다른 기억들은 중간에 교통사고라도 당한 것처럼 흐릿하게 떠오르는데, 서윤과 관련된 기억만큼은 엊그제 일처럼 선명했다. 기억에도 호감도의 법칙이 존재하는 것일까.

"그늘진 나를 처음으로 알아봐 준 사람이야. 제게 고통을 준 가해자의 입장까지 이해하려는 사람이야. 이렇게 강한 빛이라면 어둠도 수그러들지 않겠어?"

현후는 웃었지만 성민은 웃을 수 없었다. 그는 대신 다른 질문을 던졌다.

"그녀는 네 그늘의 일부만 본 거잖아. 나도…… 네 행동이 가끔은 소름 끼칠 때가 있어. 바로 오늘처럼. 네 이런 모습들…… 그녀가 알면 뭐라고 생각할 것 같아?"

"발버둥치는 모습이 불쌍타 하겠지."

"네가 무섭다고 생각하면?"

으음, 거기까지 생각해야 해?

장난스러운 말투와 대비되는 진지한 표정으로 현후가 되물어왔다. 그는 하늘을 한 번 쳐다보았다가 입에 물고 있던 담배를 발로 비벼 껐다. 그의 목소리가 성민의 귓가를 느릿하게 스치고 지나갔다.

"난 이 세상에서 가장 불행한 사람이 되겠지."

그러고 보니 현후는 서윤에게 거짓말을 하나 더 했다. 열여섯, 삶을 포기하려고 하던 그때의 마음은 오답을 지우개로 지운 것처럼 말끔히 사라지지 않았다. 절망보다 강한 빛에 눌려 잠시 수그러든 것뿐. 지금도 저는 하루하루 살아가기보단 빨리 죽고 싶다는 생각을 한다.

하지만 이전과 달리 섣불리 뛰어내리지 못하는 것은 쓸데없는 희망을 품고 있기 때문이다. 서윤 그녀가 제 곁에 있어준다면 자신도 평범한 사람처럼 하루는 울고 하루는 웃다가 때로는 화내고 때로는 즐기면서 이 삶을 살아갈 수 있을 것 같아서 살다 보면 괜찮아질 것이란 작은 희망을 품게 됐다. 미련이 남아 죽지 못하겠다.

성민을 피해서 펜션 안으로 들어온 현후는 배정된 방으로 들어갔다. 세상모르고 잠들어 있는 태현과 몇몇 친구들의 모습이 보인다. 마음이 거센 쓰나미가 몰려오는 해변처럼 들끓는다. 서윤과 강릉에 다녀온 이후 현후에겐 자그마한 고민이 하나 더 늘었다.

"……그래, 네가 그녀를 가만히 놓아준다면 나도 얌전히 있을게."

저는 몰라도 제 친구들은 그의 좋은 친구로서 남아줄 것이다. 그의 집안과 회사도 무탈할 것이다. 태현의 주변에 쳐놓은 치명적인 함정들, 그녀와 함께 걸었던 그 하얀 백사장의 모래로……

"깨끗이 덮어줄게."

한 글자 한 글자 씹어 삼키듯 내뱉었다.

"방금 한 말 꼭 지켜라, 서현후."

어느새 뒤따라온 것일까. 그의 등 뒤에 서 있는 성민이 현후의 어깨를 가볍게 두드렸다.

"그녀가 곁에 없어도 넌 네 마음먹기에 따라 충분히 착하게 살 수 있어. 그녀 앞에서 떳떳하고 싶다면 지금부터라도 착하게 살면 되잖아."

"곁에 없다면 아무 의미 없어."

현후가 단호하게 뒤돌아섰다. 광대처럼 웃고 있는 제 모습이 다인 줄 아는 인간들, 웃음 뒤 눈물에 대해 단 한 번도 생각해보지 않은 인간들에게까지 베풀어줄 친절은 조금도 없으니까.

어머니는 오래전 중학교 교사였다고 했다. 아버지와 결혼하면서 직업을 포기하고 사업가의 아내로서 현모양처가 되는 길을 선택했다. 태현과 서윤을 보면 젊은 시절 제 아버지와 어머니의 모습이 흐릿하게 떠오른다. 그래서 현후 저는 태현을 더욱 용서하지 못하는 것인지도 모른다.

현후는 주먹을 꽉 움켜쥐었다. 차가운 난간을 내려치는 손에서 날카로운 쇳소리가 났다. 근처 나뭇가지에 앉아 있던 참새 두 마리가 흐린 하늘 위로 포르르 날아올랐다.

현후가 태어난 후 어머니의 모든 관심과 신경은 갓 태어난 아기인 그에게 쏠렸다. 아버지의 귀가 시간이 차츰 늦어졌다. 둘만의 좁은 세계에 갇힌 갓난아기와 어머니가 그것이 무슨 의미인지 알게 되기까지는 상당한 시간이 걸렸다.

어느 때부터인가 아버지의 양복에서 낯선 향수 냄새가 풍기고 그의 하얀 와이셔츠 목 부근이나 소매 끝에서 핑크빛 립스틱의 흔적이 보였다. 둘은 서로를 탓했다. 상대방의 심장에 수많은 비수를 내리꽂은 후에야 끝나는 이 싸움의 승자는 대개 돈과 권력을 쥐고 있는 아버지 쪽이었다.

승자는 제 생활을 유지하고, 패자는 쓰디쓴 알코올에 힘없는 육체와 정신을 의존했다. 한쪽 구석에서 가사도우미 아주머니 손에 눈과 귀가 가려진 어린아이는 말없이 울기만 했다.

아버지는 제 자식에게 별다른 애정도 관심도 없어 보였다. 그의 모습은 새벽이나 이른 아침에 잠이 살포시 깼을 때만 간혹 볼 수 있었다. 어머니는 낮에는 비교적 친절하고 자상한 편이었다. 어린 현후에게 맛있는 간식을 만들어주기도 하고, 다양한 그림책과 알록달록한 블록을 가지고 그와 곧잘 놀아주었다.

하지만 저녁이 되면 외롭고 의지할 곳 없는 여인은 술을 찾았다. 알코올에 삼켜진 그녀의 입은 어린 아들을 데리고 온갖 하소연과 세상에 대한 저주를 늘어놓았다. 겁에 질려 울음을 터뜨리는 아이를 때리는 경우도 있었다. 다음 날이면 어린아이의 연약한 피부에 새겨진 멍과 자국을 보며 제가 죽일 년이라고 흐느꼈다.

어릴 때부터 현후의 세상에는 두 종류의 사람만 존재했다. 제게 무관심한 사람과 제게 애정과 고통을 동시에 주는 사람.

아버지를 원망하고 미워했다. 어머니를 사랑하고 증오했다. 이 불행의 시작이 된 저는 더 이상 존재하지 않기를 바랐다.

유치원생, 초등학생이 되어 집 아닌 다른 세계에 발을 디뎠다. 아버지와 어머니 사이에서 혼란스러워하던 아이는 누구의 앞에서든 눈치부터 먼저 보았다. 곱상한 얼굴과 왜소한 체격, 자신감 없이 움츠러든 태도. 또래 남자아이들의 괴롭힘 대상이 되기에 충분했다.

집에서도 학교에서도 마음 둘 곳이 없었다. 때문에 아이는 귀신에 홀린 것처럼 책에 빠져들었다. 책과 책 속에서 펼쳐지는 세계는 적어도 그의 마음을 아프게 하지 않았다. 저리 가라며 그를 밀어내지도 않았다.

어린 나이에 수십, 수백 권의 책을 읽어댔다. 그리고 마침내 그의 마음을 울린 시 하나를 발견했다.

—웃어라. 온 세상이 너와 함께 웃을 것이다.

울어라. 너 혼자 울 것이다.

19세기 시인 엘라 윌콕스가 쓴 시 '고독'의 첫 부분이다. 한 편의 시인 줄은 몰랐으되 그 어구를 처음 접했을 때의 인상은 불을 최초로 발견한 인류만큼 강렬했다.

그 글귀처럼 세상은 타인의 눈물에 관심이 없었다. 약점을 잡으려고 하이에나처럼 달려드는 사람은 수도 없이 많았고, 동정하는 이는 몇 있었다. 그 눈물의 의미를 이해하고자 하는 사람은 손에 꼽을 만큼 만나기 어려웠다.

그래서 웃기로 했다. 그들이 원하는 대로 웃으면서 살아가리라 마음먹었다.

—기뻐하라. 사람들이 모두 너를 찾을 것이다.

슬퍼하라. 그들은 곧 너를 떠나리라.

사람들은 너의 즐거움은 원하지만

너의 고통은 필요로 하지 않는다.

즐거워하라. 친구가 늘어날 것이다.

슬퍼하라. 그들을 모두 잃으리라.

누구도 달콤한 와인은 거절하지 않는 법.

인생의 쓴맛은 너 혼자 마셔야 한다.

"참…… 좋은 시야."

그의 본질은 아무것도 달라진 바 없는데 겉모습을 조금 바꾸었다 해서, 가볍게 웃어주었다 해서 사람들은 이전과 달리 쉽게 다가왔다. 다행히도 그에게는 행복한 가정과 맞바꾼 돈과 권력이 주어져 있었다. 마음을 먹으니 이미지를 바꾸는 것은 쉬웠다.

제 욕심과 즐거움, 안정만 추구하는 인간들의 본성을 알고 현후 또한 그에 맞춰 대응하니 더 이상 상처 받을 일도, 아플 이유도 없었다. 머리가 커갈수록 바보 같은 사람들도, 이 세상도 전부 우스웠다.

"……난 알아. 태현이 그녀를 쉽게 놓아줄 리 없어. 인간은 제가 필요 없어서 버리는 것이라도 타인이 간절히 원하면 다시 갖고 싶어하는 법이거든."

못됐지만 그게 인간의 본성인걸. 현후가 작게 미소 지었다.

서늘한 바람이 다시 한 번 그의 머리카락을 스치고 지나가자 어제 가을 바다 앞에서 서윤을 끌어안았을 때 느낀 그 온기가 몹시도 그리워졌다. 그 온기에게마저 버림받는다면 그에겐 이 험한 세상을 살아갈 이유도, 미련도 더는 존재하지 않았다.

※　✠　※

서윤은 오랜만에 어머니와 수다 아닌 수다를 떨었다. 병원 보조 침대에서의 하룻밤은 불편했지만 안락했다. 아침 식사를 마지막으로 병원을 빠져나와야 했다. 오늘은 태현이 2박 3일 엠티에서 돌아오는 날이다.

예전 같으면 서둘러 점심 식사를 준비하고 그를 얌전히 기다리고 있었을지도 모르겠지만 이번만큼은 그러고 싶지 않았다. 어차피 그는 집에 곧장 들어오지 않고 친구들이나 다른 여자와 놀다가 늦게 들어올 것이 분명했다.

"……카드 쓰라고 했으니 팍팍 써줘야지."

생일이 이틀 지난 오늘, 서윤은 집에 잠시 들러서 짐만 내려놓고 다시 밖으로 나왔다. 집 앞 커피전문점에 들어서자 그녀는 저도 모르게 현후가 준 기프트 카드를 떠올렸다.

"아냐. 그건 아껴 써야지."

다소 우울한 기분을 북돋우기 위해 휘핑크림을 잔뜩 올린 따뜻한 카페모카 한 잔을 주문했다. 물론 계산은 얄미운 태현의 카드로 했다.

서윤은 커피 한 잔을 들고 거리를 걸었다. 차가운 늦가을 바람도 커피와 함께 맞으니 그럭저럭 견딜 만했다. 그녀는 백화점에서 저를 위한 선물을 하나 구입할 계획이다. 마을버스를 타면 15분 이내로 도착할 수 있었지만, 오늘은 천천히 걷고 싶었다.

주말이라 그런지 백화점은 사람들, 특히 커플이나 가족 단위의 고객들로 붐볐다. 옆구리가 시리다고 생각할 필요 없었다. 자신은 고등학교 시절의 이서윤으로 되돌아간 것뿐이다. 커플들이 가득한 패밀리 레스토랑에서 혼자 파스타를 시켜 먹은 경험도 있는 당당한 소녀로.

서윤은 브랜드 상점을 돌아다니며 마음에 드는 옷이 있나 살펴보았다. 화장품 가게도 기웃거려 보고 팔찌나 목걸이 등 액세서리를 판매하는 잡화 코너도 둘러보았다. 모처럼 가격은 크게 개의치 않아도 돼서 마음이 편했다.

두 시간 남짓 돌아다녔지만 적당한 아이템이 눈에 띄지 않았다. 다리도 아프고 배도 조금씩 고파왔다. 우선 밥부터 먹고 보아야겠다. 백화점 내의 이탈리안 레스토랑에 들어가 리조또 하나를 시켰다.

서윤은 식전 빵을 먹으면서 음식이 나오길 기다렸다. 매장 안에서 흘러나오는 노래의 음이 익숙하여 귀를 기울여 보니 켈리 클락슨의 'Because of you'이다. 수행평가 곡으로 선정되어 중학교 1학년 영어 수업 시간에 처음 접한 팝이다.

노래를 부른 가수의 목소리도 애절하고 아름다웠지만, 그토록 마음에 와 닿는 가사는 처음이었다. 수행평가가 끝나고 나서도 한동안 귀에 그 노래를 달고 살았다. 덕분에 몇 년이 흐른 지금까지도 노래 가사 대부분을 기억하고 있다. 서윤은 음에 맞추어 가사를 가볍게 흥얼거렸다.

그녀의 부모님은 성격 차이가 심했다. 추구하는 행복과 인생의 가치관도 달랐다. 둘이 어떻게 만나 결혼했을까 의문이 들 정도였다. 거기에 돈 문제와 고부 갈등이 겹쳤다. 이틀 중 하루는 시끄러웠던 집.

본인에게는 이 세상 종말처럼 괴로운 일이었지만, 세상에서는 그리 큰일도 아니었다. 누구에게도 알릴 수 없었다. 서윤 본인이 조용히 끌어안고 가야 할 문제였다.

친하다고 생각한 친구들에게 속사정을 은근슬쩍 털어놓아 봐도 그때뿐이었다. '어떡해', '속상하겠다' 등 허울 좋은 위로는 잠시다. 제 고민도 많은 이 세상에 남의 고민까지 한도 끝도 없이 들어주는 친구는 없었다. 어느 순간, 그들이 불편해하는 기미를 눈치챘다.

나중에는 되레 괜찮은 척 웃어 보였다. 우울한 자신의 이야기를 꺼내기보다는 모두에게 익숙한 관심사나 흥밋거리를 입 밖에 냈다. 밝다고 한다. 성격이 좋다는 이야기도 들었다.

하지만 내면으로는 누구보다도 곪아 터진 심장을 품고 있었다. 학창 시절, 남자는 무조건 싫다고, 결혼은 죽어도 하지 않겠다고 다짐한 것은 그러한 현실에 대한 반발이었을 테다. 결혼하자마자 친구들과 연락이 뚝 끊긴 것도, 내심 그러한 친구들 따위 필요 없다는 생각이 반영된 결과인지도 모른다.

혼자 드는 점심. 레스토랑의 한적한 창가 장리에서 서윤은 그동안 내버려 둔 상처와 상처투성이 심장을 정면으로 마주하게 되었다. 떨리는 손으로 집어 든 레모네이드가 시다기보다 쓰다.

그때도 지금도 사실은 전혀 괜찮지 않았다. 꼬이면 꼬이는 대로 모르는 척 내버려 둔 마음이 지금의 상황을 불러온 것일지도 몰랐다.

4

그 남자, 그 여자

모르는 척 내버려 둔 상처를 마주하는 것은 진실을 인정하는 것만큼이나 어렵다. 하나도 괜찮지 않다. 단지 그 한 줄을 인식했을 뿐인데 눈물이 주르륵 쏟아져 내렸다. 무슨 정신으로 점심을 먹고 레스토랑을 빠져나왔는지 기억나지 않는다.

서윤은 화장실로 들어가 눈물로 얼룩진 얼굴을 씻어냈다. 평소 가지고 다니던 연분홍 손수건으로 얼굴을 꾹꾹 눌러 닦고 있는데 거울 너머로 낯익은 얼굴이 보였다. 그 여자 또한 자신을 빤히 쳐다보고 있었다.

"이서윤?"

"연아야……."

대학 입학 후 연락이 끊긴 옛 친구 연아가 틀림없었다. 서둘러 옷매무새를 정리하고 밖으로 나오자 그녀는 그 근처에서 서윤을 기다리고 있었다.

"서윤아, 이게 대체 얼마 만이야?"

생각지도 못한 장소와 상황에서 옛 친구를 만나 당황한 서윤과 달리 연아는 그녀를 만난 것이 마냥 기쁜 모양이었다. 연아는 여전히 화사하고 밝은 얼굴로 서윤의 손을 꽉 붙잡았다.

"그러게. 진짜 오랜만이다."

"안 그래도 설민이에게서 소식 들었어. 조만간 연락하려고 했는데 이렇게 만나네. 역시 만날 사람은 어떻게든 다시 만나게 된다니까."

애교 있는 목소리와 말투는 변함이 없는데, 그녀의 외양은 많이 달라져 있었다. 대학생이 되어서 그런지 스타일이 많이 바뀌었다. 단발이던 머리카락은 허리까지 길러서 웨이브를 예쁘게 집어 넣었고, 언제나 체크남방이 걸쳐 있던 상체에는 여성스러운 핑크빛 블라우스가 자리 잡고 있었다.

새삼스레 시간의 흐름을 느꼈다. 예쁘고 똑똑한 여대생이 된 그녀 앞에서 서윤은 어딘지 모르게 위축된 자신을 마주했다.

"넌 대학을 안 가서 아무것도 모르잖아."

"너 같으면 집에만 있는 애가 재미있겠냐?"

태현의 궤변에 불과하다고 생각하던 말에 고개를 끄덕이게 되는 제 모습을 발견하고 말았다. 그녀의 심장이 비참함의 늪에 풍덩 빠져 버렸다.

서윤은 연아의 손에 이끌리다시피 하여 근처 카페로 들어섰다. 쓰디쓴 아메리카노 두 잔을 주문했다. 신나게 떠들어대는 그녀의 모습을 바라보며 서윤은 생각했다. 만약 어딘가 비뚤어진 제 모습을 인식하지 못한 상태에서 그녀를 만났다면 고등학교 시절 추억도 떠오르고 마냥 반갑기만 했을까. 오늘따라 유난히 쓴 아메리카노를 입으로 가져가며 서윤은 시부모 앞에서 짓는 일종의 영업용 미소를 띠고 연신 고개를 끄덕이고 있었다.

"어유, 야. 폰을 바꿨으면 바꿨다고 알려줘야 할 거 아냐."

"갑자기 고장 나서 전화번호부가 싹 다 날아갔는걸. 지금이라도 만났으니 다행이지."

"너는 그동안 어떻게 지냈어?"

공부 중이야? 설민에게서 서윤이 영어 학원에 다닌다는 이야기를 들었는지 뒤에 이어지는 말이 조심스러웠다. 아무래도 자신이 재수나 편입 준비를 한다고 생각하는 모양이다.

"사정이 있어서 졸업하고 바로 대학에 가지 않았어. 내년에 다시 한 번 수능 보려고 준비 중이야."

"아, 그렇구나. 으아, 수능을 다시 봐야 한다니 끔찍하겠다."

그래도 넌 잘할 거야. 고등학교 때 성적도 좋았잖아.

격려의 말을 건네는 연아를 보며 서윤은 고맙고도 미안한 감정의 이중주에 혼란스러웠다. 떨어져 있던 시간이 어색하게 느껴지지 않도록 배려해 주는 친구 앞에서 저는 일그러진 제 모습과 속사정을 숨기기에 급급했다.

인간 이서윤이 어쩌다 이렇게 되어버렸을까. 그녀의 입에서 묵직한 한숨이 흘러나왔다. 마주하고 있는 연아의 표정도 덩달아 어두워졌다.

"힘내. 나도 뭐 도와줄 수 있는 것 있으면 도와줄게."

웃으면서 말하는 연아의 모습에서 고등학교 시절의 '우리'를 보았다. 일상을 이야기하거나 고민을 털어놓고 도와주겠다는 말에 고맙다고 답하는 것이 당연하던 시절. 지금의 자신은 도대체 무엇을 재고 따지고 있나. 서윤은 부끄러워 고개를 똑바로 들 수 없었다.

"……고마워."

왜인지 눈가가 따끔거렸다. 다행히 눈물은 흘러나오지 않았다. 일, 이, 삼, 사, 오……. 서윤은 속으로 말없이 숫자를 세었다.

진정된 마음처럼 식어버린 아메리카노는 쓰지 않고 밍밍했다. 잔을 비우고서 서윤과 연아는 카페를 빠져나왔다.

"하필이면 오늘 같은 날 뒤에 약속이 잡혀 있네. 약속만 아니라면 저녁까지 먹고 헤어지는 건데."

연아가 아쉽다는 듯 중얼거렸다.

요 근래 사귀게 된 남자친구와 약속이 있다며 수줍게 웃은 그녀는 조만간 다시 연락하겠다면서 서윤의 핸드폰 번호를 받아 갔다. 교환한 연아의 핸드폰 번호를 확인해 보니 옛날 그대로였다. 씁쓸한 웃음이 서윤의 입가를 비집고 튀어나왔다.

연아는 아무것도 달라진 것 없이 그대로인데 저만 변했다. 아무 말 없이 연락을 끊은 것도 그녀가 아니라 저다. 이리저리 뒤틀린 자신을 마주하는 것은 어느 평범한 일상에서 연쇄살인범의 눈동자를 쳐다보는 것만큼이나 힘겹다.

"……내가 먼저 연락할게."

만약 한 달 전에 연아와 마주쳤다면 서윤은 지금 이 순간 이리 말을 꺼내지 못했을 것이다. 어떻게든 지금 이 상황에서 도망치려고만 했겠지. 현후를 만나던 그때 그 순간처럼.

어쩌면 무의미한 발버둥일지도 모르겠지만 달라지고 싶었다. 아니, 이미 달라지기로 결심하지 않았는가.

"나는 네가 그곳에서 벗어나기 위해 죽어라 공부하기보다는 네 삶, 네 미래…… 네가 원하는 것을 이루기 위해 노력하고 그 결실을 얻었으면 좋겠어."

강릉에 있을 때는 현후가 내뱉은 말이 잘 이해되지 않았다. 하지만 이젠 조금 알 것 같다. 그가 무슨 말을 하고 싶었던 건지.

현후가 제 집에 처음 찾아온 날, 달라지겠다고 말한 것은 눈앞의 지옥 같은 현실에서 도망치고 싶다는 의미만은 아니었을 테다. 사실은 무기력하고 겁쟁이인 자신에게서 탈피하고 싶었다.

"그래, 다음에 크림파스타 먹으러 가자. 요 근처에 맛있는 가게를 알거든."

보다 편안해진 미소로 화답하고 뒤돌아섰을 땐 조금 전처럼 마음이 크게 불편하진 않았다. 서윤은 뜬금없이 서현후 그가 보고 싶어졌다. 비 오던 날, 요상한 내기를 제안하던 그의 하얀 얼굴이 떠올랐다. 그때 현후가 그런 억지를 부리지 않았다면 어쩌면 두 번 다시 그를 만나지 못했을 수도 있고 저는 절망의 늪에 빠진 상태로 쭈욱 살아갔을 것이다.

"……어쩌면 네가 나를 가장 잘 알고 있는지도 모르겠다."

본인조차 그동안 인지하지 못하던 비틀린 자신을 그는 이미 오래전부터 눈치챈 듯하다. 이름만으로도 눈물겨운 존재. 제게 용기와 희망을 준 존재. 어쩌면 오래전부터 저를 가장 잘 알아 온 존재. 서현후 그를 정의하는 단어가 자꾸만 늘어간다.

부모님이 매일같이 싸우다가 결국 이혼하는 모습을 지켜보면서, 비뚤어진 시선으로 주변 사람들과 이 세상을 바라보면서 서윤은 신이란 사람들이 만들어낸 허상일 뿐 절대로 존재할 리 없다고 생각해 왔다. 하지만 만약 신이 실제로 존재하고 개개인에게 그들을 각종 위험으로부터 지켜주는 수호천사가 존재한다면 제게 주어진 수호천사는 아마도 서현후 그가 아닐까. 소설 같은 상상에 서윤은 저도 모르게 피식 웃음을 터뜨렸다.

"아아, 이걸로 소설을 써도 재미있겠는걸."

내년에 국문과나 문예창작과로 입학하게 된다면 제 첫 소설은 이런 이야기로 시작해도 괜찮지 않을까.

이런저런 세부 설정들을 떠올리며 길을 걸어가는데 목도리와 장갑을 파는 좌판이 눈에 띄었다. 정갈하게 접혀 있는 빨간 목도리가 서윤의 시선을 끌었다. 현후의 하얀 얼굴과 그가 즐겨 입는 블랙 코디에 잘 어울릴 듯하다.

"이 목도리 얼마예요?"

"어유, 아가씨가 보는 눈이 있네. 이거 백화점에 납품하던 물건인데 싸게 파는 거야. 아가씨가 할 거야, 아니면 남자친구 선물할 거?"

"남자친구는 아니고…… 정말 소중한 친구에게 잘 어울릴 것 같아서요."

"에이, 다 그렇게 시작하는 거지, 뭐. 여기 비닐 포장된 것으로 줄게."

아줌마가 넉살좋게 웃으며 말했다. 서늘하던 품 안에 보들보들한 목도리가 들어와서일까, 조금 남아 있던 우울한 기분마저 완전히 사라졌다. 팬시점에서 포장지를 사다가 예쁘게 포장해서 건네줘야겠다. 오랜만에 실력 발휘 좀 해야겠는걸.

"이제 겨울이니까…… 실 사서 한번 연습해 볼까."

목도리의 비닐 포장을 만지작거리며 서윤이 중얼거렸다. 올해는 공장에서 이미 만들어진 것을 사서 선물해 주지만, 내년에는 정성을 담아 직접 만든 목도리를 선물해 주는 것도 괜찮을 듯하다.

"겨우내 연습해서 여름에 생일 선물로 줘도 괜찮을 것 같은데?"

여름의 시작에 한겨울용 목도리, 장갑, 스웨터 선물이라……. 경악할 게 분명한 그의 하얀 얼굴이 떠오르자 서윤의 입가에 저도 모르게 해맑은 미소가 지어졌다.

"좋았어! 기대해라, 서현후!"

하지만 이상과 현실은 다른 법이라 하던가. 쓸데없는 의욕에 넘쳐 두 눈이 불타오르던 서윤이 수예점에 들어간 지 10분 만에 제 계획을 대폭 수정하고 목도리용 실만 사가지고 나온 것은 비밀 아닌 비밀.

시곗바늘이 6시를 넘어섰다. 엠티에서 돌아올 시간이 됐건만 예상대로 태현은 제시간에 들어오지 않았다.

정이 좀 더 떨어진 것일까. 화가 나지도, 걱정이 되지도 않았다. 새로운 환경에 완벽하게 적응된 사람처럼 '아, 그렇구나' 하고 그냥 넘어가는 자신을 본다.

낮에 만난 연아가 파스타 말을 꺼내서인지 저녁으로 고소한 크림파스타가 당겼다. 1인분만 간단하게 만들어서 먹어야겠다고 생각하고 블로그에서 확인차 레시피를 살펴보고 있는데 문자가 하나 왔다. 호랑이도 제 말 하면 온다더니 오늘 계속 생각하고 있어서 그런가. 서현후 그였다.

─저녁 먹여주면 과외 해줄게. 어때? ㅋㅋ

홀로 하는 식사보다야 둘이 하는 식사가 낫지 않은가. 서윤은 바로 답문을 보냈다.

─크림파스타 만들 건데, 괜찮아?
─콜. ㅋㅋ 30분 좀 넘어서 도착함.

냉장고에 있는 재료만으로 가볍게 준비하기로 했다. 베이컨과 양파, 버섯 삼종 세트가 갖추어져 있어서 참 다행이다.

서윤이 파스타를 다 만들고 나서 하얀 접시에 보기 좋게 담아내고 있는데 초인종이 울렸다. 문을 열어주니 현후가 손을 비비면서 들어왔다.

"어째 갈수록 추워진다. 어휴."

"이 날씨가 추우면 겨울엔 어떻게 살려고?"

그녀의 핀잔을 못 들은 척하며 식탁에 착석하는 모습이 굶주린 들개 같다. 그래, 많이 먹어라. 빈자리에 남은 면을 더 덜어주니 현후가 싱긋 웃는다.

오늘따라 꽤 매력적으로 보이는 그의 눈웃음. 중학교 시절, 선생님들의 마음이 조금은 이해가 간다. 제가 선생님이었어도 도를 넘어서는 얄미운 짓을 하지 않는 이상 현후를 참 예뻐했을 것 같다.

"오, 이거 괜찮은데? 직접 만든 거 맞아?"

"이 자식이! 포크 뺏기고 싶냐?"

"에이, 너무 맛있어서 그러지."

"쳇, 말이나 못 하면. 그나저나 넌 지금 어디서 오는 거야?"

어째 밖에 오래 있었던 것 같은 모습이다. 추궁 같은 질문에 그는 엠티에서 돌아오는 길이라며 아무렇지도 않게 답했다. 잠시 잊고 있던 태현이 떠올랐다. 아, 만약 그가 제시간에 돌아오면 어쩌지.

걱정하는 제 표정을 읽었는지 현후가 짧게 덧붙였다.

"걱정 마. 아까 헤어질 때 보니까 딴 길로 새는 것 같았어."

저를 배려해서인지 다른 여자를 만나는 것 같더라는 자세한 설명은 하지 않았지만, 현후의 표정만으로도 이면의 의미를 충분히 읽어낼 수 있었다. 서윤은 그저 말없이 고개를 끄덕였다. 충분히 예상한 바이기에 심하게 속상하거나 화가 나지는 않았다. 별다른 생각 없이 파스타를 먹는데, 다소 풀 죽은 목소리가 들려왔다.

"미안. 기분 상하라고 꺼낸 말은 아니었어."

웃기지, 참. 그가 잘못한 게 뭐 있다고 사과를 하냔 말이다. 서윤은 고개를 가로저었다. 미안하기는 제가 더 미안했다.

그의 말을 듣고 전후 사정을 곰곰이 따져보니 11월 24일 그날 경영학과 엠티가 있던 것은 분명했다. 현후는 제 생일을 챙겨주기 위해 그 엠티에 늦게 참석한 것이고. 저 때문에 그의 일상이 자꾸만 틀어지고 있는데, 현후는 제게 사소한 일로도 미안해한다. 참 모순적이다. 처진 분위기를 띄우기 위해서인지 더욱 오버하며 파스타를 집어 먹는 그의 모습에 가슴이 먹먹해진다.

"오버하지 마, 바보야."

방정을 떨며 먹더니 걸쭉한 크림소스가 그의 볼에 튀었다. 식탁 위의 티슈 상자에서 티슈 한 장을 뽑아 쓰윽 닦아주었다.

오늘따라 깊이 침전해 있는 까만 눈동자가 저를 빤히 쳐다보자 배에 처음 올라탄 사람처럼 머리가 어찔하다. 무어라 설명하기 힘든 미묘한 느낌. 낯선 느낌에 당황해하는 뇌리로 태현에게 프러포즈 받던 그날이 생뚱맞게 떠올랐다.

"오버하는 거 아닌데. 나 입 까다로운데 기껏 맛있다고 칭찬해 주니까…… 쳇."

장난스럽게 투덜거리던 그의 시선이 서윤의 목에 와 닿는다. 반짝이는 백금의 별 목걸이. 제가 선물한 목걸이가 그녀의 하얀 목에 예쁘게 걸려 있자 왠지 모르게 뿌듯해졌다.

"그나저나…… 목걸이 잘 어울리는데?"

"아, 이거 엄마도 괜찮다고 하더라. 나도 마음에 들고. 정말 고마워."

"내가 패션 센스가 좀 있다니까. 훗. 그나저나 병원 갔었어?"

"어제 가서 하룻밤 자고 왔지. 엄마가 아직까지 널 기억하고 있어서 놀랐어. 나중에 기회 되면 한번 보고 싶다고 하시던데."

"그럼 가까운 시일 내에 한번 찾아 봬야지."

역시 난 어른들에게 인기 짱이라니까. 자아도취에 빠진 그가 나사 하나 빠진 사람처럼 실실 웃어댔다.

서윤은 깨끗이 비운 그릇들을 치운 후 쿠키를 조금 꺼내서 테이블 위에 올려놓았다. 커피도 진하게 타서 옆에 놓자 여러모로 공부할 준비는 완벽해졌다.

현후가 내준 문제 외에 개인적으로 사서 풀고 있는 문제집도 갖고 나왔다. 그리 어려운 문제들은 아니지만 아직까지 절반은 맞고 절반은 틀리는 수준. 유독 많이 틀린 페이지에서는 얼굴이 조금 화끈거렸다. 현후가 평소와 달리 진지한 표정을 짓고 있어서 더 그런 건지도 모르겠다.

"저번에도 이거랑 비슷한 문제 틀리지 않았어? 확률 공부, 다시 해야겠다."

"확률 개념은 대충 아는 것 같은데 계속 틀리네."

"EBS 강의로 개념 정리 한번 해봐. 그래도 부족하다 싶으면……."

현후가 연습장 귀퉁이에 어느 사이트 주소를 적어 나가기 시작했다.

"여기가 인강 사이트 중에서는 꽤 괜찮거든. 수학 쪽에서는 조수빈 강사가 유명해."

"이 사람, 예전에 들은 기억 있는데."

컴퓨터를 켜서 이 사이트 저 사이트 비교해 가며 인터넷 강의를 등록했다. 본인이 가지고 있는 카드나 통장으로 계산하면 나중에 태현에게 발각될지도 모른다는 생각에 서윤은 현후에게 현금을 건네주고 그의 카드로 대신 계산했다.

개념 정리에 대한 고민을 덜어 한결 가벼워진 마음으로 현후의 문제풀이를 들었다. 정신을 차리고 집중했더니 시간 가는 줄도 몰랐다. 어느새 9시가 넘었다. 태현이 슬슬 돌아올 시각이라 주변을 정돈했다.

"오늘도 고마웠어. 엠티 다녀오느라 힘들었을 텐데 와줘서 미안하기도 하고 고맙기도 하고 그러네."

"알면 이 오빠에게 잘해."

"툭하면 오빠래."

"내가 너보다 생일도 빠르잖아."

현후를 아파트 건물 앞까지 배웅해 주려고 현관문으로 다가섰는데 자동으로 문 열리는 소리가 들려왔다. 태현이 틀림없었다.

서윤이 당황해서 어쩔 줄 몰라 하는 얼굴로 현후를 쳐다보았다. 그의 얼굴도 순간 굳었으나 빠르게 원래의 모습을 되찾았다. 현후가 작게 속삭였다.

"괜찮아."

그가 말하자 금방이라도 터질 것처럼 쿵쾅거리던 서윤의 심장이 다소 진정되었다. 마침내 문이 열렸다. 작은 쇼핑백을 든 태현이 다소 놀란 얼굴로 현관에 서 있는 현후와 서윤을 쳐다보았다.

"여자들은 아닌 척하면서도 선물에 엄청 신경 쓴다더라. 특히 기념일에 주고받는 선물이라면 더더욱."

버스를 타고 서울로 되돌아오는 길. 친구들과 나눈 이야기가 태현의 뇌리에서 빙글빙글 맴돌았다. 이후 예쁘고 매력적인 여자 연아와 함께 있는데도 그는 어딘지 모르게 마음 한구석이 불편했다. 얼굴에 티가 났는지 저녁 식사를 하던 도중 연아가 어디 안 좋으냐고 물어올 정도였다.

평소와 달리 서윤에게선 문자도 전화도 오지 않았다. 심지어 제가 보낸 문자에 대한 답변도 오지 않았다. 그녀의 연락을 손꼽아 기다리는 것은 아니었지만, 왠지 모르게 짜증이 났다. 이유를 천천히 생각해 봤다. 자신이 그녀의 생일을 성의 있게 챙겨주지 않았다고 해서 화가 난 건가.

어쩔 수 없었다고 태현은 생각했다. 생일이야 나중에 챙겨줘도 되지만 엠티는 시간을 뒤로 물릴 수 없는 단체 행사가 아닌가. 여자는 이래서 피곤한 생물이다.

여동생에게 줄 선물이라며 연아를 속이고 백화점에서 서윤의 생일 선물을 골랐다. 20대 여자들 사이에서 유행한다는 브랜드의 목걸이다. 이거면 되겠지. 남편 된 도리를 못 했다는 소리는 듣지 않겠지. 대충 건네주고 나면 제 불편한 마음도 괜찮아지리라.

그리 생각하며 애초 계획보다 집에 빨리 돌아왔다. 현후가 제 집에 와 있으리란 생각은 전혀 못 했다.

"서현후…… 어쩐 일이야?"

"에구구, 이제 가려고 했는데 들켜 버렸네."

현후가 장난스럽게 웃었다. 서윤은 그가 어떤 말을 내뱉을지,

태현이 무슨 생각을 하고 있는지 몰라 가슴이 조마조마했다.

"너도 알다시피 24일이 서윤이 생일이었잖아. 내가 중학교 때 애한테 생일 선물 받아먹고 그냥 튀었거든. 이번에 갚으려고 잠깐 들렀지."

그런 말을 해도 괜찮은가. 서윤의 손가락이 쉴 새 없이 꿈틀거렸다. 정신이 안드로메다 은하로 날아간 듯 그저 어지럽다. 태현은 잠시 동안 아무 말이 없었다. 불안해하는 서윤의 귓가로 다소 뜸 들인 목소리가 들려왔다.

"······아, 그래. 둘이 많이 친했나 봐?"

"반장, 부반장까지 나눠 한 사이인데, 뭐. 우리 좀 잘 맞았지?"

현후가 장난스럽게 서윤의 목에 팔을 걸쳐왔다. 까만 눈동자가 맹수의 눈빛처럼 날카롭게 반짝거린다. 자신이 알고 있던 평소의 그와 사뭇 다른 모습에 태현은 지난번에 느낀 위화감을 다시 한 번 느꼈다. 무언가 거북한데 이를 정확히 짚어낼 수 없어 답답하다.

목을 감싼 팔이 무겁다기보다는 따뜻했다. 서윤은 묘하게 마음이 안정되는 것을 느꼈다. 마침내 그녀는 그동안 제 신경을 미묘하게 거스르던 위화감의 정체를 알아차렸다.

현후가 이 집에 처음 발을 들였을 때부터 마음 깊숙이 품고 있던 한 줄기 의문. 깊이 파고들다 보면 180도 다른 성격을 지닌 그와 태현이 어떻게 친한 친구가 될 수 있었을까. 어이없을 정도로 간단한 답이 튀어나왔다.

태현의 속사정은 잘 모르겠지만 현후에게 그는 소중한 친구가 아니었다. 마당발인 그가 알고 있는 수많은 지인 중 하나에 불과할 뿐. 때문에 저를 도와 그를 눈앞에서 기만할 수 있는 것이다.

장난기 어린 표정 뒤에 숨겨진 비웃음을 보았다. 피부에 슬쩍 소름이 끼치면서도 옆에 있는 이 남자가 제 편이라는 사실에 안도감을 느낀다. 인간은 참 모순적인 존재다. 무엇이든 찢어발길 만큼 날카로운 칼이라도 일단 제 손에 들려 있으면 안전하다고 생각하니까.

"그렇지, 뭐."

서윤은 애써 태연한 척 미소 지으며 현후의 말에 장단을 맞춰 주었다. 태현의 시선이 천천히 현후에게서 서윤에게로 향한다. 그의 눈동자에 은빛 목걸이가 들어왔다.

"……웬 목걸이야?"

평소보다 낮은 목소리에 서윤이 저도 모르게 움찔거렸다. 가시덤불에 숨긴 칼날처럼 날카롭던 현후의 기세가 슬쩍 누그러졌다. 그가 실없는 사람처럼 실실 웃었다.

"아까 말한 생일 선물. 친구니까 그냥 평범한 걸로 선물해 줬어."

여자들은 목걸이나 장신구 좋아한다며. 만약 서윤이 내 여자친구였다면 하트 무늬로 골랐을 텐데. 그녀를 생각하는 내 마음을 듬뿍 담아.

그리 덧붙인 현후의 시선이 태현의 손에 들린 작은 쇼핑백으로 향했다. 자신이 그녀에게 선물해 준 브랜드와 같은 브랜드. 이 상황에서 승자는 뻔했다. 미친 듯이 웃고 싶은 것을 간신히 참아냈다. 아직은 태현을 온전히 자극할 때가 아니었다. 어느 정도 약을 올렸으니 이제는 한발 뒤로 물러설 때였다.

"휘유, 역시 남편은 다르구만. 이거 유명한 브랜드잖아. 돈 좀 썼겠는걸."

이서윤, 좋겠다. 이제 보잘것없는 내 선물은 구석에 처박히는 건가? 현후가 한껏 너스레를 떨며 울먹이는 척했다.

"어이쿠, 객이 눈치 없게 너무 오래 있었네. 나는 이만 빠져줄 테니 부부끼리 좋은 시간 보내."

제발 가지 말라고 서윤은 현후를 붙잡고 싶었다. 그가 떠난 후 소름 끼칠 정적이 지배할 이 공간에 홀로 남겨지는 것이 두려웠다. 현관문을 나서는 그의 까만 눈동자와 시선이 마주쳤다.

'네가 하고 싶은 대로 당당하게 행동해. 내게 어떤 말을 갖다 붙여도 상관없으니까.'

태현은 눈치채지 못하게 눈으로 짓는 미소. 차가운 바람이 들어왔다가 빠져나가지 못하고 현관문이 닫혔다. 서윤은 아무렇지도 않은 척 태현에게 물었다.

"저녁은 먹었어?"

"……먹었어."

서윤은 알았다고 대꾸한 후 방으로 들어가려 했다. 엠티에서 어떤 일이 있었냐며 묻고 이야기를 나누기엔 너무 멀어져 버린 그들 사이. 태현이 쌓기 시작했지만 나중에는 서윤 저도 동참한 벽이다. 방에 들어가서 아까 등록한 수학 강의나 들어봐야겠다.

그녀의 뒤통수를 따갑게 노려보는 시선이 느껴졌다. 여전히 낮은 태현의 목소리가 들려왔다.

"선물까지 챙겨줄 정도로 친한 사이였어?"

"나름 친했지."

그건 왜 물어봐? 저도 모르게 퉁명스러운 질문이 튀어나왔다. 저 인간은 왜 자신의 친구 관계까지 상관을 한담.

서윤이 불쾌한 기분을 애써 억누르며 답했다. 당혹스러움과 두려움이 사라진 자리엔 불쾌감이 밀물처럼 몰려들었다.

"……그냥."

평소처럼 무뚝뚝하게 답한 태현이 먼저 방 안으로 들어갔다. 서윤은 그 자리에 가만히 서서 닫힌 방문을 노려보았다.

아, 저 얄미운 인간. 생각보다 일찍 들어와서 사람 간 떨리게 만들지를 않나, 제 인간관계까지 상관을 하지 않나. 무엇 하나 예쁜 구석이 없다.

제 방에 들어온 태현은 손에서 달랑거리는 쇼핑백의 무게를 느꼈다. 원래는 집에 들어오자마자 서윤에게 아무렇지도 않은 척 쇼핑백을 건네줄 계획이었다. 그래도 그녀의 생일을 챙겨주는 것은 제가 첫 번째라 생각했다. 하지만 그녀의 하얀 목에는 이미 다른 이에게서 받은 목걸이가 반짝거리고 있었다. 무언가 계획이 크게 어그러졌다.

평소와 미묘하게 다른 현후의 모습도 태현의 뇌리를 어지럽혔다. 체한 것처럼 속이 더부룩한 느낌이다. 제 기억이 틀리지 않다면 현후가 선물해 준 그 목걸이는 지금 제가 사온 것과 같은 브랜드의 제품이다. 제게는 껌값처럼 느껴지는 액수지만 일반 대학생에게는 꽤 부담스러운 금액.

물론 현후네 집안 또한 보통이 아니라는 사실은 잘 알고 있다. 하지만 일반적인 친구 관계에서 그런 고가의 선물이 오고 가던가. 제가 예민하게 구는 것은 아닌지 이상하게 혼란스럽다.

"······내일 슬쩍 한번 떠볼까."

저도 모르게 흘러나온 중얼거림. 태현은 슬며시 고개를 저었다. 제가 대체 무슨 상상을 하는 거람.

"현후 그 자식이 바보도 아니고 이서윤 같은 애를 좋아할 리 없잖아?"

현후보다 무어 하나 나을 게 없는 유부녀다. 그런 여자를 상대로 연심을 품을 만큼 제 친구가 어리석다고 생각되진 않았다.

"쓸데없는 생각 말자."

그나저나 제가 사온 선물을 어찌하면 좋을지 모르겠다. 디자인은 다르지만 어차피 같은 브랜드의 목걸이. 지금 이 시점에서 서윤에게 건네봤자 별 의미 없을 것이다. 어딘지 모르게 서현후 그에게 진 것 같은 느낌이 태현의 자존심을 묘하게 긁어놓았다.

가슴 쿵쾅거리는 밤이 지나갔다. 제가 너무 오래 있어서 그런 사달이 일어났다며 미안하다고 사과하는 현후의 문자에 속이 조금 터지긴 했지만 그럭저럭 무사히 넘어간 것 같아 서윤은 안도의 한숨을 내쉬었다. 현후에게는 걱정 말라고 답장을 보냈다.

생각하면 생각할수록 태현의 태도가 괘씸하다. 현후의 얼굴 보기가 부끄러울 정도다. 제가 하면 로맨스요, 남이 하면 불륜이라지만 기가 막힌다. 저는 대놓고 바람피우면서 아내의 몇 안 되는 친구 관계까지 간섭하는 저런 속 좁은 남자가 한때나마 제가 열렬히 사랑한 그 남자가 과연 맞는가.

불을 끄고 침대에 드러누워 태현을 처음 만난 순간과 그와 함께한 추억들을 떠올려 보다가 그만두었다. 기억을 곱씹고 되씹을수록 아름답던 그 시간마저 변질되어 그녀의 가슴이 더 휑해질 것 같았다.

마음이 떠나갔든 붙어 있든 아내 된 도리는 해야 하니까 아침

상을 차려놓고 태현의 방문을 두드렸다. 평소와 달리 곧장 튀어 나오는 모습이 일찍 깨어 있던 듯하다.

"웬일이야. 일찍 일어났네?"

이제는 받아주는 말이 없어도 그러려니 넘어간다. 어쨌든 그를 학교에 보내놓고 나면 자유 시간이 찾아오고 저 하고 싶은 일을 마음대로 할 수 있기에 태현의 무반응은 더 이상 크게 신경 쓰지 않기로 했다. 신경 쓰면 쓸수록 마음 상하는 것은 저뿐이니까. 처음부터 그런 사람이었다고 생각하면 차라리 속이 편하다.

한잠 자고 나면 괜찮아질 것이라 생각했는데 거북한 기분이 쉬이 사라지지 않는다. 태현은 살며시 인상을 찌푸렸다. 마주 앉은 서윤의 목에서 빛나고 있는 은빛 목걸이가 기분 나쁠 정도로 신경 쓰였다.

태현은 방에서 가지고 나온 쇼핑백을 식탁 위에 올려놓았다. 바스락거리는 소리에 서윤이 고개를 들어 제 쪽을 쳐다본다.

"······생일 선물."

"아, 그래? 신경 써줘서 고마워."

고맙다며 받아 들긴 하지만 제 옆자리에 무덤덤하게 내려놓는다. 그 모습을 보니 왠지 모르게 속이 부글부글 끓어오른다.

현후가 목걸이를 건네주었을 때 서윤의 반응이 어땠을지 문득 궁금해졌다. 고맙다며 지금처럼 무덤덤하게 받아들였을까,

아니면 앉은 자리에서 바로 포장을 풀어봤을까.

"안 풀어봐?"

"식사 중인데 번거롭잖아. 나중에 너 학교 가고 나면 풀어볼게."

"너……."

"왜?"

"아냐, 아무것도."

태현은 목 끝까지 차오른 말을 밥 한 숟갈과 함께 꿀꺽 삼켜버렸다. 순간적으로 묻고 싶었다. 쇼핑백 안의 내용물이 무엇인지 확인하면 지금 차고 있는 목걸이를 풀고 제 선물을 착용할 것이냐고. 하지만 그 말을 직접 꺼내기엔 그의 자존심이 상해도 너무 상했다.

총성 없는 전쟁이 지나갔다. 태현이 나가고 나니 마음이 이리 가벼울 수 없다. 서윤은 설거지를 마치고 거실을 대충 정돈한 후 그가 던져 놓고 간 선물을 살펴보았다. 내용물을 확인하자마자 피식 헛웃음이 흘러나왔다.

태현 그는 도대체 무슨 생각을 하며 선물을 고른 것일까. 우습게도 하트 모양의 목걸이가 은은한 빛을 흩뿌리고 있다.

엊저녁 현후가 던진 말이 새삼스레 떠올랐다. 하트 모양의 목걸이를 선물하는 것은 상대방을 사랑하는 마음을 가득 담아서라……. 사랑, 그것참 우습다. 아무리 좋은 말로 포장해도 그와 저 사이는 이미 돌이킬 수 없는 방향으로 흘러가고 있었다.

그래도 꽤 고가의 물건인데. 하지만 이미 현후에게서 선물을 받을 만큼 받아서일까. 포장만 봐도 제법 비싸 보이는 브랜드 같았지만 좋지도, 싫지도 않은 그저 그런 기분이다.

"어, 잠깐만!"

회사의 이니셜인지 후크 쪽에 영문자 두 개가 작게 새겨져 있는 모습이 눈에 띄었다. 어디서 많이 본 듯하다. 서윤은 제가 차고 있던 목걸이를 조심스레 풀어 내렸다. 그 목걸이의 후크에도 같은 이니셜이 새겨져 있다.

머릿속이 망치로 한 대 얻어맞은 것처럼 멍해졌다. 서현후 이 자식은 대체 내 생일 선물에 얼마를 퍼부은 거야? 이후 그를 만나면 따질 게 하나 더 늘었다. 서윤의 입에서 옅은 한숨이 흘러나왔다.

그렇다고 이미 좋아하며 받은 것을 무를 수도 없고……. 부담감과 기묘한 기쁨이 심장 위를 교차한다. 서현후, 그가 제게 지나치게 잘해주는 모습이 때때로 부담스럽기도 하지만, 동시에 보잘것없는 자신도 굉장히 존중받고 사랑받고 있는 사람이란 기분이 든다. 이것이 신종 덫이 아닐까 하는 착각마저 든다.

"내가 정말 너 때문에 못산다, 못살어."

선물 준 이의 마음 씀씀이도 그렇고 디자인도 그렇고 여러모로 현재 착용하고 있는 목걸이가 훨씬 더 서윤의 마음에 들었다. 태현의 선물은 상자에 다시 담아 방에 가져다 놓았다.

돌아서서 생각해 보니 엊저녁, 그리고 오늘 아침 태현이 제게 하려다 만 말이 어렴풋이 짐작 갔다. 차라리 둘 다 착용하지 않았으면 않았지 태현이 준 목걸이를 예쁘다면서 차고 있을 생각은 전혀 없었다. 그녀에게도 자존심이란 게 있으니까.

반나절 공부에 바짝 집중했다가 점심 식사 후 커피 한 잔을 마시면서 현후에게 문자를 보냈다. 어제는 인터넷 강의를 등록하고 현후의 문제풀이를 듣느라 정신이 없어서 언제쯤 뮤지컬 보러 가자는 말을 꺼내지도 못했다.

─이번 주에 언제 시간 괜찮아?

10분이 조금 지나 답장이 왔다.

─오옷, 오빠한테 데이트 신청? 뭐, 특별히 시간 내주지. ㅋㅋ

─또 오빠란다. 질리지도 않아? 으이구, 착한 내가 참아야지. ㅋㅋ 뮤지컬이나 보러 가자고.

─이번 주 평일은 저녁때 오케이, 주말은 올 프리. 흔한 기회 아니야. ㅋㅋ

─그럼 이번 주말에 보러 갈까? 어차피 태현인 주말에 약속 있

다면서 나갈 거야.

그에게서 오케이 사인이 떨어졌다. 서윤의 입가에 옅은 미소가 그려졌다. 어제 현후에게 목도리를 건네주지 않은 것도, 주말에 뮤지컬 관람 약속을 잡은 것도 다 나름의 이유가 존재했다.

수예점에서 빨간 털실을 사고 나니 그 잠깐 사이 마음이 바뀌었달까. 처음에는 좌판에서 산 빨간 목도리를 예쁘게 포장해서 건네줄 생각이었는데 그것은 너무 성의 없어 보였다. 선물은 모양과 가격을 따지기 이전에 정성이 중요하니까. 파는 것에 비해 다소 볼품없어 보일지는 몰라도 제가 고생해서 만든 목도리를 선물로 주는 편이 더 뜻 깊을 것 같았다.

일요일 날 보러 간다 치면 월요일인 오늘을 포함해서 앞으로 엿새 남았다. 서윤은 남은 커피를 홀짝이면서 목도리 짜는 법 설명서를 계속 읽어 나갔다.

"그나저나 그 안에 완성하려면 고생 좀 하겠는걸."

어쩌면 공부고 뭐고 다 때려치우고 하루 종일 실타래에 매달려 있어야 할지도 모른다. 관련 내용을 검색해 보니 숙련자는 3~4일 만에 짜기도 한다는데 저는 생초보가 아닌가.

"식사하고 나서 소화시킬 겸 2, 3시간씩 짜다 보면 되지 않을까?"

막연한 추정과 일주일 안에 완성할 수 있으리란 무모한 기대. 조금 불안하긴 하지만 그래도 괜찮았다. 정 안 되겠다 싶으면 처음 계획대로 좌판에서 산 목도리를 선물로 주지, 뭐. 서윤은 마음 편하게 먹자며 심호흡을 한 번 하고 털실에 손을 댔다.

오후에 두 시간 작업하고 저녁 식사 후 한 시간 정도 작업한 결과물은 형편없었다. 이래 가지고 엿새 안에 2m 길이가 나올 수 있을지 의문이다. 손재주가 그리 없는 편은 아니라고 생각했는데, 자신은 스스로에 대해서 생각보다 많이 몰랐던 모양이다.

1m 남짓 짠 목도리를 현후에게 건네주는 상상을 해버렸다. 으아, 생각만 해도 끔찍하다. 그 얄팍한 하얀 얼굴에 미묘한 웃음을 가득 짓겠지? 안 돼. 그것만은 절대 안 돼!

서윤은 필사적으로 고개를 내저었다. 현관문 여는 소리가 들려서 짜고 있던 털 뭉치를 재빨리 방에 가져다 놓았다.

"왔어? 저녁은?"

최악의 아내는 되지 않기 위해 형식적으로 묻는 질문. 태현은 이렇다 저렇다 말이 없다. 대신 그의 시선이 제 목에 향해 있음을 느꼈다.

"……풀어봤어?"

주어를 잘라먹은 질문이지만 무슨 뜻인지 충분히 알아들었다. 서윤이 고개를 끄덕였다.

"응, 봤어. 예쁘더라. 고마워."

태현의 얼굴이 미묘하게 일그러진다. 제가 이렇게까지 말했는데 그의 자존심상 자신이 선물해 준 것은 왜 안 차느냐 따지지는 못하겠지. 설사 그가 따진다 하더라도 서윤은 얼마든지 대꾸할 변명이 있었다. 자신은 받은 순번대로 착용하는 것뿐이라고.

"저녁 안 먹었으면 차려주고, 괜찮다면 방에 들어갈게."

"안 먹었어."

"그래?"

8시를 넘은 시각. 평소보다 조금 빨리 들어오긴 했지만 저녁은 당연히 먹고 왔을 것이라 생각했다. 아니, 이 시간까지 밥도 안 먹고 뭐 하면서 쏘다녔대?

개인 공부에 목도리 뜨기까지 할 일이 산더미처럼 쌓인 서윤이 속으로 작게 투덜거렸다. 냉장고에서 랩 포장을 해두었던 반찬들을 꺼내고 밥과 국을 차리고 있는데 그의 목소리가 들려왔다.

"수업 끝나고 조별 과제 때문에 남아 있었던 거야."

이제는 그가 늦게 들어오는 이유 따위 궁금하지도 않았다. 서윤은 고개를 끄덕이는 둥 마는 둥 하며 마지막으로 물 한 잔을 떠서 식탁 위에 올려놓았다.

"밥이나 국 더 필요하면 알아서 떠먹든가 불러."

"……넌?"

"지금 시간이 몇 신데. 벌써 먹었지."

가볍게 대꾸해 주고 방으로 들어갔다. 그녀는 닫힌 방문 뒤에 서서 가만히 숨을 골랐다. 먼저 뒤돌아서는 것, 한 번쯤 해보고 싶었던 일이다. 그런데 생각보다 기분이 묘하다. 굉장히 속 시원할 줄 알았는데 후련하기보다는 아메리카노를 처음 마셨을 때처럼 씁쓸한 기분이 든다. 제 행동이 어린아이 장난처럼 유치하게 느껴지는 것은 어째서일까.

책상 오른편에 태현과 함께 찍은 사진이 먼지를 뒤집어쓰고 서 있다. 서윤은 한동안 그것을 물끄러미 쳐다보다가 가만히 엎어놓았다.

이렇게 조금씩 멀어지면 괜찮을까. 이렇게 조금씩 둘의 추억을 지워 나가면 될까.

한숨을 내쉰 그녀는 핸드폰의 비밀 잠금을 풀었다. 문자 기록도, 통화 목록도 한 사람의 전화번호로 일관되게 채워져 있다. 장난기 잔뜩 어린 서현후. 그의 목소리를 듣는다면 이 울적한 기분이 조금 나아질 것도 같았지만, 태현도 있는데 쓸데없이 오해 살 만한 행동을 할 필요는 없었다. 그래서 망설임 끝에 문자를 보냈다.

—뭐 해?

5분 후에 그의 문자가 도착했다.

—그냥. ㅋㅋ 아, 나 인터넷 돌아다니다가 재밌는 거 봤어.

파란색 글자로 해당 링크가 첨부되어 있다. 클릭해서 들어가 보니 주인을 놀려 먹는 능청스러운 고양이 동영상이 재생됐다. 본디 개보다는 고양이를 더 좋아하기도 했고, 영상과 함께 흘러나오는 자막이 너무나도 웃겨서 웃음이 피식피식 흘러나왔다.

억지로라도 웃으니 기분이 조금 나아진 듯하다. 우울하다는 말을 따로 하지도 않았는데 이런 영상을 보내준 현후가 참 신기하다는 생각이 들었다. 혹시 그에게 신기가 있는 것은 아닐까.

—고양이 완전 귀엽다. ㅋㅋ 내 스타일이야. ♥
—본격 주인 능욕하는 고양이. ㅋㅋ

대단치 않은 내용이라도 좋다. 외롭고 힘들 때 이야기를 나눌 사람이 있다는 사실만으로도 서윤은 감사했다. 이전에 비하면 한 발 더 나아간 오늘.

현후와의 짧은 문자로 확 가라앉은 기분이 어느 정도 풀렸다. 때문에 내일까지 해야 하는 영어 숙제를 서둘러 끝내고 목도리 짤 시간을 확보할 수 있었다.

　　설민을 기억해 내고 화해 아닌 화해를 하니 영어 학원 다니기
가 한결 수월해졌다. 연아가 똑똑한 애라고 입에 침이 마르도록
칭찬한 바 있듯이 설민은 영어를 상당히 잘했다. 때문에 수업
시간, 선생님의 설명만으로 이해가 잘 안 되는 부분은 자투리
시간을 이용하여 그에게 물어보곤 했다.

　　오늘도 서윤은 설민에게 질문할 거리를 산더미처럼 쌓아가지
고 영어 학원에 도착했다. 수험생에게는 1+1처럼 간단한 내용을
물어보거나 핵심을 못 짚고 엉뚱한 내용을 질문할 때도 설민은
단 한 번도 당황해하거나 귀찮아하지 않고 친절하게 설명해 주
었다. 현후에게도, 설민에게도 무어라 형용할 수 없을 만큼 고
마운 마음뿐이다. 이럴 때면 서윤 제가 인덕이 아예 없진 않다
는 생각이 든다.

　　"또 물어볼 거 있어요?"

　　"아냐. 오늘은 여기까지. 완전 고마워."

　　"아니에요. 저도 공부 되고 좋죠. 그런데……."

　　"응?"

　　"목걸이…… 예쁘네요. 누가 선물해 줬어요?"

　　"아, 이거?"

현후에게서 선물 받은 목걸이. 생각보다 제게 잘 어울리는 것일까? 별 모양이 그리 크지 않은데도 휑하던 목에 거니 확실히 포인트가 되는지 이 사람 저 사람 알아보고 예쁘다고 칭찬해 준다. 물론 이 사람 저 사람 해봤자 엄마와 설민뿐이지만.

"현후가 생일 선물로 준 거야."

"현후…… 형이요? 그보다 누나 생일이었어요?"

"응, 저번 주 금요일에."

설민의 표정이 갑자기 딱딱하게 굳어진다. 제가 뭐 실수했나? 이유를 모르는 서윤은 방금 전 제가 한 말을 천천히 되짚어 보았다. 응? 딱히 거슬리는 말은 없는 것 같은데. 설민이 우물쭈물하다가 어두운 표정으로 입을 열었다.

"……미안해요."

"응? 뭐가?"

"생일인 줄 몰랐어요. 미리 알았다면 저도 축하해 줬을 텐데……."

"그게 뭐가 미안해. 모를 수도 있지. 그러고 보니 나도 설민이 생일이 언제인지 헷갈리는걸."

"……2월 14일이요."

"아, 맞다! 그랬지."

설민은 밸런타인데이와 생일이 겹쳐 매해 생일 선물의 반 이상을 초콜릿으로 받는다고 해 초콜릿을 좋아하는 그녀와 연아가 우스갯소리로 부럽다고 한 기억이 떠올랐다.

"아직 안 지나서 다행이다. 설민이가 누나 영어 공부도 이렇게 많이 도와주는데, 생일 때 기대해. 확실하게 쏠게."

웃으면서 던지는 말에도 설민의 표정이 풀어지기는커녕 삐친 아이마냥 통통 불어 있다. 얘가 왜 이러나 싶으면서도 그 모습이 자못 귀여워 서윤은 그의 머리를 가볍게 쓸어주었다.

"……그러면, 누나."

여느 때처럼 버스를 타기 위해 학원 앞 정류장에 도착했는데, 멈추어 선 설민이 천천히 입을 열었다.

"우리 오늘 저녁 같이 먹어요. 누나 생일, 늦게나마 축하해 주고 싶어요."

8시에 수업이 끝난 후 설민에게 이것저것 질문하느라 시간이 많이 지체되어 시곗바늘은 어느새 8시 반을 가리키고 있었다. 얼마 전이었다면 태현이 10시 이전에 절대 들어올 리 없다는 점을 확신하고 있었기에 단번에 오케이할 수 있는 부탁이었지만, 어제 예외에 해당하는 경우가 생기다 보니 조금 망설여졌다.

"……바빠요?"

풀 죽은 아이의 목소리. 연하를 좋아하는 여자들의 심리가 바로 이런 것일까. 무언가 의욕적으로 하려다가 기가 꺾인 남동생 같아 서윤은 저도 모르게 웃음이 피식 흘러나왔다.

"아냐, 아냐. 오늘은 누나가 늦게까지 붙잡아놓은 것도 있으니까 맛있는 거 먹으러 가자. 뭐 먹을래? 뭐 좋아하니?"

"저, 아무거나 다 잘 먹어요. 누나는요?"

"나도 딱히 가리는 건 없는데……."

"그럼 파스타 먹어요!"

의외의 제안에 서윤은 조금 놀랐다. 보통 남자애들은 파스타 같은 음식을 별로 안 좋아하지 않나.

의아해서 설민의 얼굴을 가만히 쳐다보고 있자니 답이 딱 나왔다. 자식, 누나를 배려한 거구나.

예전에 태현에게서 들은 적이 있다. 파스타나 피자 등 서양식을 좋아하는 여자들이 많아 여자와 식사할 때 남자들은 자동적으로 그런 메뉴를 선택하는 경우가 많다고.

아유, 귀여워라. 잘생긴 데다가 배려심도 깊으니 설민이 대학생 되면 캠퍼스 내에서 인기가 엄청 많을 것이다. 어떤 운 좋은 여자애가 우리 설민이 데려갈라나 몰라.

설민이 스마트폰으로 후다닥 검색해서 찾은 근처 맛집에 발을 디뎠다. 식사 때가 꽤 지난 늦은 시각임에도 불구하고 손님이 상당히 많았다. 그만큼 맛있다는 의미겠지? 기대에 부푼 마음으로 자리에 앉았다.

한동안 메뉴판을 뚫어져라 쳐다보았다. 서윤과 설민이 고심 끝에 정한 메뉴는 고르곤졸라피자와 매콤한 칠리새우파스타였다. 음식이 나오길 기다리는 사이, 서윤은 태현에게 짤막한 문자 하나를 보냈다.

―학원에서 오랜만에 아는 동생을 만났어. 저녁 먹고 들어갈게.

이것으로 됐겠지. 거짓말이 조금 섞여 있긴 하지만, 아예 틀린 말은 아니니까 거리낄 것도 없었다.

식전 빵이 고소해서 금세 비워 버리고 설민과 그동안 꼭꼭 봉인해 두었던 수다를 떠는 사이 음식이 하나둘 나왔다. 예쁘게 세팅된 음식 앞에서 설민이 핸드폰으로 사진까지 여러 장 찍고 나니 자신도 평범한 또래처럼 느껴져 기분이 더욱 좋아졌다.

✠　✠　✠

저번에 단둘이 강릉 여행을 다녀온 것이 계기였을까. 그날 이후 서윤과 문자 하는 시간이 부쩍 늘어난 듯해 요사이 현후의 기분은 상당히 들떠 있었다.

이번 주엔 언제쯤 방문해서 과외를 하는 것이 좋을까. 이번 주 일요일, 뮤지컬 데이트 때는 어떤 옷을 입고 어디서 식사를 하는 것이 좋을까.

그녀와 함께하는 매 순간순간이 설렌다. 누군가 고단한 제 인생 중 가장 행복한 순간이 언제였냐고 묻는다면 첫 번째는 자살을 꿈꾸던 저를 말리는 존재가 있다는 사실을 깨달은 순간이요, 두 번째는 바로 지금이라 답하리라.

대학에 입학하자마자 제 아버지에게·내건 첫 번째 조건이 독립이었기에 현재 현후는 학교 근처의 작은 오피스텔에 거주하고 있다. 일주일에 한 번은 본가로 아버지를 뵈러 가야 한다는 조건이 붙긴 했지만, 이 정도면 그럭저럭 만족할 만하다. 무엇보다도 저만의 자유로운 공간이 생겼고, 제가 원하는 일을 마음껏 추진할 만한 아지트가 생겼다는 점에서 특히 만족스러웠다. 물론 아직은 아버지의 신경을 완전히 거스르지 않게 조심해야 한다는 제한이 존재했지만.

오후 전공 수업을 마치고 돌아온 현후는 제 방에서 서윤에게 건네줄 수학 문제들을 준비하고 있었다. 그녀가 반복해서 틀리는 문제들을 분석하고 각 단원별로 최근 수능 출제 유형들을 유심히 살펴서 연습 문제 및 다음 시간 수업 내용을 준비한다. 제 과제나 시험공부를 할 때보다도 더 분주하고 정성스러운 손길. 이번 주까지 제출해야 할 리포트가 두 개고 2주 후에 기말고사가 있으리란 사실은 현재의 그에게 그다지 중요한 사항이 아니었다.

"어, 문자네?"

진동 소리가 긴 것을 보니 MMS 문자인 듯하다. 카톡이 발달한 요즘 카톡보다는 문자에 익숙한 서윤이 아니라면 딱히 제게 문자를 보낼 만한 이가 없다. 반가운 표정으로 문자를 확인하던 현후의 표정이 차츰 딱딱하게 굳어갔다.

"이게…… 뭐야?"

저 아닌 다른 이와 활짝 웃고 있는 서윤의 모습. 옆에 붙어 있는 놈의 모습이 아주 낯익었다. 사촌인 연아만 아니라면 알게 될 일 없었을 건방진 고딩 윤설민. 사진 밑에 친절한 설명까지 첨부되어 있다.

—사랑스러운 서윤 누나와 즐거운 저녁 식사 중. 서윤 누나 생일을 첫 번째로 챙겨준 사람이라 좋았겠어요? 비매너 플레이에는 비매너 플레이가 답이죠.

글자로만 이루어진 메시지인데, 어쩐지 설민의 얄미운 목소리까지 첨부된 듯한 환청에 현후는 입술을 잘근잘근 깨물었다. 이 어린놈을 어찌해야 하나.

윤설민 네가 이렇게 나오겠다 이거지. 지금 이 서현후 님에게 도전장 내민 것 맞지?

—꼬맹이랑 누나랑 다정하게 식사하는 모습, 보기 좋네. ^^

이제는 설민이 열 받을 차례다. 제가 생각해도 참 침착하고 어른스러운 대처였다며 스스로 만족하고 있는 사이, 답장이 도착했다.

　—그러게요. 피자도 나누어 먹고, 파스타도 나누어 먹고, 사이다도 한 컵에 같이 마시니까 아주 좋네요.

　문자를 천천히 읽어 나가던 현후의 손이 파르르 떨렸다. 설민의 문자가 의미하는 바는 과연 무엇인가.
　"간…… 간접 키스?"
　왠지 모르게 현기증이 났다. 이번 문자에는 무어라 답장을 보내야 할지 아무리 생각해 봐도 기막힌 아이디어가 떠오르지 않았다. 마음속으로 피눈물을 흘리며 현후는 다짐했다. 이번 주말에는 서윤과 무조건 파스타, 피자 콤보 조합의 양식을 먹을 것이라고.

❂　✖　❂

　수업이 끝나고 집으로 곧장 발걸음을 옮기는 태현의 머릿속은 이런저런 생각으로 복잡했다. 학교에서 현후가 자리를 비운 사이, 그는 또 다른 친구 성민과 이야기를 나눴다.
　"한 친구 사이에 어느 정도의 선물까지 오갈 수 있을까?"

"글쎄, 얼마나 친하냐에 따라 다르겠지."

"이성일 경우에는 어떨까?"

"아무래도 좀 잘났거나 매력적인 이성이라면 환심 사는 용도로 고가의 선물도 충분히 오가지 않을까?"

처음에는 지나가는 말로만 은근슬쩍 물어볼 생각이었는데, 무언가 호기심을 느꼈는지 성민이 꼬치꼬치 캐묻는 바람에 태현은 현후가 제 아내 서윤에게 고가의 브랜드 목걸이를 생일 선물로 건네줬다는 속사정을 털어놓았다.

"아아, 그거 어쩌면 혹시……."

"혹시라니?"

"예전에 어디선가 얼핏 들은 기억이 있거든."

성민이 갑자기 주변을 두리번거리더니 여기는 듣는 귀가 너무 많다며 태현을 강의실 밖으로 끌고 나갔다. 사람이 거의 지나다니지 않는 C동 뒤쪽의 복도에 이르러서야 그는 조심스럽게 입을 열었다.

"서현후 그 자식, 중3 때 자살 시도했는데 같은 반 여자애가 말려서 그만뒀다는 이야기를 들은 적 있어."

"진짜?"

"그게 혹시 서윤 씨 아닐까? 둘이 중학교 동창이라며. 그러면 생명을 구해준 은인이기도 하니까 그 정도 선물하는 거야 뭐…… 아무것도 아니지."

그런 사정이 숨겨져 있다면 이해가 가지 않는 것은 아니다. 태현은 서윤을 처음 만났을 때의 기억을 떠올려 보았다.

서윤을 처음 만난 순간은 어느 수채화의 풍경처럼 아직도 선명하게 떠오른다. 고3 수험생 상당수가 그러하듯 태현 또한 무료함과 불안감에 젖은 나날을 보내고 있었다.

어느 오후, 학교로 저를 데리러 오던 기사 아저씨에게 급작스런 일이 생겼다고 했다. 택시를 잡아탈까 하다가 유희하듯 지하철을 타기로 마음먹었다.

영혼 없는 육체를 이끌고 지하철에 올라탔을 때, 어느 여학생 앞에 서게 되었다. 오밀조밀한 이목구비. 제법 예쁜 편에 속하는 얼굴이지만 큰 감흥은 없었다. 제 여동생 아라를 비롯하여 주변 지인의 상당수가 여러 가지 방법으로 자신을 가꾸고 필요하다면 성형도 해서 예쁘게 꾸미고 다녔기 때문에 그 정도 미모는 흔한 편이었다.

[이번 역은…….]

지하철 내가 갑자기 소란스러워졌다. 이번 역을 알리는 안내 방송이 사람들의 웅성거림에 파묻혀 버렸다. 주변이 시끄러우니 정신이 산만할뿐더러 두통까지 이는 듯하다. 태현은 괜한 호기를 부려 지하철을 탄 것을 후회했다.

한 사내가 지하철 내에서 껌을 팔며 돌아다니는 할머니를 밀친 모양이다. 정의감 넘치는 한 시민이 그 모습을 보고 나서면서 가해자와 싸움이 붙었고, 주변 사람들은 '이를 어쩌나' 하는 표정으로 지켜보고만 있었다.

아이부터 노인까지 각양각색의 사람들이 모이는 공간은 이래서 있고 싶지 않았다. 태현은 이번 역에서 그냥 내려야겠다고 생각했다. 그 순간, 제 눈앞의 여학생이 일어나 싸움의 현장에 다가섰다.

"당신이 고의적으로 밀치는 걸 제가 봤어요. 역무실에 전화해서 호선이랑 위치 알려줬으니까 곧 조치가 취해질 거예요."

검사가 법조문을 읊듯 무덤덤한 목소리였다. 가해자 취급을 받던 이십대 후반의 사내가 눈을 힘껏 부라리며 여학생을 향해 성큼성큼 걸어왔다.

"이 재수 없는 년이 뭐라 지껄이는 거야? 거기 처앉아 가지고 뭘 봤는데?"

보통 여자들이라면 어땠을까. 의로운 마음에 나섰다가도 상황이 이쯤 되면 뒤로 물러나지 않았을까. 하지만 그녀는 도망치지 않고 사내를 똑바로 쳐다보았다. 여학생의 짙은 다갈색 눈동자가 띠고 있는 감정은 그래, 경멸이었다.

"남자들은 꼭 저보다 약한 사람만 골라서 화풀이하더라."

여자는 낯선 남자의 손에 멱살이 잡힌 상태에서도 기죽지 않았다. 숨 막힐 듯한 대치 상태에서 몇 분이 흘렀는지 모르겠다.

얼마 후, 건장한 역무원들이 도착하자 사내는 그들에게 붙잡혀 질질 끌려 나갔다. 붉어진 목을 잠시 어루만지던 그녀는 할머니에게 다가가 다른 이들과 함께 지하철 바닥 여기저기에 흩어진 껌을 주워 건네주었고, 공부하다가 졸릴 때 필요하다며 껌 하나를 구입했다.

나름 오래된 일이다. 과거의 기억이 찬물에 머리를 집어 넣은 것처럼 선선하게 다가오는 것은 최근 그녀의 모습과 많이 다르기 때문일 테다. 그때의 서윤은 차가운 눈발을 뚫고 고고하게 피어나는 한 송이의 매화 같았다. 때문에 지금처럼 제게 맹목적이거나 순종적인 아내가 되어주리라 단 한 번도 생각해 보지 못했다.

"아빠 때문에 남자란 존재에 많이 실망해서…… 내가 누군가를 진심으로 사랑할 수 있을 거라고 생각해 본 적 없어. 넌…… 내 첫사랑이자 마지막 사랑일 테니까 우리 정말 행복하게 살자."

프러포즈하던 날, 그 앞에서 처음으로 눈물을 비추며 더듬더듬 말하던 서윤의 모습이 살며시 떠올랐다.

그래, 사랑. 저에 대한 사랑이 서윤의 날카로움과 고고함을 꺾고 사람을 그리 바보처럼 만들었던가. 생각이 거기까지 미치자 술이라도 담뿍 마신 것처럼 기분이 묘해진다.

"하아, 머리 아파."

과거 고고하던 서윤과 중3 때 자살 시도를 했다는 현후. 이것저것 복잡해진 마음 탓에 무거운 한숨이 폐를 타고 흘러나왔다.

순간, 바지 오른 주머니에서 진동이 느껴졌다. 핸드폰을 꺼내 확인해 보니 문자 한 통이 도착해 있다. 가족은 물론 친구들 사이에서도 대부분의 연락은 카톡으로 하는 만큼 문자 발신인은 크게 셋으로 나누어볼 수 있다. 첫째는 서윤, 둘째는 학교의 공지나 알림 메시지, 셋째는 쓸데없는 스팸 문자.

─학원에서 오랜만에 아는 동생을 만났어. 저녁 먹고 들어갈게.

요즘 뜸해진 서윤의 문자다. 디지털 락 비밀번호를 누르던 태현의 손가락이 잠시 멈칫거렸다. 이상하게 무거워진 기분으로 문을 열었다. 평소와 달리 어두운 적막이 그를 반겨주었다.

태현은 거실의 조명을 켜고 소파 위에 겉옷을 내려놓았다. 갈색 벽시계는 8시 50분을 가리키고 있다. 가는 날이 장날이라더니, 다른 곳 안 들르고 평소보다 집에 일찍 들어왔는데 저녁도 못 얻어먹을 판이다.

냉장고 문을 열어보았다. 가지런하게 세팅된 식자재와 반찬 그릇들이 보인다. 대충 챙겨 먹으면 되지 않을까 싶어서 한동안 빤히 쳐다보고 있는데, 서윤으로부터 문자가 하나 더 도착했다.

　─혹시 저녁 안 먹었다면 두 번째 칸에 있는 오징어채랑 감자채 볶음, 장조림으로 간단하게 먹든가 시켜 먹어.

　본가에 있을 때는 도우미 아주머니가 매번 그의 식사를 차려 주었고, 서윤과 결혼한 후 독립해서는 아내인 그녀가 그 역할을 대신해 왔다. 수련회, 야영, 엠티 등 학교 행사 때를 제외하면 난생처음 제 손으로 차려 먹는 저녁 식사. 냉장고 안의 반찬들을 꺼내고 밥솥에서 밥만 덜어 먹음에도 불구하고 엄청난 일을 해낸 기분이 든다. 수고스럽다는 느낌에 짜증이 나기도 했지만, 태현은 끝내 아무 말도 할 수 없었다.

　"방금 먹고 들어왔거든? 귀찮게 좀 하지 마. 나중에 배고프면 내가 알아서 차려 먹으면 되잖아."

　집에 늦게 들어올 때마다 말 잘 듣는 강아지처럼 저를 기다리고 저녁밥을 차려주려던 서윤에게 제가 던진 말들을 곰곰이 되씹어보았다. 기억상실증에 걸린 사람이 기억을 되찾은 양 뇌리

한구석에 깊숙이 묻어두었던 그녀의 옛 모습을 떠올리자 제가 불평할 시 은근히 말발 좋은 그녀가 맞받아칠 말들이 고스란히 떠올랐다.

'네가 예전에 말했잖아. 배고프면 자신이 알아서 차려 먹을 수 있다고. 내가 반찬이 어디에 있는지 문자까지 보내줬는데 그 정도도 못 해?'

방금 집어 먹은 감자채볶음의 식감이 날것을 씹은 것처럼 까칠했다. 신혼 초, 편식이 심한 자신을 위해 서윤이 감자채볶음을 할 때마다 양파를 실처럼 가느다랗게 채 썰던 기억이 퍼뜩 떠올랐다. 이러면 감자나 파 맛에 가려 양파는 존재하는지도 잘 모를 거라고. 지금 이 감자채볶음도 그랬다.

—네가 말한 반찬들 꺼내 먹었어. 언제 들어와?

평소 잘 하지 않던 답장을 보내본다. 10분, 20분, 30분……. 밥그릇은 이미 깨끗이 비워졌다. 먹고 남은 반찬들을 주섬주섬 챙겨 냉장고 안에 쑤셔 넣었는데도 문자는 도통 올 기미가 보이지 않는다.

✻ ✠ ✻

서윤과 설민의 식사가 거의 끝나갈 무렵이었다. 서윤의 핸드폰으로 문자가 하나 도착했다. 현후인가 싶어 서둘러 확인해 보았다.

　─네가 말한 반찬들 꺼내 먹었어. 언제 들어와?

　웬일로 태현이 문자를 다 보냈다. 그가 스스로 밥을 차려 먹었다는 사실이 신기하기도 하고, 제가 들어올 시간을 묻는 모습이 연애할 때처럼 자상해 보이기도 한다.

　그런데 사람 마음이 참 이상하지. 그의 무관심과 싸늘하게 돌변한 태도에 마음 아파하던 게 엊그제 일 같은데. 자신과 태현이 두 번 다시 예전으로 돌아갈 수 없으리란 사실을 명확하게 인지하자 마음 한구석에 남아 있던 망설임도, 미련도 점점 사라져 간다. 어제오늘 보여주는 태현의 모습이 다소 의외다 싶긴 하지만 더는 설레지 않는다.

　"누나?"

　저를 부르는 설민의 목소리에 핸드폰을 주머니에 다시 밀어 넣었다. 사랑스러운 뽀얀 얼굴을 보고 있자니 자신이 태현에게 그나마 무덤덤해진 게 어쩌면 새로 만난 이들 덕분이 아닌가 싶다.

　현후와 설민을 만나기 이전에는 그녀의 세상에 태현 하나밖에 존재하지 않았다. 때문에 애정이라는 이름하에 그의 말, 그의 행동 하나하나에 지나치게 신경을 썼던 건지도 모른다.

하지만 우연한 기회로 옛 동창 현후를 다시 만나고 영어 학원을 다니면서 설민을 비롯해 새로운 사람들을 만나고 나니 제게도 태현 외에 다른 세상이 존재한다는 사실을 깨닫게 되었다. 태현의 일부 모습들을 이해하는 한편, 예전만큼 그에게 신경이 쏠리지 않았다. 제 뇌리와 마음의 빈자리가 그만큼 다른 사람이나 사물들로 채워졌기 때문이다.

"아, 문자가 와서."

"설마 현후 형이요?"

"아냐. 다른 사람."

"근데 누나, 중학교 때 현후 형이랑 많이 친했어요? 지금까지 계속 연락 주고받을 만큼?"

"현후도 요 근래 다시 만난 거야."

그 말에 얼굴이 환해지는 설민을 보며 서윤은 속으로 작게 웃음을 터뜨렸다. 부쩍 커버린 키나 체격을 제외하면 설민은 달라진 것 없이 그대로였다. 본인은 마음을 완벽하게 숨겼다고 생각하는데, 그의 하얀 얼굴은 애초부터 거짓말할 타입이 못 되었다. 감정이 숨김없이 그대로 드러나니까. 여전히 아이처럼 해맑은 설민을 보며 서윤은 지금 이 자리에 없는 한 사람을 가만히 떠올려 보았다.

서현후, 설민과 대비되게 떠올리는 것만으로도 까만 먹물이 생각나는 남자. 성격 좋은 사람처럼 항상 웃고 있지만, 그 얼굴이 전부가 아니라는 사실을 서윤은 누구보다도 잘 알고 있었다. 때문에 그를 만날 때면 평소 무덤덤하게 죽어 있던 신경이 몇 배는 곤두섰다. 그의 진실한 모습을 투시하기 위해서.

　온 신경을 기울여 현후를 바라보고 있지 않으면 그의 상태가 어떤지, 그의 기분이 어떤지 파악하는 일이 종종 어려워진다. 얼핏 보면 똑같이 웃고 있는 얼굴이지만, 빈정 상할 때 현후의 눈동자는 맹수의 눈동자처럼 갸름하고 날카로워진다. 불안할 때는 테이블이나 책상 밑에서 그의 열 손가락이 피아노 치듯 왔다 갔다 한다.

　현후의 동작을 하나하나 캐치해 내는 일은 때론 어려운 퍼즐을 맞추는 것처럼 즐겁다. 그와 저 사이에 자그마한 비밀이 하나씩 생기는 기분이랄까.

　식사를 마치고 자리에서 일어났다. 아무래도 연장자인 그녀가 밥값을 부담하는 게 상식적인 이야기인데, 설민이 부득불 고집을 부리는 바람에 못 이기는 척 내버려 두었다.

　바깥으로 나오니 차가운 바람이 옷 속으로 확 파고들었다. 11월이 이제 고작 이틀 남았다. 곧 12월이 되고, 이보다 더 추운 겨울이 찾아올 것이다.

　버스를 타고 집 앞 사거리에 도착했다. 이제는 헤어져야 할 시각. 주변이 꽤 어둑해져서 늦게 들어가는 설민이 걱정되었지만, 그 아이는 오히려 저를 더 걱정했다.

"설민이 덕분에 오늘 누나가 완전 맛있게 잘 먹었네?"

"아니에요. 늦었지만 생, 생일 축하해요."

"응, 고마워. 완전 배부르다. 집에 들어가면 잠이 솔솔 잘 올 것 같아."

"다음 생일은 가장 먼저…… 챙겨줄게요."

귀여운 다짐. 엄마 미소가 저절로 그려진다. 서윤은 그저 말 없이 설민의 머리카락을 가만히 쓸어주었다.

서윤이 현관문 비밀번호를 누르고 들어서자 거실 소파에 늘어져 있는 태현의 모습이 보인다. 보통 때라면 자신의 방에 들어가 있을 양반이 그곳에서 TV를 보고 있으니 참 낯설었다.

"다녀왔어."

형식적으로 한 인사에 대답이 들려와 깜짝 놀랐다.

"왔어?"

게다가 그녀 쪽으로 고개를 돌린 모습도 생소하기만 하다. 빤히 쳐다보는 모습이 부담스러워 서윤은 서둘러 방으로 들어갔다. 옷을 갈아입고 나왔는데도 태현은 여전히 거실에 있었다. 제가 오면 방문을 쾅 닫고 들어가리란 예상이 어긋났다.

차라리 시끌벅적한 예능 프로그램을 보고 있으면 이 껄끄러움이 덜할 텐데 웬일로 그가 역사 다큐를 보고 있는지라 TV를 켜놨어도 거실은 조용한 편이었다. 태현이 먹고 내버려 둔 그릇들을 치우기 위해 튼 물소리가 이리도 반가울 수 없었다.

빨리 치우고 방에 들어가 있어야지. 설거지를 하는 서윤의 손길이 분주해졌다. 집에서 밥을 먹는 남편, 제 방 말고 거실에도 나와 있는 남편. 예전에는 그토록 바라던 그의 모습들이 이제는 조금씩 부담스러워진다.

그런 스스로의 모습을 인지하는 순간, 서글픈 느낌이 드는 것은 어째서일까. 형식적인 부부로 살아온 시간이 어느새 반년을 훌쩍 넘겼다. 이제야 태현이 조금씩 달라지고 제가 그의 변화를 스스럼없이 받아들인다 해도 과연 예전처럼 행복할 수 있을까?

서윤은 고개를 가만히 내저었다. 깨진 그릇을 붙여봤자 흉한 자국이 남듯 인간관계도 사랑도 마찬가지일 테다.

게다가 2, 3년의 짧은 결혼 생활은 그와 자신이 서로 어울리지 않는 인간이라는 사실을 여실히 보여주었다. 살아온 환경도, 지니고 있는 가치관도 하나부터 열까지 다 달랐다. 잠깐은 괜찮아질 수 있어도 결국 새로운 문제가 다시 생길 터이다. 서로에게 더 상처 입히기 전에 헤어지는 편이 과거의 추억이나마 아름답게 보존하는 길일지도 몰랐다.

"한 가지 물어볼 게 있는데……."

타이밍 뭣 같게도 설거지를 마치고 돌아서는 순간, 태현의 목소리가 들려왔다. 그가 TV마저 꺼버린 상태라 거실은 아무도 존재하지 않는 것처럼 고요했다.

"뭔데?"

"……서현후 자살하려고 했을 때 말린 적 있어?"

쿵쾅, 심장이 뛴다. 태현이 그 사실을 어떻게 알았는지 모르겠지만, 우선은 저 입부터 막아야겠다는 생각이 들었다. 저와 현후가 생각보다 친한 관계라는 사실을 들키는 게 초조한 것이 아니다.

지금도 여전하지만 서현후 그의 어두운 그늘이 예전보다는 다소 옅어진 듯한데 과거의 상처를 수면 위로 끌어올려서 그를 다시 한 번 아프게 만들고 싶지 않았다. 그를 상처 입히고 싶지 않았다.

"참 쓸데없는 일에 신경 쓴다. 걔가 왜 자살을 하려고 해? 부족한 게 뭐 있어서."

"아니, 난 그냥 들은 이야기가 있어 물어본 것뿐이야. 네가 중학교 때 현후랑 친했다고 하니까."

"만약 그게 사실이라 해도 친구니까 그런 일은 가만히 입 다물고 있어야 하는 거 아냐?"

서윤의 반박에 태현은 꿀 먹은 벙어리처럼 입을 다물었다. 화가 나기보다는 한없이 실망스러웠다. 그녀는 지금 이 순간 태현과 같은 공간에 서 있는 제가 참으로 한심해 보였다. 남의 상처나 들쑤시고 다니는 저런 인간에게 콩깍지가 낀 자신이 얼마나 바보였는지 새삼 깨달았다.

그와 영원을 함께하겠다고 올린 결혼식, 이제는 진심으로 후회한다. 잘못된 이 결혼, 하루빨리 반납해야겠다.

5

들춰진 베일

태현에게 한바탕 쏘아붙이고 방 안으로 들어온 서윤은 핸드폰부터 찾았다. 떨리는 손가락으로 현후의 번호를 꾹 눌렀다. 긴 통화음 끝에 연결되었다.

"여보세요?"

[아, 안녕하세요.]

이상하다. 현후 대신 낯선 남자의 목소리가 들려왔다. 서윤이 무어라 말하기도 전에 다급한 남자의 말이 이어졌다.

[아…… 저, 오해는 하지 마시고요, 전 현후 친군데요, 일전에 현후랑 집에도 찾아간 적 있는데…….]

그 남자의 말에 따르면 현후는 지금 술에 흠뻑 취해서 전화를 받을 수 있는 상태가 아니라고 한다. 그 순간, 수화기 너머로 익숙한 목소리가 들려왔다.

[야, 최성민! 핸드폰 안 내놓냐! 죽을래? 어?]

살짝 꼬부라진 현후의 목소리가 어렴풋이 전달되었다. 다 널 위해서 그러는 것이라며 신경전을 벌이고 있는 친구의 목소리도 함께 들려오자 묘하게 안심되면서 긴장이 풀렸다. 태현에게 단 한 마디 들었을 뿐인데 자신이 지나치게 오버한 것 같다.

"……서현후 자살하려고 했을 때 말린 적 있어?"

강태현 이 나쁜 놈. 생각하면 할수록 속이 상했다. 남의 과거사를, 그것도 아픈 기억을 함부로 들춰내다니. 중학교 3학년 그 여름, 학교 옥상에서의 기억은 몇 년이 지난 지금까지도 뇌리에 뚜렷하게 남아 있다. 그날의 현후는 누군가 밀치면 그대로 툭 떨어질 것처럼 위태로운 모습이었고, 행여 잘못될까 그의 이름조차 부르기 두려웠다.

뒤돌아선 그의 얼굴은 순간이지만 울 것처럼 잔뜩 일그러져 있었다. 그 후 입가에 띤 미소조차 눈물로 보일 만큼. 그의 손을 붙잡으니 이미 죽어버린 사람마냥 서늘해서 저 또한 울고 싶었다.

이제는 저 말고 그를 말려줄 사람이 최소한 한 명은 더 있는 것 같아 안심이 되는 한편, 그에게 마냥 특별한 유일무이한 존재가 아니라는 사실이 조금 섭섭한 것은 제가 어린아이처럼 유치하기 때문이다. 그래서 사람은 나이를 거꾸로 먹는다는 말이 있는가 보다고 서윤은 속으로 쓴웃음을 삼켰다.

"많이 취한 것 같은데, 집까지 잘 좀 데려다주세요. 부탁드릴게요."

인사말을 남기고 통화를 끊으려는데, 다소 진지해진 그 남자의 목소리가 들려왔다.

[저도 부탁드릴 게 하나 있는데요, 서윤 씨.]

"뭔데요? 말씀하세요."

[이런 말 하기 미안하지만 서윤 씨, 이 녀석이 자신을 좀 더 사랑할 수 있게, 제 삶을 좀 더 소중히 여길 수 있게 만들어주세요. 부탁드립니다.]

통화를 끝내고 나자 왠지 모르게 힘이 빠져서 침대 위에 털썩 드러누웠다. 낯선 남자로부터의 부탁이 서윤의 머릿속을 빙글빙글 맴돌았다.

자신을 좀 더 사랑할 수 있게, 제 삶을 좀 더 소중히 여길 수 있게 만들어달라. 참으로 어려운 부탁이지만, 서윤은 도저히 '못 하겠어요' 라고 답할 수 없었다. 잠깐의 침묵 끝에 진심을 담아 '네' 라고 대답했다. 최선을 다해 노력하겠다는 의미다.

하지만 가슴 한구석이 막막한 것까진 어쩔 수 없었다. 이유

모를 상처를 여전히 끌어안고 있는 그와 그 부탁에 자신 있게 답할 수 없던 자신이 함께 안쓰러웠다.

서윤 또한 스스로를 사랑하기보다는 원망하고 미워하고 있었다. 때로는 죽은 사람이 부럽게 느껴질 만큼 삶에 비관적이었다. 그런 자신이 과연 현후를 제대로 도와줄 수 있을까. 그 남자에게 본의 아니게 거짓말을 하게 된 것은 아닌지 목으로 넘어가는 침이 쓰디썼다.

어깨를 넘어서는 머리카락이 땀으로 진득거렸다. 조만간 자르는 게 나을까. 누워서 이리저리 뒤척이던 중에 책상 밑에 숨겨둔 봉투가 눈에 들어왔다.

이번 주말에 그에게 건네줄 빨간 목도리. 조금밖에 못 짠 목도리가 자꾸만 눈에 밟혀서 서윤은 결국 자리에서 일어나고 말았다.

"······할 수 있어. 힘내자, 이서윤."

서윤의 손이 서툴지만 분주하게 움직였다. 어찌 보면 삶이란 목도리를 짜는 것과도 같았다. 여러 가지 형태로 존재하는 완성이라는 목표를 향해 한 발 한 발 조심스럽게 내딛는다. 제 뜻과는 반대로 돌아가는 주변 상황 때문에 너무 힘들 때는 잠시 쉬어갈 수도 있고, 실수하거나 잘못한 부분은 잘 풀어서 처음부터 다시 시작하면 된다.

새 삶을 향해 날개를 펴가는 자신을 위해, 그 삶을 도와준 소중한 친구 현후를 위해 자신도 그도 지금의 삶을 소중하게 생각할 수 있도록 조금씩 노력하자. 오늘보다는 내일이, 올해보다는 내년이 조금 더 행복할 수 있도록. 그래, 거창할 것 없다. 단지 그뿐이다.

이튿날, 서윤도 태현도 다 아무 말이 없었다. 태현은 별것 아닌 일에 화를 낸 그녀의 태도에 마음이 상했고, 서윤 또한 평소와 달리 제가 잘못했다며 좋게 좋게 넘어갈 생각이 손톱만큼도 없었다. 타인의 약점이나 캐고 다니는 저열한 그의 인간성에 실망한 바도 크지만 이전과 달리 그의 분노가 마음 아프지 않다는 점도 그 결정에 한몫했다.

쾅 닫히는 현관문 소리에 귀가 조금 따가웠을 뿐이다. 서윤은 잠시 인상을 찌푸리다가 제 할 일을 계속했다. 식탁을 정리하고, 거실을 청소하고, 공부를 했다. 이 모든 일을 하는 와중에 휴식을 취할 겸 틈틈이 목도리도 짰다.

집안일을 끝내고 나면 딱히 할 일이 없던 예전과 달리 이것저것 하다 보니 육체적으로 조금 더 고단하고 정신적으로는 상당히 지쳤지만 그것은 즐거운 노곤함이었다. 자신을 위해 공부를 하는 것도, 소중한 이를 위해 목도리를 짜는 일도 꽤 재미있었다.

목요일에는 영어 학원에 가서 수업도 듣고, 설민에게 몇몇 문제를 물어보기도 했다. 수업이 끝난 후에는 설민과 함께 근처 가게에서 토스트와 과일 음료를 사 먹었다. 저녁 겸 야식으로 무언가를 먹는 재미도 꽤 쏠쏠했다. 살찌는 것에 대한 걱정이 뒤따르긴 했지만.

금요일 오전에는 현후가 과외 해주러 오겠다며 문자를 보내왔는데, 어디 갈 곳이 있다고 둘러댔다. 문자를 하는 그 순간에도 열심히 목도리를 짜고 있었는데, 그가 지금 찾아오면 곤란했다. 서프라이즈 선물의 의미가 대번에 반감되니 말이다.

토요일에는 중고등학교 시절 시험 전날 벼락치기하던 기분을 되살려 목도리 짜기 벼락치기를 실시했다. 태현이 집에 안 붙어 있고 바깥으로 나도는 사실이 이리 고마운 적이 없었다.

만약 태현이 집에 있었다면 매 끼니마다 그가 배가 고픈지 안 고픈지 눈치를 봐가면서 밥을 차려주어야 하고, 남는 시간에 목도리를 짜더라도 방문을 꼭 닫고 있어야 했을 테다. 그가 집에 없었기에 서윤은 먹고 자고 씻는 시간을 제외하곤 온종일을 목도리 짜는 데 매진할 수 있었다.

마침내 대망의 일요일이 찾아왔다. 서윤은 비록 조악한 형태의 목도리라도 완성했다는 사실에 큰 기쁨과 뿌듯함, 성실한 자신에 대한 자랑스러움까지 느꼈다. 시험 전날 벼락치기라고 생각하니 속도가 두 배로 붙는 것이 아무래도 그녀는 벼락치기가 천생 체질인 모양이다.

뮤지컬 시작 시간은 오후 4시였고, 현후와는 3시 15분에 프레이지 아트홀에서 만나기로 했다. 깨끗이 씻고 나서 얼마 전에 사두었던 오렌지색 원피스를 꺼내 입고, 그 위에 세련된 디자인의 푸른색 코트를 걸쳤다. 원피스와 색상이 비슷한 오렌지색 숄더백에 포장한 목도리를 구겨지지 않게 조심히 집어넣고 나니 모든 준비가 완료되었다.

서윤은 현관을 나서기 전, 전신거울을 잠깐 쳐다보았다. 태현의 친구들이 집에 놀러 온 이후 처음으로 신경 써서 꾸민 상태다. 친구랑 보러 가는 건데 너무 오버하는 건가 싶으면서도 대형 공연장에 가니까 이 정도는 꾸며도 괜찮단 생각도 들고, 친구에게 예쁘게 보여서 나쁠 것은 또 뭔가 하는 생각도 든다.

어찌 됐든 모처럼 하는 외출이란 사실은 부정할 수 없었다. 놀이공원에 놀러 가는 어린아이처럼 마음이 괜스레 설렌다.

3시 10분. 약속 시각보다 5분이나 일찍 도착했는데 그녀보다 더 일찍 와서 공연장 입구에 서 있는 현후의 모습이 눈에 들어왔다.

검은 코트를 걸친 그는 흐린 회색빛 하늘과 너무도 잘 어울렸다. 귀에는 헤드폰을 끼고 벽에 비스듬히 기대선 모습이 모델을 연상시킨다. 하얀 얼굴에 까만 머리카락과 옷의 조화. 그 위에 화룡점정처럼 존재하는 붉은 입술. 연예인 화보가 따로 없었다.

결혼을 바랍니다

서윤만 그렇게 느낀 것이 아닌지 상당수의 여자들이 그의 얼굴을 힐끔거리면서 입구 안으로 들어서곤 했다.

제 친구지만 참 잘났구나 싶다. 서윤이 말을 걸기도 전에 현후가 그녀를 발견하곤 손을 흔들어댔다. 다소 형식적인 미소를 띠고 있던 얼굴에 환한 웃음이 번진다.

"오, 딱 맞춰 왔네? 늦으면 벌금 물리려고 했는데."

서윤 저만을 향한 순수한 웃음이다. 주변 여자들에 대한 묘한 승리감 때문일까. 심장이 특별한 이유 없이 두근거린다.

이씨, 사람은 외모가 다가 아닌데. 제가 태현의 외모에 홀라당 넘어가 번갯불에 콩 볶아 먹듯 결혼하고 나서 엄청 후회해 놓고도 아직 정신을 못 차렸나 보다. 이서윤, 앞으로 얼마나 더 험한 일을 겪어야 정신 차릴래?

"넌 대체 몇 시에 온 거야?"

"나도 방금 왔지롱. 근데 너보다는 일찍."

얄밉게 씨익 웃어 보이는 모습이 마치 악동 같다. 발로 한 대 때릴까 하다가 갈색 구두를 신은 사실을 기억해 내고는 꾹 눌러 참았다.

현후가 생일 선물로 준 초대권으로 미리 예매해 두었기 때문에 티켓을 빨리 찾을 수 있었다. 한쪽에 마련된 포토 존에서 사진도 찍고, 1층 카페에서 커피도 한 잔 마시며 프로그램 북을 대충 훑어보고 있으니 시간이 금세 흘러갔다.

공연장에 입장한 후 약 5분 정도 지나자 대부분의 조명이 꺼지면서 무대의 막이 올랐다. 스릴러적 요소가 가미된 로맨스라 공연 내내 긴장의 끈을 놓을 수 없었다. 살인자의 정체도, 남녀 주인공의 사랑의 행방도 묘연하기만 했다.

1시간 10분가량의 열연이 끝나고 잠시 휴식 시간이 주어졌다. 커피에 목을 마르게 하는 성질이 있어서인지 서윤은 다소 갈증을 느꼈다. 현후가 자판기에서 생수 한 병을 뽑아오겠다며 자리에서 일어났다.

1층의 자판기에는 '고장'이라는 안내판이 붙어 있었다. 현후는 살짝 한숨을 내쉬며 2층으로 올라가는 계단을 밟았다. 반쯤 올라갔을 때, 난간 사이로 낯익은 누군가의 모습이 보였다. 태현이 1층 남자 화장실에서 막 걸어 나오고 있었다.

현후의 얼굴이 순간 굳어졌다. 설사 운 나쁘게 그와 마주친다 해도 제 임기응변과 말발로 둘러댈 말은 많고도 많았지만 서윤과 난생처음 하는 데이트를 망치고 싶진 않았다. 다행히도 그가 이곳에 존재한다는 사실을 제가 먼저 알았으니 조심한다면 서로 마주치지 않고 공연장을 빠져나갈 수 있을 것이다.

이 생각 저 생각 하느라 공연장에 입장하는 것이 조금 늦어졌다. 서윤이 생수병을 받아 들며 작게 핀잔을 주었다. 쳇, 복잡한 남의 속도 모르고.

"부려먹는 주제에 불만이 너무 많다, 말괄량이 아가씨."

장난스런 애칭으로 부르자 서윤이 구두 굽으로 그의 발을 찍어버릴 것처럼 위협해 왔다. 그 모습조차 사랑스러우니 그가 앓고 있는 상사병이 중증이긴 한가 보다.

2부의 막이 올랐다. 사랑하는 여인을 살리기 위해 제 손에 수많은 피를 묻힌 남자. 극에 완전히 몰입하고 있는 서윤과 달리 뮤지컬 한 번 쳐다봤다가 서윤의 옆얼굴 한 번 바라보느라 내용에 도통 집중하지 못한 현후지만 그는 남자 주인공의 마음을 충분히 이해할 수 있었다.

저라도 같은 선택을 했을 것이다. 서윤 그녀를 위해서라면 제 고통과 괴로움도, 다른 사람들의 불행과 목숨도 망설임의 이유가 될 순 없었다. 설령 그것이 보답 받지 못할 사랑이라 해도.

"우와, 신우 배우 진짜 연기 잘한다. 안 봤으면 엄청 후회했을 거야."

은근히 무뚝뚝한 구석이 있는 그녀의 입에서 감탄이 연신 터져 나왔다. 저리 좋아하니 보러 오길 잘했다는 생각이 든다. 사실 뮤지컬의 내용 따위는 하나도 중요하지 않았다. 서윤의 웃음을 볼 수 있다는 그 사실 하나만으로 현후는 행복했고 충분히 의미 있는 관람이라는 생각이 들었다.

태현과 마주치지 않기 위해 일부러 시간을 끌다가 조금 늦게 공연장을 빠져나왔다. 잠시 후, 현후는 1층 홀을 가득 메우고 있는 개미떼 같은 사람들을 보며 제 오판을 후회했다. 사람들에게 치이는 것을 싫어하는 태현의 성격상 저와 비슷한 생각을 하고 지금 나오고 있을 가능성이 상당히 컸다.

"아, 잠깐만. 나 화장실 좀 다녀올게."

미안하다는 듯 꺼낸 서윤의 말이 오히려 반가웠다. 현후가 고개를 끄덕이자 그녀는 인파를 헤치고 화장실 쪽으로 사라졌다.

마음이 한결 편해졌다. 태현과는 되도록 안 마주치는 편이 좋지만, 서윤이 제 곁에 없는 이상 마주친다 하더라도 큰 상관은 없을 것이다.

"그건 그렇고…… 진짜 개미떼 같네."

휴일에 바깥으로 놀러 나온 사람들은 전부 이곳에 모인 듯 공연이 끝난 지 10분 이상 지났는데도 홀은 사람들로 바글거렸다. 이래서는 태현이 제 코앞으로 지나쳐 가도 모르겠다는 생각이 들 무렵, 몇 발자국 떨어진 곳에서 그가 애인으로 보이는 여자와 함께 있는 모습이 보였다.

나쁜 놈. 욕이 저절로 튀어나왔다. 그동안 자신이 벌여놓은 일들에 대해 이따금 변덕처럼 마음이 무거워지다가도 저런 태현의 모습을 보면 아무렇지도 않게 다시 멀쩡해졌다. 인상을 찌푸리며 사람들 사이로 몸을 숨기려고 돌아선 순간, 여자의 얼굴이 한눈에 들어왔다.

그도 익히 알고 있는 인물이다. 명절이나 집안 행사 때마다 가끔 만나곤 하는 제 사촌, 연아였다.

태현과 연아. 이 두 사람이 연인 관계라고? 초강력 표백제로 뇌를 세탁한 것처럼 머릿속이 새하얘지는 기분이었다. 세상일에 아무리 변수가 많다고 하지만 이것은 정말 예상 밖의 일이었다.

그 자리를 어떻게 빠져나왔는지 기억이 나지 않는다. 바지 주머니에서 울리는 핸드폰 진동 소리에 퍼뜩 정신을 차렸다. 발신인은 서윤이었다. 화장실에서 나온 후 미어터지는 사람들 때문에 자신이 어디 있는지 알 수 없게 되자 전화를 건 모양이다.

"뭐야? 한참 찾았잖아."

다시 만난 서윤의 핀잔을 한 귀로 듣고 한 귀로 흘리며 현후는 그녀의 얼굴을 물끄러미 바라보았다. 들춰진 베일. 제가 목격한 진실을 서윤도 언젠가 알게 된다면 그녀의 얼굴은 어떻게 변할까. 갖은 계산과 추정으로 머릿속도, 마음속도 흐트러진 퍼즐처럼 복잡해졌다.

"왜 그래? 무슨 일 있었어?"

서윤의 물음에 현후는 고개를 가벼이 내저었다.

"반장님이 예뻐 보여서 안과에 갈까 생각 중이었어. 화장실에서 화장을 고쳐서 그런가?"

진심에 농을 섞은 말에 서윤의 표정이 대번에 일그러진다. 마음이 복잡한 와중에도 메고 있던 숄더백으로 저를 한 대 때릴까 하다가 무슨 이유에서인지 관두고 휙 뒤돌아서는 서윤의 모습이 귀엽게 느껴진다.

"어어? 같이 가."

어떠한 모습도 매력적이고 사랑스러운 서윤. 그녀가 슬퍼하는 모습, 좌절하는 모습 따윈 손톱만큼도 보고 싶지 않은데, 위기와 시련은 그와 서윤을 시험하는 듯 자꾸만 가까이 다가온다.

이번에 알게 된 진실은 그와 서윤에게 어떤 영향을 끼치게 될까. 중대한 사안이니만큼 평소와 달리 판단을 섣부르게 내릴 수 없었다. 성민에게도, 캐나다에서 곧 돌아올 그녀에게도 조언을 한번 구해봐야겠다.

바싹 약 올렸다가 사과하는 것은 대체 무슨 심보람.

서윤은 한숨을 내쉬며 현후를 곱게 흘겨보았다. 그가 중학교 시절, 과제를 깜박 잊어버린 후 선생님을 바라보던 그 애절한 시선으로 저를 쳐다보고 있었다.

제가 선생님도 아니고 그런 수법이 통할 줄 아나. 서윤은 인상을 찌푸리며 메인 요리가 나오기 전에 주어진 마늘빵 한쪽을 집어 들었다. 은은한 마늘 향이 꽤 괜찮았다.

현재 그들은 현후가 미리 예약해 둔 파스타 맛집에 자리 잡은 상태이다. 카페처럼 아기자기하게 꾸며놓은 인테리어가 상당히 마음에 들었다. 그들의 테이블에 놓인 티슈 박스나 빵을 담은

가로등 바람개비

작은 바구니 또한 독특한 디자인이어서 음식을 기다리는 동안 가게의 이곳저곳을 둘러보는 재미가 꽤 쏠쏠했다.

이번 주는 서윤에게 양식 복(福)이 터진 듯하다. 설민도 그렇고 현후도 그렇고 다들 짠 것처럼 식사로 파스타와 피자를 제안하니 예전에 태현이 해준 말이 상당히 신빙성 있게 느껴졌다. 남자들에게 '여자와의 식사=파스타와 피자'라는 공식이라도 있는 것일까. 이 내용으로 전 국민 설문 조사를 한다면 재미있겠다는 생각이 들었다.

아까 본 공연에 대해서 이런저런 이야기를 나누고 있는 사이, 주문한 음식이 나왔다. 마우스에 불이 나도록 고르고 고른 맛집이라더니 오징어먹물파스타도 스테이크피자도 둘 다 맛있었다. 식사가 끝난 후에는 종업원이 후식으로 작은 바닐라아이스크림을 가져다주었는데, 적당히 달콤해서 입가심하기에 딱 좋았다.

"잘 먹었어, 반장님."

서윤이 계산을 하고 그들은 카운터에 비치되어 있는 사탕 하나씩을 입에 문 채 바깥으로 나왔다. 공연을 보고 저녁만 먹었을 뿐인데 시간이 제법 흘러 있었다. 8시가 조금 넘어서인지 주변이 한밤중처럼 어둑어둑했다.

서윤은 자꾸만 숄더백을 만지작거렸다. 아까부터 계속 선물을 건네주어야겠다고 생각했는데 그녀는 아직 적절한 타이밍을 찾지 못했다.

이대로 있다가는 헤어질 때쯤 그냥 떠넘기듯 건네주게 되는 것은 아닐까. 이를 어쩌지. 카페에 잠시 들르자고 제안해 볼까 고민하고 있는데, 현후의 목소리가 들려왔다.

"밥 먹었으니까 산책도 할 겸 한강에 가볼래? 여기서 가까우니까 택시 타면 금방 도착할 거야."

아, 잘됐다. 그가 서윤의 마음이라도 읽은 듯 반가운 제안을 해왔다.

'그래, 거기서 건네주면 되겠네.'

마음을 굳힌 서윤이 고개를 가만히 끄덕였다.

"달밤에 산책이라…… 좋지."

늦가을 밤의 한강 둔치는 서늘했다. 사람도 거의 없어 한적했다. 물결을 따라 흐르는 주홍 불빛이 어둠을 헤치고 신비로운 분위기를 자아냈다. 멀리서 도시의 노란 불빛들이 깜박였다. 한강이 도시 한가운데 존재한다는 사실을 잊게 하려는 듯 근처의 풀과 조화를 이룬 바람 소리가 노래처럼 귓가를 메워 왔다.

서윤은 심호흡을 한 번 하고 숄더백에서 은빛 포장지로 둘러싸인 목도리를 조심스럽게 꺼내 들었다.

"이거……."

"응? 이게 뭐야?"

간식용 껌을 본 강아지처럼 환한 얼굴로 서윤을 바라보는 현후. 그녀의 손에서 독수리가 병아리 낚아채듯 선물을 받아 든다.

"별건 아니고 내가 직접 짜서 모양도 좀 이상할 거야."

풀어 헤쳐진 은빛 포장지 사이로 빨간 목도리가 보인다. 현후는 그것을 가만히 움켜잡고서는 한동안 아무 말도 없었다. 머쓱해진 서윤이 다소 붉어진 얼굴로 말을 이어 나갔다.

"처음에는 사서 줄까 싶었는데, 그보다는 좀 더 정성 어린 선물을 건네주고 싶었어. 그래서……."

서윤의 어깨가 흠칫했다. 목도리와 맞닿을 만큼 반쯤 숙인 그의 볼 위로 투명한 무언가가 흘러내리고 있었다. 서현후, 그를 항상 눈물겨운 존재라 생각해 왔지만 그의 눈물을 실제로 본 것은 오늘이 처음이다.

한겨울에 내리는 눈처럼 소리도 없이 떨어진 눈물이 목도리 안으로 파고들었다. 서윤은 무얼 어찌하면 좋을지 몰라 마음속으로 발만 동동 굴렀다. 그녀는 제가 한 말 중 그의 과거나 상처를 건드릴 만한 것이 있었는지 곰곰이 따져 보았다. 그 순간 목메인 음성이 들려왔다.

"……고마워."

"현후야."

"슬퍼서 그런 게 아냐. 기뻐서 그래."

동문서답 같은 대답. 그는 여전히 고개를 들지 않았다. 서윤은 어둠이 내려앉은 그의 까만 머리카락과 하얀 옆얼굴만 쳐다볼 수밖에 없었다.

"……돌아가신 엄마는 나를 힘들게도 했지만, 이 세상에서 나를 사랑해 준 유일무이한 사람이었어. 겨울이 되면 매년…… 목도리를 떠주곤 했거든."

현후에게 과거란 떠올리는 것 그 자체만으로도 버겁다. 누군가 저를 위해 정성 들여 짜준 목도리. 그것을 보고 있자니 애써 묻어버린 한 여인이 기억의 수면 위로 떠올랐다. 더불어 심장에 차곡차곡 쌓아두었던 서글픔과 분노, 원망과 배신감이 우후죽순처럼 고개를 쳐들었다.

서윤은 숨도 제대로 들이쉬기 힘든 기분이 되어 현후를 바라보았다. 그의 가족, 그의 어머니에 대한 이야기는 처음 듣는다. 그녀는 망설이다가 현후의 어깨 위로 손을 뻗었다. 고개를 든 그의 볼에는 흘러내리다 만 눈물방울이 맺혀 있었다.

"……한 번만 안아봐도 돼?"

서윤은 대답 대신 가만히 그를 끌어안았다. 옷감과 옷감 위로 후덥지근한 타인의 체온이 느껴졌다. 그의 숨결이 귓가를 간질인다. 쌉쌀한 가을 향이 코끝을 맴돌았다.

서윤의 심장이 묘한 긴장감으로 두근거렸다. 이상하게도 자꾸만 손바닥에 땀이 고인다.

"따뜻하다."

난생처음 말을 내뱉어보는 아이처럼 그의 입술이 천천히 열렸다가 닫혔다. 평소보다 낮은 목소리가 서윤의 귓가를, 서윤의 심장을 촘촘히 파고들었다. 얼굴과 귀 부근의 솜털과 신경이 모조리 곤두선 느낌이다.

"나도 그래."

현후의 얼굴은 보이지 않았지만, 서윤은 왠지 모르게 그가 웃고 있을 거란 생각이 들었다. 그녀의 허리를 끌어안은 손에 조금 더 강한 힘이 실린다.

"있잖아, 서윤아. 나 부탁 하나만 더 해도 돼?"

"뭔데?"

"……눈물 좀 빌려주라. 내 몫은 이전에, 방금 전에 다 흘려버려서 하나도 안 남아 있거든."

"특별히 무이자로 빌려줄게."

서글픈 부탁이다. 인심 쓴 그녀의 대답에 현후는 안심한 듯 고개를 끄덕였다. 말이 끝나기 무섭게 뚝뚝 떨어지는 눈물로 서윤의 코트 어깨 부분이 빠르게 젖어갔다.

그의 상처가 어떤 것인지 정확히 알 수 없었지만 지금 이 순간 현후가 제게 처음으로 무장 해제한 모습을 보여주고 있다는 사실만큼은 확실했다. 소리 없는 아우성. 그 모습이 방 안에서 홀로 울던 과거의 저를 바라보는 것 같아 서윤의 가슴이 더욱 미어졌다.

소리 없이 우는 것은 참 고독한 습관이다. 주위에 저를 다정하게 위로해 줄 이가 없다는 사실을 잘 알고 있기에 서윤은 눈물을 속으로 삼키곤 했다. 서현후, 그 또한 그러한 상황에 얼마나 많이 놓였던 것일까. 이해할 수 있어서 더 안타까웠다.

"지금 이곳에는 우리 둘 말고 아무도 없어. 그리고 이서윤은 지금부터 10분간 귀가 안 들릴 예정이거든. 하고 싶은 말 있으면 마음껏 해."

서윤은 제가 받은 그의 배려를 조금이나마 되돌려 주고 싶었다. 피식 옅은 웃음소리와 함께 제 허리를 꽉 붙드는 손길이 느껴졌다. 무어라 설명하기 힘든 기묘한 감각이 일렁인다.

"……그럴게."

1분여간 바닷가 모래사장을 걷는 듯한 작은 흐느낌 소리가 이어졌다. 서윤은 칭찬하듯 그의 등을 가만히 쓸어주었다.

"……나쁜 놈. 죽일 놈. 절대 용서 못 해. 죽어도 용서하지 않을 거야."

늘 미소만 짓던 얼굴에서 살벌한 말들이 흘러나왔지만 서윤은 놀라지 않았다. 제 입술을 피가 나도록 깨물며 한 글자 한 글자 씹어 삼키듯 내뱉는 목소리에 마음만 더 아파왔을 뿐이다.

"지가 죽인 거잖아. 멀쩡한 사람 자기가 병신 만들어놓은 거잖아! 가족이야 어떻게 되든 말든 제 이름, 제 명예, 제 지위만 중요한 거잖아!"

현후의 어깨가 파르르 떨렸다. 코트의 어깨 부분이 제법 축축해졌다. 그 위로 서늘한 강바람이 스치고 지나가자 한층 더 춥게 느껴졌다.

"너무해, 엄마. 이 지옥에서 자기만 먼저 벗어나고……. 나는, 나는 어떻게 해야 돼? 그냥 아무 생각 없이 망가진 인형처럼 살아가?"

현후의 심장을 좀먹고 있던 깊은 증오와 원망. 그동안 그를 간신히 제어하고 있던 브레이크가 일순간 고장 난 듯했다. 한번 터진 눈물도, 한번 내뱉기 시작한 속마음도 도저히 멈출 수 없었다.

보는 눈이 없는 게 아니었다. 듣는 귀가 닫힌 게 아니었다. 말할 입이 사라진 게 아니었다. 저 홀로 남은 이 세상에서 타인에게 약점 잡히지 않기 위해, 누구도 무시 못 할 만큼 강해지기 위해 못 본 척, 안 들리는 척, 벙어리인 척했을 뿐이다.

몇 년 전에 꺼냈어야 할 욕과 원망을 그는 지금에야 이야기하고 있었다. 너덜너덜해진 심장에 한강의 차가운 바람이 스며들자 못 견디게 추워졌다. 동사(凍死)한다는 것은 아마도 이런 느낌이지 않을까.

몸서리치고 있는 그의 시야에 눈앞의 풍경이 들어왔다. 차가운 한강물이 바로 지척에 있다. 푸른 하늘과 대비되는 검푸른 물결. 전자가 두루뭉술한 천국(天國) 같은 느낌이라면 후자는 절대로 벗어날 수 없는 심연의 지옥(地獄) 같은 느낌이다.

천국은 무리여도 지옥은…… 지옥만큼은 저를 받아주지 않을까. 강렬한 유혹이 마음 깊숙한 곳에서부터 스멀스멀 뻗어 나왔다.

"차라리 내가 죽어줄까?"

늘 그랬듯 누군가의 대답을 바라고 한 질문은 아니다. 고 카페인 음료를 몇 병이나 들이켠 것처럼 심장이 뛰어댔다.

"……돼!"

속이 울렁거리고 빈혈이 온 것처럼 어지러운 가운데 그 외에 다른 목소리가 들려왔다. 지금 당장에라도 물속으로 뛰어들 듯한 제 몸뚱어리를 웬 손이 꽉 붙들고 있다.

"안 돼!"

그것은 쇠처럼 단호하면서도 투박하지 않고 청량한 음성이었다. 와장창, 늦겨울 호수 표면에 서린 살얼음이 깨지듯 현후의 머릿속이 한층 맑아졌다. 온몸을 뒤덮고 있던 나른한 사신(死神)의 그림자가 뒤로 슬그머니 물러서자 따뜻한 온기가 그를 감싸왔다. 현후는 서윤의 품에 안겨 있는 제 모습을 똑똑히 인지할 수 있었다.

"살아. 너를 위해서 살아. 그게 힘들다면…… 나를 위해서라도 살아줘."

뒤돌아선 까만 눈동자와 앞만을 바라보고 있던 짙은 다갈색 눈동자가 상대방을 빤히 응시하고 있다. 현후의 입술이 천천히 열렸다. 너무 많이 울어서일까. 갈라진 목소리가 바람을 타고 희미하게 들려왔다.

"넌…… 참 나빠. 죽고 싶은 나를 자꾸만 살게 하니까."

서윤은 반쯤 원망(怨望)을 담고 있는 그의 투정이 그리 기분 나쁘지 않았다. 오히려 그동안 희미한 베일에 가려 있던 녀석의 진실한 모습을 마주하게 된 것 같아 기뻤다. 그가 제 상처를 보살펴주었듯 저 또한 그의 상처를 보듬어주고 함께 아파해 주고 싶었다.

"응, 난 참 나빠. 난 네가 필요해. 그래서 네가 살기를 원해."

손만 뻗으면 서윤을 바로 끌어안을 수 있는 그 거리에서 현후의 마음을 심하게 뒤흔드는 내면의 목소리가 들려왔다. 그는 서윤을 원하는 마음을 더는 감추기 힘들었다.

지금이라도 소리 높여 말하고 싶었다. 그녀가 곁에 있어준다면 자신은 이보다 몇 배는 더 행복하게 살 수 있을 것이라고. 그러니 태현을 버리고 제게 와달라고 사정하고 싶었다. 서윤의 입장 따위는 하나도 생각하지 않고.

나부끼는 서윤의 머리카락을 낚아채 그 끝에 입을 맞추었다. 상대방의 머리카락에 입을 맞추는 것은 구애의 의미. 그녀는 과연 그 사실을 알고 있을까. 여태껏 침착하던 서윤의 눈동자가 놀란 듯 다소 커졌다.

쿵, 현후의 심장은 그런 사소한 반응에도 몹시 흔들린다. 얼음물에 담근 것처럼 머리가 차가워졌다. 조금 더 이성적인 사고가 가능해졌다. 다행이었다.

마음을 숨기는 일은 무척 괴롭지만, 서윤이 상처받는 모습을 제 두 눈으로 지켜보는 일은 괴롭다 못해 끔찍하다. 고의로든 실수로든 서윤에게 상처를 입힌다면 그는 스스로를 제 아버지만큼이나 혐오하게 될지도 몰랐다.

심호흡을 하며 마음을 진정시켰다. 서윤의 하얀 손목을 가만히 붙들었다. 아무도 걷지 않은 새하얀 눈길 같은 손등 위에 입술을 떨어뜨렸다. 이번에는 애정과 존경을 동시에 담아서.

나는, 서현후는 너를, 당신을 사랑하는 것 이상으로 존경해. 때문에 부서지지 않게, 다치지 않게 소중히 다루고 싶은 것이다.

"서현후……."

"나는 너를 좋아하는 것 이상으로 존경해. 인간(人間)도 신(神)도 믿지 않지만 너만은 믿어."

이런 쪽으로는 상당히 둔감한 서윤이라 방금 내뱉은 말의 의미를 정확히는 못 알아듣겠지만, 그는 제 마음을 조용히 고백한 것에 만족하기로 했다. 다른 사람들을 깔보고 기만하면서 내뱉

결혼을 바랍니다

던 겉치레의 말이 아니었다. 한 줌의 거짓도 없이 진심만을 담아 말했다.

"……나는 그렇게 대단한 존재가 아냐."

"내겐 그래."

평소와 달리 단호하게 맞받아쳤다. 현후는 쥐고 있던 목도리를 서윤 쪽으로 내밀었다. 무슨 의미냐는 눈초리로 서윤이 그를 바라보았다.

"마지막까지 책임져야지. 네가 해줘."

한바탕 울고 나더니 정신 연령까지 덤으로 어려진 것인가. 어린아이 같은 요구에 서윤은 피식 웃으며 목도리를 받아 들었다. 그의 하얀 목에 붉은 목도리가 한 바퀴 빙 둘러졌다.

"따뜻하네."

"그럼 다행이고. 너, 추위 많이 타던 거 기억나서 준비한 거야."

서윤의 말에 현후가 예쁜 미소를 지어 보였다. 낮에 공연장 입구에서 본 그의 웃음과 겹쳐지며 그녀의 가슴이 묘하게 두근거렸다.

자신이 대체 왜 이러는지 모르겠다. 서현후 그와 함께 있으면 심장의 박동이 자꾸만 불규칙해지고 온갖 감정의 물결에 너무도 쉽게 휩쓸린다. 제가 천사도 아니고 원래 이렇게까지 타인의 감정에 쉬이 동화되거나 공감해 주는 사람이 아닌데, 그가 웃으면 저도 행복해지고 그가 울면 마음이 미어질 듯 아픈 게 참 이상하다.

제 손에 그 답을 이미 쥐고 있는 듯한데 실체를 확인하기가 두렵다. 자신은 아무것도 가진 것 없고 잘난 게 없는 유부녀일 뿐이다. 바람에 차가워진 제 손을 붙잡으며 돌아가자고 말하는 현후의 얼굴 위로 우정을 되새겨 본다. 자신과 그를 묶어주고 있는 '친구'라는 단어를 가만히 되뇌어본다.

6

외면하고픈 사실들

태현과 성민을 비롯해 같은 전공 수업을 듣는 몇몇 이들이 한 자리를 연신 힐끔거렸다. 때문에 수업을 하는 교수의 시선도 곧 그쪽으로 옮겨졌다.

주말 이후 월요일 수업을 땡땡이치고 화요일 학교에 나온 현후는 나사가 몇 개 빠진 사람처럼 넋 나간 상태로 앉아 있었다. 몇몇 여학생들은 현후의 얌전한 모습도 생각보다 분위기 있다며 수군거렸지만, 현후의 친구들이나 교수들은 좀처럼 보지 못하던 그의 모습에 당혹감마저 느끼고 있었다. 그것은 현후의 외삼촌이자 '마케팅 커뮤니케이션' 강의를 담당하고 있는 강인환 교수 또한 마찬가지였다.

'저 자식이 주말에 뭘 잘못 먹었나.'

타인의 시선에 비춰지는 만큼 쾌활한 녀석이 아니라는 것은 진즉 알고 있었다. 하지만 그가 알고 있는 의뭉스러운 조카는 제 본모습을 밖에 내보이는 일이 거의 없었다. 그러니 오늘따라 그의 정신 상태가 더더욱 의심스러울 수밖에.

타인의 시선이 어떻든 간에 현후는 자신만의 세계에 깊이 빠져 있었다. 새로이 알게 된 충격적인 진실과 모든 것을 고백하듯 쏟아낸 눈물. 연이은 충격으로 뇌가 두 부분으로 나뉜 듯하다.

서윤의 눈앞에서 완전히 무장 해제한 모습을 드러낸 탓일까. 현후는 지금까지 쌓아온 모든 것—대외적 이미지, 여러 가지 계획—을 포기하고 싶다는 강한 충동을 느끼면서도 늘 그래 왔던 것처럼 앞으로의 일을 차근차근 구상해 나가는 차분함에 스스로도 몹시 놀라고 있었다.

이번에는 과연 어느 쪽이 이길까. 본인의 머릿속에서 일어나는 일들이지만, 그조차 답을 알 수 없었다.

얇은 코트 주머니에 넣어두었던 손끝에서 핸드폰의 진동이 느껴졌다. 무심한 눈빛으로 도착한 문자를 확인한 현후의 얼굴에 생기가 돌기 시작했다. 어마어마한 쇼크를 받은 사람처럼, 삶의 의욕을 잃어버린 사람처럼 늘어져 있던 그가 갑자기 자리에서 일어나자 강의실 안 사람들의 시선이 한 번에 쏠렸다.

결혼을 방해하여

"오늘 서현후 군 상태가 아주 안 좋네요."

공적인 자리라 애써 미소를 띠고 있는 강인환 교수의 얼굴은 현후와 그의 관계를 잘 알고 있는 태현과 성민이 지켜보기 딱할 정도로 일그러져 있었다. 반면, 평상시의 활기를 되찾은 현후는 태연히 대꾸하며 가방을 챙겨 들었다.

"그러게요, 교수님. 정말 죄송하지만 오늘은 몸 상태가 너무 안 좋아서 먼저 일어나 보겠습니다. 병원에 다녀와서 다음 시간에 진단서 제출하겠습니다."

그 말을 조금 전의 무기력한 상태로 꺼냈다면 신빙성 있게 받아들였을 것이다. 하지만 다시 까맣게 반짝거리기 시작한 눈동자는 그가 어떤 일을 새로 꾸미기 시작했다거나 무언가 결심을 굳혔다는 무언의 증거(證據)이다.

강인환 교수의 입술이 파르르 떨렸다. 삼촌과 조카라는 사적인 자리라면 당장 머리카락을 잡아 쥐거나 귀를 잡아당겼을 텐데 보는 사람의 눈이 많은 것이 한이라면 한(恨)이었다.

빠른 몸놀림으로 강의실을 빠져나가는 조카를 보면서도 강의를 마저 진행해야 하기에 칠판으로 시선을 돌리는 교수를 바라보며 성민은 묘한 동질감을 느꼈다. 서현후 근처에 존재하는 이들은 신경이 무디지 않으면 버티기 힘들었다.

✠ ✠ ✠

"누나!"

학교 근처의 커다란 프랜차이즈 카페에 도착한 현후가 창가 자리에 앉아 있는 한 여자를 발견하고는 반갑게 소리쳤다. 스마트폰을 만지작거리고 있던 여자가 고개를 들었다.

하얀 얼굴과 웨이브 진 옅은 갈색 머리가 무척이나 잘 어울리는 모습이다. 뭇 남성들의 마음을 한 번에 사로잡을 듯한 청순한 느낌의 얼굴과 달리 다리를 꼰 채 현후를 쳐다보는 그녀의 모습은 한 마리의 도도한 고양이 같았다. 손톱에 발라져 있는 선홍빛 매니큐어가 그 느낌을 더해주었다. 상당히 오랜만에 만나는 건데도 별로 달라지지 않은 그녀의 모습에 현후가 씨익 웃어 보였다.

"생각보다 빨리 왔네, 솔아 누나."

"민정이 티켓을 양도해 줘서 하루 먼저 왔지. 그나저나 수업 시간에 땡땡이치는 건 여전하구나? 설마 우리 아빠 수업 제끼고 온 건 아니겠지?"

"그 설마가 맞는데 이를 어쩌나."

남들은 가슴이 두근거린다고 하는 그의 미소가 근 1, 2년 못 본 사이에 때려주고 싶을 만큼 얄미워졌다. 솔아의 고운 미간이 살며시 찌푸려졌다.

"집에 들어가면 난 아빠한테 한 소리 듣겠군. 말 안 듣는 동생

둔 덕분에."

"에이, 어제저녁이라도 오늘 도착한다는 이야기를 해줬다면 공항까지 마중 나갔을 텐데. 그럼 누나는 예쁜 동생이 마중 나와서 행복하고, 나는 학교 빠져서 행복하고 서로 좋았잖아."

동문서답식의 대답. 솔아는 답답한 듯 셔츠의 단추를 하나 풀어 내리며 가벼운 한숨을 내쉬었다. 구렁이 담 넘어가듯 상대방의 말이나 불평을 흐리는 그의 화술 또한 여전했다. 오랜만에 보는 사촌동생은 변한 게 조금도 없었다.

솔아는 강인환 교수의 장녀로 그보다 다섯 살 많은 외사촌이다. 국내에서 심리학을 전공한 그녀는 현재 캐나다에서 석사 과정을 밟고 있었다. 지금은 1년 휴학하고 북미 대륙을 여행하다가 한국에 잠깐 돌아온 것이었다.

내성적으로 보이는 겉모습과 달리 서글서글하면서도 털털한 성격으로 다른 사람들은 물론 능구렁이 수십 마리는 속에 감추고 사는 현후와도 비교적 좋은 관계를 유지하고 있었다. 현후가 조언을 가끔 구하기도 하는 유일무이한 그의 멘토라고나 할까.

"음료 시키고 올게. 뭐 마실 거야?"

그가 그리 착하거나 매너 있는 인물이 아니라는 사실을 잘 아는 솔아에게도 남들 대하듯 묻는 것을 보면 오늘은 뭔가 부탁하거나 의논하고 싶은 일이 있나 보다. 그래, 어차피 기(氣) 빨릴 것, 뭐라도 마시면서 빨리면 좀 낫겠지. 제법 쌀쌀한 날씨였지만 카페 안은 비교적 따뜻했기에 솔아는 평소 즐겨 마시는 쿠앤크 프라푸치노를 부탁했다.

잠시 후, 현후가 눈웃음을 슬슬 치며 주문한 음료를 가져다가 테이블 위에 내려놓았다. 다디단 쿠앤크 프라푸치노와 대비되는 씁쓸한 아메리카노 한 잔. 현후의 거짓 웃음, 그의 내면과 잘 어울리는 그다운 음료였다.

"너나 나나 은근히 성격 급하니까 지름길로 한 번에 가자. 오 케이?"

빙빙 돌려 말하면 자리를 뛰쳐나가겠다는 이야기다. 심리학을 전공하는 사람답게 제 속내를 한 번에 파악하고 시원시원하게 말을 던지는 사촌 누나의 모습을 바라보며 현후는 따뜻한 아메리카노 한 모금을 입에 머금었다. 긴 말을 시작하기 전에 입을 좀 축일 요량이다.

솔아는 저와 서윤, 그녀의 남편 태현의 관계를 대략적으로 알고 있으며 자신이 태현을 겨냥하고 파놓은 함정에 대해서도 어느 정도 알고 있었다. 때문에 이번 일을 상담받기에는 최적의 인물이었다.

"……그러니까 네 사촌 연아와 그가 사귀는 관계다. 때문에 앞으로 어떻게 대처해야 할지 모르겠다, 이 말 아냐?"

"오오, 누나는 역시 이해력이 좋아."

"그러게. 난 네가 이걸 왜 묻고 싶어 했는지도 알 것 같다. 욕

먹고 정신 차리고 싶구나, 우리 현후."

매력적인 붉은 입술에서 서늘한 말이 쏟아졌다. 솔아의 짙은 갈색 눈동자가 현후를 똑바로 쳐다보고 있었다.

현후는 그녀가 무슨 말을 하는지 못 알아듣겠다는 듯 고개를 갸웃거렸다. 솔아의 입가에 의미심장한 미소가 떠올랐다. 현후가 정말 아무것도 모르고 있다는 생각은 들지 않았다. 그는 단지 외면하고 싶은 것뿐이다. 제 이기적인 마음을.

"어떻게 대처해야 할지 모르겠다가 아니라 이대로 아무것도 하고 싶지 않다가 정답이겠지. 안 그래, 서현후?"

"무슨 말이야, 누나."

태연하게 되묻고 있었지만, 솔아는 현후의 눈빛이 미약하게나마 흔들리는 모습을 잡아냈다. 때문에 그녀는 쉬지 않고 말을 이어갔다. 도망치려는 사냥감의 뒤통수에 화살을 쏘아 날리듯.

"가만히만 있으면 되는 거잖아. 네가 안 사실을 서윤도 빠른 시일 내에 알게 되면 그녀의 성격상 태현을 절대 용서하지 못할 테니까. 여태까지 그래 온 것처럼 네 손 하나 안 대고 모든 일을 해결할 수 있지. 넌 그걸 바라고 있잖아."

"……."

"서윤이 상처 입을 걸 뻔히 알면서도 그러다니……. 왜, 네가 처음에 자신만만하게 말한 것과 달리 이제는 그 애를 도저히 못 놔주겠니? 걔가 너 아닌 태현을 택할까 봐 두려워졌어?"

솔아는 제법 오래된 기억을 떠올렸다. 현후가 대학에 입학하기 전, 태현과 마주하기 전 제 앞에서 한 말들을.

현후의 표정이 정곡을 찔린 양 일그러졌다. 손에 땀이 찬 탓일까. 하얀 머그잔이 기름이라도 발라놓은 것처럼 미끄러웠다. 깨뜨릴까 두려워 테이블 위에 가만히 내려놓았다. 고여 있는 까만 액체 위로 일그러진 자신의 얼굴이 비춰졌다. 보기 추하다.

"……아무것도 못 본 것처럼, 아무것도 몰랐던 것처럼 그냥 가만히 있는 것도 잘못이야?"

그의 입에서 들릴 듯 말 듯 낮은 목소리가 흘러나왔다. 현후가 입술을 꾹 깨물자 쓰디쓰게 마른 표면의 일부가 허물처럼 떨어져 나갔다. 그는 그것을 뱉어내지 않고 그대로 삼켜 버렸다.

"방관도 죄(罪)라는 말, 한 번쯤 들어봤을 텐데?"

솔아가 아무렇지도 않게 쿠앤크 프라푸치노를 들이켜며 대꾸했다. 참 이상하지. 감기에 걸린 것도 아닌데 목이 따끔거리면서 말라왔다.

사실 일그러지는 현후의 얼굴을 지켜보는 마음이 편할 리 없었다. 하지만 누군가는 그에게 외면하고픈 사실들을 말해주어야 했고, 솔아는 저밖에 그 역할을 할 수 있는 사람이 없다는 사실을 충분히 인지하고 있었다.

"좋아해. 더 좋아하게 됐어."

현후의 고개가 푹 수그러졌다. 까만 뒤통수가 너른 바다에 홀로 떠 있는 섬처럼 외로워 보여 솔아는 시선을 테이블 위로 분산시켰다. 지금은 작은 감정에 흔들리지 말고 바른말을 해야 할 때였다.

"서윤이 행복해진다면…… 그녀가 어떤 결정을 하든 존중해 줄 수 있을 거라고 생각했는데……."

현후는 양손으로 바지를 꽉 잡아 쥐었다. 목이 조금씩 메어온다. 눈가도, 심장도 타오르는 것처럼 뜨겁다. 제자리에 앉아 있는데 기억은 과거를 빠르게 거슬러 올라간다.

약 2년 전 차가운 겨울바람이 불던 어느 날, 그때도 솔아는 제 앞에 앉아 이야기를 가만히 듣고 있다가 되물어왔다.

"하지만 현후야, 그가 서윤을 엄청 힘들게 하고, 네가 흑기사처럼 나타나 그녀를 도와준다고 해도 서윤이 끝까지 태현을 좋아할 수도 있잖아. 그럼 어떻게 할 거야?"

"그녀가 그걸로 행복하다면…… 물러나야지. 곁에서 바라보는 것만으로도 난 괜찮을 거야."

현후는 제가 내뱉은 말을 결코 잊지 않았다. 다만 기억하고 싶지 않을 뿐이다.

서윤을 다시 마주하기 전까지만 해도 그는 자신의 마음을 제 의지대로 완벽하게 통제할 수 있을 것이라 믿었다. 어머니의 장

례식장에서도 눈물 한 방울 흘리지 않은 자신이니 서윤을 포기하겠다고 마음먹으면 늘 그랬던 것처럼 조금 힘들다가 괜찮아질 줄 알았다. 그리 생각했다.

그러나 서윤을 만나기 시작한 이후 그 결심은 조금씩 흔들렸다. 제 의지대로 마음을 통제할 수 없을 것이라는 불안감이 스멀스멀 피어올랐다. 서윤의 사랑스러운 눈동자를 마주할 때마다, 그녀의 다정한 음성을 귓가에 담을 때마다 그녀를 조금씩 더 사랑하게 되어서 이제는 무슨 일이 생기더라도 놔주고 싶지 않았다.

"살아. 너를 위해서 살아. 그게 힘들다면…… 나를 위해서라도 살아줘."

한강 둔치에서 서윤이 내뱉은 말이 제 머릿속을 빙글빙글 맴돈다. 서윤의 품에 안겨서 울던 날, 타인 앞에서 난생처음 무장해제한 모습으로 존재한 날 그는 확실히 깨달았다. 서윤을 마음에 둔 이후 제 삶은 그녀 한 명을 위해 존재해 왔다는 사실을. 그녀는 사랑이라는 이름을 지닌 제 삶의 이유이자 목적이기에 도저히 놔줄 수 없다는 것을 깨달았다.

서윤이 잠시, 아주 잠시 아프더라도 태현을 버리고 제게 와준다면……. 만약의 가정이 희망 사항이 되고 점차 철저한 계획의 일부로 변해간다. 식은 죽 먹기보다 쉬운 일이다. 아무것도 몰랐던 척, 그저 가만히 있으면 시간이 알아서 모든 일을 해결해 줄 것이다.

진실을 알게 된 서윤이 경멸 어린 눈동자로 태현을 바라보는 모습을 상상해 본다. 기분 좋은 흥분으로 심장이 뛴다. 자신은 원래 그리 착한 인간이 못 되었다. 자꾸만 욕심이 난다. 솔아는 그런 그의 마음을 정확하게 꿰뚫어 보고 있었다.

현후의 양어깨가 파르르 떨렸다. 솔아가 그리 말할 것을 알았으면서도, 그녀가 저를 비난하고 벼랑으로 몰아세울 것을 알았으면서도 현후는 빠른 시일 내에 그녀를 만나길 원했다. 귓가에 차가운 독설이 와 닿으면 혹시나 자신이 정신을 차릴 수 있지 않을까 하는 기대감 때문이다.

하지만 기대한 것이 허무하게도 심장만 쓰디쓰게 아팠다. 정신을 차리기는커녕 귀를 틀어막고 불편한 이 자리를 뛰쳐나가고 싶었다. 한줄기 남은 이성이 그의 발걸음을 간신히 붙들고 있다.

제발 솔아 누나의 말을 귀담아들어.

저를 닮은 목소리가 연약하게 중얼거렸다.

아니야. 듣고 싶지 않아.

뇌뿐만 아니라 그의 심장도 두 개로 쪼개어졌나 보다. 자신의 이기심에 환멸을 느끼면서도 한편으로는 인간이라면 자연스러운 마음이라고 변호한다.

서윤을 미치도록 사랑한다. 그녀를 절실히 원한다. 사람이 사람을 사랑하는 게 그리 큰 죄인가. 그리 큰 잘못인가.

"사랑이라는 이름을 갖다 붙인다고 무엇이든 용서되는 것은 아냐. 그렇다면 너는 너를 사랑한 어머니를 왜 아직까지 용서하지 못했니?"

탁. 거세게 내려치는 손바닥에 테이블이 흔들렸다. 솔아는 기죽지 않고 금방이라도 저를 한 대 칠 것처럼 노려보고 있는 현후의 얼굴을 똑바로 쳐다보았다.

"나는……!"

"다르다고 말하고 싶니? 내가 볼 땐 비슷한데. 사랑이란 이름으로 상처를 가하는 것은."

현후가 상처 입은 맹수처럼 씩씩거렸다. 어떤 의미에서 보자면 참 다행이었다. 분노한 기색이 명확한 모습을 보니 그 또한 평범한 사람처럼 느껴져 안심이 되었다. 예전보다는 생기 넘치는 그의 표정에 놀라면서도 솔아는 흔들림 없는 얼굴을 유지하려고 애썼다.

"아무것도 모르면서!"

마침내 현후가 분노와 투정이 뒤섞인 말을 남긴 채 뒤돌아섰다. 솔아는 그를 더 이상 붙잡지 않았다.

현후의 뒷모습이 완전히 보이지 않게 되었을 때, 그녀는 낮은 한숨을 내쉬며 핸드폰을 꺼내 들었다. 전화를 세 번째 걸었을 때야 통화가 연결되었다. 솔아의 인상이 조금 찌푸려졌다.

"최성민 너, 왜 이렇게 전화를 안 받니? 응?"

[누나, 나 지금 수업 중이거든? 화장실 가는 척하면서 나온 거거든?]

"됐고, 여하튼 수업 끝나면 현후나 찾아봐."

다소 뜬금없는 소리였지만, 성민은 어렵지 않게 대강의 상황을 눈치챘다. 현후와 솔아를 알고 지낸 지 하루 이틀이 아니다.

[아아, 현후가 만나러 간 사람이 누나였어? 나중에 교수님한테 둘 다 깨지겠네. 둘이 싸운 거야?]

"싸우긴, 그냥 진한 충고 몇 마디 날려준 것뿐이야."

[살살 좀 하지 그랬어.]

"어머, 애 좀 봐. 나더러 따끔하게 몇 마디 하라고 할 때는 언제고. 너나 정 기사님이 못 하는 소리, 내가 악역 맡아 대신하는 거 아냐."

[알았어, 알았다고. 항복! 수업 끝나면 바로 연락해 볼 테니까 너무 걱정 마.]

성민은 그리 말한 후 통화 종료 버튼을 누르려고 했다. 순간, 망설임을 담은 솔아의 목소리가 이어졌다.

"솔직히 난…… 현후가 완전히 틀렸다고는 생각하지 않아."

[누나.]

"서윤이든 태현이든 다치면 좀 어때. 내가 아는 사람도 아니고, 나한테 있어 현후보다 소중한 이들도 아닌데."

[…….]

"단지 적당한 선에서 멈춰주지 않으면 현후의 마음이 더 다치니까 그래. 나, 아까 깜짝 놀랐다. 그 애가 그렇게 화도 낼 줄 알고…… 사람 됐다 싶었지. 항상 웃고만 있는 얼굴이 어떨 때는 인형처럼 느껴졌으니까."

때문에 솔아는 몹시 궁금해졌다. 현후에게서 긍정적인 변화를 이끌어낸 서윤이라는 인물이.

"사실 이번에 한국에 온 것은 그 애를 만나보고 싶어서야. 나중에 네가 자리 좀 만들어줘. 부탁할게, 성민아."

솔아 누나의 말에는 틀린 점이 없었다. 때문에 더욱 뼈아팠다.

현후는 걷고 또 걸어서 오피스텔 근처의 공원에 도착했다. 그는 어두운 잿빛 하늘을 한번 올려다보았다. 만약 하늘이 푸르렀다면, 그래서 햇살이 밝게 내려쬐었다면 더욱 비참했을 것이다. 먹은 것도 별로 없는데 주말부터 연이어 충격을 받아서인지 속이 메슥거렸다.

늦은 평일 오후, 공원에는 사람이 많지 않았다. 운동 삼아 나온 아주머니 몇 분과 산책하는 어머니와 아이 몇이 보일 뿐이다. 속이 쓰리다. 다들 평온하고 즐거워 보이는데 자신의 현실만 왜 이렇게 우중충한 것인가.

아침에 스마트폰 앱으로 확인해 본 일기예보에서 오후 한때 소나기가 온다고 하더니 빗방울이 하나둘 떨어지기 시작했다. 근처 사람들은 서둘러 작은 정자 안으로 들어가거나 집으로 가는 발걸음을 서둘렀지만, 현후는 벤치에 그대로 앉아 있었다.

모르겠다. 이젠 될 대로 되라지. 자포자기의 심정으로 빗방울을 받아들였다. 차갑게 쏟아져 내리는 빗줄기에 몇 방울의 눈물을 묻을 수 있어 마음이 오히려 편했다. 볼 위에 잠시 와 닿는 미지근한 느낌만이 제가 울고 있다는 사실을 알려줄 뿐이다.

잔뜩 젖은 재킷 주머니에서 핸드폰의 진동이 계속 느껴졌다. 솔아 누나일 수도 있고 성민일 수도 있다. 하지만 아무렴 어떠랴. 지금은 그저 홀로 있고 싶었다.

하얀 손가락이 핸드폰의 전원 버튼을 꾹 눌렀다. 짧은 소리와 함께 전원이 나가고 검은 화면만이 시야를 메웠다. 그 위로 빗방울이 후두두 떨어졌다.

✠　✖　✠

"응, 다음에 봐. 이따가 시간 나면 다시 전화할게."

남친과의 통화를 끝낸 연아는 한숨을 내쉬었다. 기대하고 있던 금요일 저녁 데이트가 집안 행사로 인해 물거품이 되어버렸다. 오늘은 큰집에서 할아버지 제사가 있는 날이다.

삭막한 엘리트 인상의 큰아버지를 비롯해 무거운 분위기의 친가 친척들을 떠올리자 연아는 저절로 기분이 우울해졌다. 친가의 분위기는 평범한 서민층으로 언제나 시끌벅적한 외가와는 사뭇 달랐다. 때문에 어머니도 친가 쪽 집안 행사가 있는 날이면 상당히 불편해하셨다.

"그럼 설민아, 다녀올게!"

애써 밝은 얼굴로 현관을 나서는 연아를 설민이 잠시 안쓰럽다는 표정으로 쳐다보았다.

"잘 다녀와."

"저녁은 너 좋아하는 걸로 시켜 먹어."

큰집 본가는 연아네 집에서 차로 20분 정도 걸리는 거리에 있다.

연아는 본디 친한 사람에게는 싹싹하고 애교 많은 성격이지만 이곳에서는 오랜만에 뵙는 친척 어른들께 인사만 올리고 요조숙녀처럼 얌전히 앉아 있었다. 친척 어른들도, 사촌들도 전부 어색하기만 했다.

거실 소파에 앉아 요리조리 눈치만 보고 있는데 익숙한 얼굴이 눈에 들어왔다. 친가 쪽 친척 중에서 유일하게 말을 터놓고 친구처럼 지내는 사촌 현후였다. 뻣뻣하게 굳어 있는 자신과 달리 그는 미소 띤 얼굴로 어른들께 인사하며 대화를 나누고 있었다. 물론 그 모든 태도가 거짓과 형식에서 우러나오는 예의임을 연아는 잘 알고 있었다.

잠시 후, 그가 거실에서 사라졌다. 짐작 가는 바가 있어 연아는 조심스레 현관 밖으로 나왔다. 쌀쌀한 느낌에 양손으로 어깨를 감싸며 큰집 근처 주차장을 기웃거렸다.

익숙한 포즈로 담배 한 개피를 물고 있는 현후의 모습이 보였다. 본인이 들으면 엄청 싫어할 소리지만, 가만히 계실 때의 큰아버지를 쏙 빼닮은 무표정한 얼굴이 소름 끼치기까지 한다. 거실에서 보이던 태도와는 사뭇 다른 모습이다. 연아는 그의 뒤쪽으로 살금살금 다가서서 현후의 입에서 담배를 낚아채는 데 성공했다.

"몸에도 안 좋은 걸 왜 자꾸 피워?"

그의 까만 눈동자가 연아에게 향했다. 다른 사람들보다 더 짙은 색을 지닌 그의 눈동자는 심해의 바다나 까만 밤하늘 같아 그 속을 짐작하기가 힘들었다. 현후의 본 성격에 익숙해진 지금도 꽤 살벌하다는 느낌이 든다. 그의 이런 모습들을 잘 알면서도 아직까지 곁에 붙어 다니는 중학교 친구 성민이 신기할 뿐이다.

"……신경 꺼라."

상대하기도 귀찮다는 표정이다. 현후의 하얀 얼굴에 옅은 홍

조가 돌고 있다. 평상시와는 조금 다른 모습에 연아가 탐정처럼 그를 자세히 살폈다. 옆얼굴에 살짝 맺혀 있는 땀방울과 며칠 밤을 새운 사람처럼 피곤해 보이는 눈가.

"너 혹시 감기 걸린 거 아냐?"

"귀찮게 하지 말고 가."

싸늘하게 대꾸하고 제 손에서 담배를 낚아채려는 현후를 피해 연아는 담배꽁초를 콘크리트 바닥에 떨어뜨렸다. 무표정하던 얼굴이 일그러지니 상당히 무서웠다.

현후는 금방이라도 한 대 칠 것 같은 얼굴을 하고선 재킷 주머니에서 말없이 담배를 꺼내 들었다. 화를 있는 힘껏 눌러 참는 모습이다. 새로운 담배에 불이 붙었다. 하얗게 피어오르는 연기에 근처에 서 있던 연아가 콜록거리며 기침을 내뱉었다.

"야, 간접흡연이 몸에 얼마나 해로운 줄 알아?"

"누가 너보고 거기 있으래?"

"이게 진짜! 맨날 나한테만 성질이야!"

연아가 작은 주먹을 쥐어 보이며 위협했지만 그쯤은 우습지도 않다는 듯 현후는 시선조차 주지 않았다. 아, 얄미워, 얄미워. 가자미처럼 눈을 흘기면서도 한편으로는 그가 안쓰럽다는 생각이 드니 참 이상한 일이다.

아파도 제대로 쉬지도 못하고 상대하기 어려운 친척 어른들을 마주하며 웃어야 하는 현후의 입장은 생각하는 것만으로도 가슴이 답답해져 왔다. 그를 볼 때마다 그래도 제 아버지는 형식에 지나치게 얽매이지 않고 자식의 입장도 어느 정도 헤아려 주는 편이라 다행이라는 생각이 들었다.

"중2병 걸린 것도 아니고…… 몸도 안 좋은데 담배는 왜 피워? 약은 챙겨 먹었어?"

걱정스러운 마음에 이것저것 질문을 던져 보지만 대답은 들려오지 않았다. 연아의 볼이 가볍게 부풀었다. 잘났어, 정말.

"됐다, 됐어. 그래도 걱정돼서 따라와 봤더니……."

너 잘났다, 인마. 뒷말은 마음속으로만 조용히 중얼거렸다. 현재 그의 상태는 언제 폭발할지 모르는 시한폭탄처럼 위험한 수준. 긁어 부스럼을 만들 필요는 없었다.

손목시계를 쳐다보니 큰집에서 빠져나온 지 10분 이상 지난 것 같다. 이제 그만 들어가 봐야겠다. 엄마나 아빠가 걱정하실지도 모른다. 현후야 제가 알아서 들어오고 싶을 때 들어오겠지. 사뿐히 뒤돌아선 연아가 몇 발자국 떼기도 전에 낮은 목소리가 들려왔다.

"야, 한 가지만 물어보자."

"뭘!"

"지금의 남친, 얼마만큼 좋아해?"

발걸음을 되돌린 연아의 얼굴이 경악으로 물들어 있다. 그녀가 당황한 듯 되물었다.

"뭐, 뭐야? 우리 엄마가 말해줬어? 아니면 설민이가……."

"그런 건 중요하지 않잖아."

"중요해!"

연아가 소리를 빽 질렀다. 둘 외에 지나가는 이 하나 없이 조용하던 주차장이라 그 소리가 더욱 크게 들렸다.

"……귀청 떨어진다."

"뭐야, 그게 갑자기? 그런 걸 왜 묻는 건데?"

"중요하니까."

사신(死神)의 심판인 양 무미건조하지만 대답을 거부하기 힘든 목소리가 들려왔다. 연아는 몇 발자국 뒤로 물러섰다. 현후가 그런 그녀의 모습을 빤히 쳐다보고 있다.

"많이 좋아해. 그러니까 사귀는 거 아냐."

"그래?"

"이젠 네가 대답해! 너, 혹시 내 뒷조사하고 다녀?"

"내가 뭣 하러 그런 쓸데없고 귀찮은 일을 해?"

현후가 피우고 있던 담배꽁초를 주차장 바닥에 짓이기며 대꾸했다. 평소의 스산함을 넘어 오싹하기까지 한 그의 모습에 연아는 울고 싶은 심정이 되었다. 자신이 대체 뭘 잘못했다고 이러는 것일까.

"그럼 방금 전 그 질문은 뭐야? 대체 뭐냐고?"

"생각 좀 정리하려고 물어본 거야."

현후가 연아에게 천천히 다가왔다. 엎어지면 코 닿을 만큼 가까운 거리다. 감기로 인해 열까지 오르는 모양인지 가까이서 느껴지는 숨결이 제법 뜨겁다.

현후의 까만 눈동자가 그녀를 가만히 응시했다. 연아도 물러설 수 없다는 듯 그의 시선을 피하지 않았다. 양파 껍질 벗기듯 죄다 벗겨놓고 보면 의외로 비슷한 구석이 많은 두 사람이다. 때문에 삭막한 분위기를 띠고 있는 이곳에서 친구처럼 지낼 수 있었다.

"······너와는 어느 정도 대화가 통한다고 생각해."

현후가 피식 웃으며 입을 열었다. 다소 뜬금없이 꺼낸 말이지만 진심이다.

연아와는 성격도, 사고도 비슷한 구석이 많았다. 때문에 가끔 그녀가 쌍둥이 여동생 같다는 느낌이 들었다. 삭막한 친가 쪽에서 친척이라는 생각이 드는 사람은 연아가 유일했다.

"지금 네 방식, 네 태도는 대화를 원하는 사람의 행동이 아니거든."

"그냥 내가 좀 더 아플게. 둘이 어떻게든 다치지 않는 방법을 찾아볼 테니까."

현후가 연아의 곁을 스쳐 지나가며 중얼거렸다. 의미 모를 말에 그녀의 고개가 갸웃거려졌다.

"야, 너 지금 그게 무슨 말······."

소리치며 주차장을 빠져나오던 연아가 현후 곁에 서 있는 친척 어른을 보고는 가만히 입을 다물었다. 현후는 벌써 예의 그 웃는 가면을 뒤집어쓰고 있었다. 연아 또한 아무 일도 없었던 것처럼 그 자리를 빠져나왔지만 그녀의 마음속은 이런저런 생각으로 복잡해졌다.

'저 자식은 대체 무슨 생각을 하고 있는 거야?'

언제고 기회가 된다면 현후의 머릿속을 한번 해부해 보고 싶다는 생각이 들었다. 핼쑥해 보이는 그의 하얀 얼굴이 눈앞을 잠시 어지럽혔다.

'어찌 보면 불쌍하기도 하지. 큰어머니는 일찍 돌아가시고 큰아버지는 그 모양이고……. 에휴, 그 성격에 여친은 있나 모르겠네.'

불현듯 요 근래 다시 만난 서윤의 얼굴이 떠올랐다. 현후가 서윤을 짝사랑하고 있다는 사실은 오래전부터 알고 있었다. 다른 사람을 바라볼 때와 그녀를 바라볼 때의 시선이 확연히 달랐으니까. 중학교 때는 그 둘이 반장, 부반장도 나눠 하며 사이좋게 지내는 모습도 봐왔다. 하지만 두 사람이 아직도 연락을 주고받고 있는지는 잘 모르겠다.

'서윤은 지금 남자친구가 있을까. 없다면…… 우리 서윤이가 아주 많이, 많이 아깝긴 하지만 현후 저 자식 한번 만나보는 것도 나쁘진 않을 텐데.'

여기저기서 치이고 있기 때문에 상처도 많이 받고 힘들어하는 그지만, 곁에서 제 속사정을 들어주고 이해해 주는 여자친구가 생긴다면 지금보다 한결 나아지지 않을까. 그래그래. 가만히 생각해 보니 이거 굿 아이디어네.

제게 늘 심통만 부리는 사촌 녀석의 걱정까지 해주는 자신은 혹시 하늘에서 죄를 짓고 지상으로 내려온 천사가 아닐까. 자화자찬과 제가 잘 아는 두 사람을 연결해 줄 큐피드 역할을 할 생각에 흠뻑 빠져 버린 연아는 기분 좋은 콧노래를 흥얼거리며 큰집 안으로 들어갔다.

만약 둘이 잘되면 서현후 너는 1년간 내 노예 생활 확정이다. 상상만으로도 그녀는 가슴이 마구 설레었다.

※　✖　※

흔들다리 효과? 스톡홀름 증후군? 이건 도대체 뭐지?

잘 알지도 못하는 수십 개의 심리 용어들을 떠올리다가 지우며 서윤은 고개를 절레절레 내저었다. 현후와 뮤지컬을 보고 돌아온 후 시간이 꽤 지났는데도 그녀의 마음은 여전히 복잡하고 혼란스러웠다.

현후의 웃음과 눈물이 이리저리 뒤섞여 그녀의 머릿속을 어지럽혀 왔다. 자신이 그를 어떤 마음으로 대하고 있는지 의문을 갖기 시작하자 요 근래의 일뿐만 아니라 이전의 일들까지 소급 적용되어 뭐가 뭔지 도저히 알 수 없게 되어버렸다. 자신은 그를 대체 어떤 존재라고 생각하고 있는 것일까.

"……되게 웃긴다, 너."

학교 수업도 없는 한가한 토요일 오전. 태현은 약속이 있다며 11시쯤 외출했다. 거실에서 홀로 청소기를 돌리던 서윤은 멈춰 서며 중얼거렸다.

"현후는 정말 좋은 친구일 뿐인데……."

진실한 저를 누구보다도 잘 알고 있는 신기한 친구. 제 계획을 물심양면으로 도와주는 고마운 친구.

주문 같은 말을 되뇌며 그를 정의 내릴 때마다 가슴 한구석이 뜨끔거렸다. 단지 그것뿐이야? 조심스럽게, 하지만 은밀한 어조로 되묻는 목소리는 누구의 것인가.

태현의 얼굴 위로 그의 모습이 살며시 겹쳐지며 깜짝 놀라 심장이 철렁거린 게 한두 번이 아니다. 제 애매모호한 태도 때문에 마음도 변해가는 것일까.

자신이 쓸데없이 예민하게 구는 것일지도 모르겠지만, 혹시나 싶어 현후가 준 목걸이를 목에서 잠시 풀어놓았다. 태현에게도 목도리를 만들어주기 위해 방 한구석에 밀어두었던 실타래를 다시 붙들었다.

하지만 시간이 흐를수록 태현을 마주하는 일이 고역이 되어

결혼을 바랍하다

간다. 그의 얼굴을 볼 때마다 죄지은 사람처럼 마음 한구석이 어딘지 모르게 찜찜하다.

토요일 점심 무렵의 햇살이 참 밝았다. 점심이나 간단히 먹을까 해서 서윤은 청소기를 내려놓았다. 토스트를 만들 식빵을 찾고 있는데, 거실 서랍장 위에 올려둔 핸드폰 벨소리가 크게 울려 퍼졌다.

"어, 연아네?"

그러고 보니 그녀와 헤어질 때 제가 한 말이 떠올랐다. 먼저 연락하겠다고 했는데, 최근 이 생각 저 생각으로 골치가 아프다 보니 솔직히 말해서 잊고 있었다.

"여보세요."

전화를 받아 드니 언제나처럼 밝은 연아의 목소리가 들려왔다.

[나야, 연아. 주말이라서 한번 전화해 봤어. 잘 지내?]

"응, 잘 지내지. 내가 먼저 연락하겠다고 해놓곤 시간이 벌써 이렇게 흘렀네."

[어우, 야, 됐어. 누가 먼저 하든 연락만 되면 그만이지.]

든든한 집안, 청초한 외모에 걸맞지 않게 그녀는 꽤 털털한 성격이었다. 옛 기억을 떠올린 서윤이 피식 웃었다. 남자들은 절대 이해 못 할 여자들의 수다가 시작되었다. 수문의 마개를 풀어놓은 것처럼 이야기가 계속해서 이어졌다.

한 30분쯤 지났을까. 핸드폰을 붙잡은 오른손이 조금씩 저려왔다. 서윤이 오른손에서 왼손으로 핸드폰을 바꿔 들자마자 연아가 돌연 질문 하나를 던졌다.

[아, 너 혹시 요즘도 현후랑 연락하고 지내?]

"으응?"

뜻밖의 질문에 서윤이 멈칫거렸다. 연아는 별생각 없이 물어봤겠지만, 이상하게도 무어라 답하면 좋을지 마땅한 대답이 선뜻 떠오르지 않았다.

"그냥…… 최근에 우연히 다시 만나서……."

지금 제 목소리가 떨리고 있는 것은 아닐까. 비밀을 간직한 사람처럼 서윤의 가슴이 콩콩 두근거린다.

[호오, 그랬구나?]

무언가 장난기 섞인 음성이 들려왔다. 당황한 서윤이 몇 마디 더 갖다 붙이기도 전에 연아의 말이 이어졌다.

[그럼 서로 핸드폰 번호는 알겠고…… 주소는? 현후 지금 어디 사는지 알아?]

"아니, 그건 모르는데……."

[어제 집안 행사 때문에 현후를 봤는데 감기에 걸린 모양인지 많이 아픈 것 같더라고.]

"정말? 어디가 얼마나 안 좋은 거야?"

[글쎄. 너도 알다시피 걔가 자기 상태 막 떠벌리고 다니는 타

입은 아니잖아? 괜찮은 척하는데도 티가 날 정도라면 많이 아픈 게 아닐까?]

현후가 아프다는 소리를 듣자마자 걱정스럽게 되묻는 서윤의 목소리를 들으며 연아는 속으로 환호성을 내질렀다. 생각보다 일이 쉽게 풀릴 모양이다. 어쩌면 학창 시절, 서윤도 현후에게 조금은 마음이 있지 않았을까 하는 생각을 해본다.

[큰일이네. 인터넷 뉴스 보니까 요즘 감기가 상당히 독하다던데.]

"그러게. 걔 성격에 약이나 잘 챙겨 먹고 있는지 모르겠어."

연아는 서윤의 동정심을 자극하기 위해서라도 일부러 부정적인 말들을 마구 쏟아냈다. 좋아, 좋아. 서연아, 아주 잘하고 있어. 이대로 쭉 가는 거야.

[…….]

무슨 생각을 하고 있는지 서윤은 아무런 말도 없었다. 연아가 선수를 쳐서 제안을 하나 내놓았다.

"서윤아, 내일 시간 괜찮아?"

[으응.]

"그럼 우리 함께 현후 오피스텔에 쳐들어가지 않을래? 녀석의 깜짝 놀란 얼굴도 보고 건강 및 집안 상태도 체크해 볼 겸 말이야."

연아의 제안은 꿀이 들어간 우유처럼 달콤했다. 현후의 상태가 몹시 걱정된 서윤으로서는 거절할 이유가 조금도 없었다. 남자 혼자 거주하는 오피스텔이지만 저 홀로 가는 것도 아니고 연아와 둘이서 가는 것이니 꺼림칙해할 이유도 없었다.

내일 오후 2시쯤, 동네 앞 사거리에서 그녀와 만나기로 하고 통화를 끝냈다. 뭍으로 끌려 나온 생선처럼 서윤의 심장이 팔딱거렸다. 병원에 가서 종합검진이라도 한번 받아봐야 하는 것은 아닌지 요즘 들어 심장이 두근거리는 일이 잦아졌다.

내일은 어떤 옷을 입고 외출할지, 병문안을 갈 때는 뭘 가지고 가면 좋을지 고민하다가 저녁이 되었다. 공부는 하는 둥 마는 둥 하면서 오후 시간을 다 날려 보냈다. 어허, 통재라. 작심삼일이라는 말이 달리 있는 게 아니구나.

하지만 한탄만 늘어놓고 있을 때가 아니었다. 주부는 식사 시간이 되면 그 누구보다도 바빠진다. 서윤은 호박전을 황급히 부쳐 내고, 고등어를 깨끗이 손질해 무를 넣고 조렸다.

태현이 생각보다 일찍 돌아왔다. 때문에 모처럼 저녁 식사를 함께 했다. 말 한마디 오가지 않는 식탁 분위기가 처음에는 무섭기도 했는데 이제는 어느 정도 익숙해진 탓인지 서윤도 별생각 없이 밥과 반찬을 집어먹고 있다. 부칠 때 실수해서 끝이 검게 그을린 호박전을 잘근잘근 씹으며 생각했다. 그래도 태현에게 내일 오후 외출한다고 한마디는 해두는 편이 좋겠지?

"저기······."

"야."

서윤과 태현이 동시에 입을 열었다. 그녀가 머쓱하다는 표정으로 물 잔을 들며 말했다.

"먼저 말해."

"별거 아니야. 넌?"

"내일 중고등학교 친구 좀 만나서 병문안 다녀오려고. 그래서 오후에 집을 비울 것 같아."

"중고등학교 친구?"

그는 결혼 이후 서윤이 대부분의 친구와 연락을 끊었다는 사실을 잘 알고 있다. 때문에 갑작스레 친구를 만나서 병문안을 다녀오겠다는 말이 의아하게 다가왔다.

"안 돼?"

"아니, 그건 아니지만······."

순간적으로 태현은 묻고 싶었다. 중고등학교 친구나 병문안을 가려는 대상 둘 중 하나가 서현후는 아니냐고. 하지만 아직은 곧추세운 자존심으로 그 말만은 애써 집어삼켰다.

"······잘 다녀와."

모처럼 들려온 다정한 말에 서윤의 눈동자가 살짝 커졌다.

"응, 고마워. 만약 내가 늦으면 저녁은······."

"내일 저녁에 친구랑 만날지도 모르고…… 아니어도 내가 알아서 챙겨 먹을게."

"반찬 미리 만들어둘까?"

"있는 거 먹지, 뭐."

한번 입을 열자 둘 사이에 상당히 많은 대화가 오고 갔다. 그 평범함이 반갑게 느껴지는 현실이 그저 안타까울 뿐이다.

"너 밥 비벼 먹는 것 좋아하니까 편하게 먹을 수 있도록 재료 준비해 놓을게. 그거랑 계란 하나만 부쳐서 비빔밥 만들어 먹으면 되잖아."

"그럴까?"

태현이 고개를 끄덕였다. 밥을 다 먹은 그가 소파로 걸어가 TV를 켰다. 서윤은 설거지를 하면서 앞으로 해야 할 일들을 하나둘 정리해 보았다.

설거지를 마치고 나면 방으로 들어가 부족한 공부를 보충해야 한다. 또한 내일은 다른 때보다 조금 일찍 일어나 현후에게 건네줄 죽도 만들어야 하고 비빔밥 재료도 미리 준비해 놓은 후 외출 준비를 해야 한다.

"어찌 된 일인지 요즘 계속 바쁘구나."

문득 엄마가 한 말이 떠올랐다. 사람은 바쁘게 살수록 좋은 거라고. 몸이 피곤해지고 마음에 부담감이 조금 생기긴 했지만, 예전처럼 손가락 하나도 까딱하기 싫은 무기력증이 엄습해 오거나 자신이 쓸모없는 존재 같다는 생각은 들지 않아서 좋았다.

"뭐가 그리 바쁜데?"

뜻밖에도 태현의 대꾸가 들려왔다. 서윤은 깜짝 놀라 잡고 있던 접시를 바닥에 떨어뜨릴 뻔했다.

"아, 아니, 그냥 이것저것……."

"영어 학원 수업이 빡세?"

"그런 것도 있고, 그냥 뭔가 할 일이 자꾸 생기니까. 그래도 나쁘진 않아."

"왜?"

"내가 조금 더 쓸모 있는 사람처럼 느껴지잖아."

깨끗이 씻은 그릇들을 행거에 꽂아 넣으며 서윤이 무심코 중얼거렸다. 태현은 아무 말 없이 입술을 깨물었다. 초대받은 게스트들의 떠들썩한 웃음소리가 들리는 TV로 시선을 돌렸지만 그의 머릿속은 꽤 복잡하게 헝클어져 있었다.

사람이 환경을 지배해야지 환경에 지배당하는 사람이 나쁜 것이다. 이제껏 당연하다고 믿어온 명제가 조금씩 흔들린다. 서윤이 변해 버린 이유에 그녀가 줄곧 이야기해 오던 제 본가의 억압적인 분위기 탓도 있을 것이라는 생각이 들자 태현의 마음이 상당히 심란해졌다.

서윤은 어제 계획한 대로 아침 일찍 일어났다. 아침 식사 준비에 간단한 집안 청소, 참치 야채죽과 비빔밥 재료 준비, 점심 식사 차리기 등으로 집을 나서는 순간까지 정신이 하나도 없었다.

그래도 컴퓨터 게임을 하고 있던 태현이 제 눈치를 슬그머니 보더니 쓰레기봉투를 버리고 와줘서 한결 편하긴 했다. 철이 조금이라도 든 것인지, 아니면 본인도 지금처럼 서로 싸우고 상처 입히는 생활은 막막하기만 할 뿐이라는 사실을 깨달아서 그런 것인지는 알 수 없었다. 서윤은 태현의 소소한 변화가 그저 반가울 뿐이었다.

밖에는 부슬부슬 부슬비가 내리고 있었다. 한 손에는 우산을, 다른 한 손에는 죽통을 든 채 약속 장소에 허겁지겁 도착했을 때, 연아의 모습은 그 어디에서도 보이지 않았다. 핸드폰으로 시간을 살펴보니 현재 시각은 2시 3분. 5분 정도 기다리다가 그녀에게 전화를 걸었다.

[서윤이니?]

기침 소리와 함께 힘없는 연아의 목소리가 들려왔다.

"응, 나야. 약속 장소에 나와 있는데 네가 안 보여서……."

[서윤아, 미안해. 사실 말이야, 내가 엊저녁부터 감기가 엄청 심해져서…….]

연아가 미안하다는 듯 자초지종을 빠르게 설명했다.

"그렇구나. 그럼 집에서 푹 쉬는 편이 낫겠다. 근데 나 이미

나와 버렸는데 어쩌지?"

[미안해, 정말. 좀 더 일찍 연락해야 했는데…… 시간 지나면 괜찮아지지 않을까 싶어서 자꾸 미뤘더니 이렇게 됐네.]

"아냐. 아파서 그런 건데 어쩔 수 없지."

[어차피 나왔는데…… 내가 주소 알려줄 테니까 너 혼자서라도 찾아가 볼래?]

"에? 나 혼자서?"

[뭐 어때. 서먹서먹한 사이도 아니고, 중학교 때 둘이 친했잖아. 원래는 나와 함께 오려고 했는데 내가 아파서 못 나왔다고 하면 되지.]

서윤은 쉬이 대답하지 못하고 망설였다. 그 순간, 왼손에 들려 있는 죽통이 눈에 들어왔다. 지금 여기서 집에 돌아가 버리면 이 죽은 아무 쓸모도 없게 된다.

"……그래, 알겠어. 걔네 집 어딘데?"

[거기서 그렇게 멀지 않아. 마을버스 타면 금방이야.]

연아가 알려준 대로 03이라는 번호가 적힌 녹색 마을버스에 올라탔다. 자리에 앉아 무릎 위에 죽통을 올려놓으니 제법 따뜻한 온기가 전해져 왔다.

'그래, 상태만 확인하고 금방 돌아오면 되지.'

버스 창문에 빗방울이 송골송골 맺혀 있다. 어제저녁, 식탁에서 비교적 다정하게 말을 건네온 태현의 얼굴과 아파서 누워 있을 현후의 하얀 얼굴이 교차해 떠올랐다. 지상의 도로에서 질척거리고 있을 짙은 잿빛 물웅덩이처럼 서윤의 마음이 새까맣게 물들어갔다.

✠　✠　✠

서윤과 통화를 끝낸 연아는 기지개를 쭈욱 켰다.

"우리 서윤이는 너무 순해서 걱정이라니까. 내 발연기를 믿어줘서 고맙긴 하지만, 나중에 나쁜 사람들에게 속아 넘어가면 어쩌려고……."

연아는 작게 미소 지으며 침대 위에 널브러져 있던 인형 하나를 꼭 끌어안았다. 창밖을 내다보니 빗줄기가 조금씩 굵어지고 있다. 서윤은 지금쯤 버스로 이동하고 있을 테다.

모든 것이 그녀의 계획대로 되었다. 연아는 모 만화의 주인공처럼 씨익 웃어 보였다.

"설마 이런 빅 찬스를 그냥 놓치는 것은 아니겠지, 서현후?"

연아는 처음부터 서윤과 함께 움직일 생각이 전혀 없었다. 함께 가자고 말한 것은 어디까지나 서윤을 꼬여내기 위한 눈속임에 불과했다. 겉보기엔 무뚝뚝해 보여도 친한 사람에게는 잘해주는 서윤의 성격상 병문안을 오면서 절대 빈손으로 오지는 않으리라. 무언가를 준비해 왔다면 설사 제가 나오지 않는다 하더라도 집에 그냥 되돌아가지는 못할 것이다.

"서로 호감을 갖고 있는 남녀라면 아플 때 간호도 해주고 허심탄회하게 이야기도 나누다 보면⋯⋯ 게임 끝이지!"

흐흐흐. 누가 보면 엄청난 음모라도 꾸미고 있는 모습이다. 거실에 물 마시러 나왔다가 반쯤 열린 방문으로 그 모습을 보게 된 설민이 혀를 찬다.

"드디어 정신이 나갔군, 나갔어."

"야, 뭐라고? 윤설민, 너 죽을래?"

"누나야, 제발 부탁인데 남자들 앞에서 그렇게 웃지 마라. 걔네들 다 도망간다."

"시끄러! 저리 안 꺼져!"

연아가 안고 있던 베개를 집어 던졌다. 설민은 옆으로 한 발자국 움직여 그녀의 공격을 가볍게 피해냈다.

"이씨!"

"베개는 이렇게 던지는 거지."

설민이 바닥에 떨어진 베개를 주워서 되던졌다. 깜짝 놀란 연아는 팔을 쭉 뻗어 베개 귀퉁이를 간신히 붙잡아냈다.

"야!"

분노에 찬 그녀의 음성을 한 귀로 듣고 한 귀로 흘리면서 설민은 냉장고 문을 열어젖혔다. 시원하게 물 한 잔을 들이켜고 베란다를 내다보니 사람의 기분을 센티하게 만드는 부슬비가 내리고 있었다.

'서윤 누나는 지금쯤 뭐 하고 있으려나. 다음 주 화요일 날 만나면 주말에 영화나 한 편 보자고 말해야겠다.'

그녀 생각만으로도 기분이 좋아졌다. 설민은 컵을 정리하고 제 방으로 들어갔다.

연아나 설민의 친구들은 그가 상당히 빼질거리는 타입이라 생각하고 있지만, 설민은 의외로 성실한 편이었다. 그는 이미 학교와 학원 숙제를 전부 끝내놓고 수학 모의고사 문제를 풀어보고 있었다. 하지만 주말 데이트 생각에 마음이 들떠서인지 평소에는 가볍게 넘어가던 문제가 좀처럼 풀리지 않았다.

�֎ ✖ ✖

현후가 거주하고 있는 오피스텔 건물은 버스정류장에서 그리 멀지 않아 찾기 쉬웠다. 서현후 그가 나오면 무어라 말하는 게 좋을까. 이런저런 고민은 그녀가 엘리베이터에 올라탄 이후에도 계속되었다.

딩동. 초인종을 누른 서윤이 문 앞에서 가만히 기다리고 있자니 곧 한 사람이 튀어나왔다. 현후인 줄 알았는데 일전에 한 번 본 적 있는 그의 친구다. 그도 서윤도 놀란 얼굴이 되어 서로를 바라보았다. 서윤이 먼저 정신을 차리고 입을 열었다.

7ㅋ훈흥 비찮싸내가

"저…… 현후가 많이 아프다고 해서 찾아왔는데요."

"아…… 저…… 그게……."

"들어가면 곤란한가요?"

"아니, 그건 아닌데…… 어쨌든 추우니까 들어오세요."

울며 겨자 먹기 식으로 서현후의 오피스텔 안으로 들어섰다. 문을 열어준 남자의 목소리가 들려왔다.

"제 이름은 최성민이고요, 그때 통화에서도 말했다시피…… 이 녀석 중학교, 고등학교, 대학교 동창입니다."

"아, 네. 기억하고 있어요. 저번에 저희 집에도 방문한 적 있죠?"

"네. 자주 보게 되네요."

둘 사이에 어색한 기류가 맴돌았다. 성민이 닫혀 있는 하늘색 방문을 가리켰다.

"그 녀석, 지금 열도 나고 컨디션도 최악이라서 누워 있어요. 들어가 보세요. 저는 뭐 마실 것이라도 들고 들어갈 테니까요."

"그럴 필요 없는데……."

하지만 그는 어느새 냉장고 문을 열고 있었다. 오렌지주스와 포도주스를 보며 고민하다가 방에 아직 들어서지 않은 서윤에게 물어왔다.

"서윤 씨는 뭐가 좋아요? 오렌지주스, 아니면 포도주스?"

"전 아무거나 괜찮아요."

서윤은 가볍게 한숨을 내쉬었다. 방에 둘이 함께 들어가면 좀 나을 것이라 생각했는데 어쩔 수 없었다. 마음의 준비를 미처 끝내지 못한 그녀는 침을 꼴깍 삼키고 문을 열었다. 방 안의 풍경을 마주한 서윤은 저도 모르게 두 눈을 끔벅거렸다. 반쯤 몸을 일으킨 현후의 옆에 화보에서 방금 튀어나온 듯한 예쁜 여자가 앉아 있었다.

"아, 입 벌려봐."

"내가 혼자 먹을 수 있다니까."

그녀는 걱정스럽다는 표정으로 현후의 입에 죽을 떠 먹여주고 있었는데, 갑자기 난입한 서윤을 보고 깜짝 놀란 얼굴이다.

설마 현후의 여자친구인 것일까. 아무래도 눈치 없는 자신이 이 커플의 오붓한 시간을 방해한 모양이다. 그리 생각하니 이곳까지 홀로 찾아온 제 모습이 몹시도 우스워져 서윤은 쥐구멍에라도 숨고 싶은 심정이 되었다.

"이서윤."

"어, 그게 그러니까…… 난 네가 아프다는 소리에…… 걱정되어서……."

서윤은 자신이 지금 무어라 말하는지 거의 인지하지 못했다. 현후가 마구 흔들리는 눈빛으로 그녀를 쳐다보았다. 여자친구와 함께 있는데 제가 찾아오니 몹시도 놀란 듯한 기색이라 그녀의 마음은 카오스 상태의 우주처럼 혼란스러워졌다.

기분이 묘했다. 자신이 대체 왜 이럴까. 솔직히 그 정도면 여자친구가 있을 법한, 아니, 마땅히 있을 텐데 어째서 믿지 못할 사실을 접한 사람처럼 가슴이 두근거리는 것일까. 아아, 모르겠다. 알고 싶지도 않다.

서윤이 저도 모르게 뒤돌아서 도망칠 뻔한 걸음을 붙잡은 것은 현후도, 그의 친구 성민도 아니었다.

"현후 친구예요? 밖에 비도 오는데 여기까지 오느라 수고했어요. 이리 와서 앉아요."

여자는 얼굴만 예쁜 것이 아니었다. 서윤에게는 사라지고 없는 당당한 말투와 태도까지 지니고 있었다. 현후뿐 아니라 웬만한 남자라면 그녀의 말 한마디, 손짓 하나에 마음이 흔들릴 터이다.

그녀가 다소 도발적인 미소를 지으며 비어 있는 의자를 권했다. 서윤은 어찌하면 좋을지 몰라 현후와 여자의 얼굴을 번갈아 쳐다보았다. 왼손에 들린 죽통이 유난히도 무겁게 느껴졌다. 서윤은 그것을 제 뒤쪽으로 가만히 숨겼다.

연아가 약속 장소에 나오지 않았을 때부터 무언가 꼬이는 느낌이 든다 싶더라니. 그냥 집에 돌아갈 것을 괜히 찾아왔나. 하지만 후회는 아무리 빨리 해도 늦다.

서윤이 현후의 오피스텔에 당도하기 40분 전.

현후는 침대에 드러누워 옴짝달싹도 못하고 있었다. 솔아 누나를 만난 화요일 오후, 공원에서 소나기를 서너 시간 동안 맞은 탓인지 독감에 덜컥 걸려 버렸다. 나중에 현후의 앞에 경악어린 얼굴로 나타난 솔아와 성민이 그를 질질 끌어다가 오피스텔에 데려다 놓았다.

이후 충분한 휴식을 취했다면 상태가 호전되었을지도 모르겠지만, 여의치 않은 상황이 계속 이어졌다. 목요일에는 과 행사차원에서 선배 및 동기들과 술을 마시는 자리에 참석해야만 했고, 금요일에는 할아버지 제사라서 본가에 가야만 했다. 그의 몸 상태를 잘 아는 성민이 곁에서 발을 동동 굴렀지만 어찌할 수 없는 일이었다.

그 이틀 사이 현후는 몸도 몸이지만 마음이 누더기처럼 너덜너덜해져 버렸다. 남들은 그를 향해 독하다고 손가락질하지만 그 또한 감정과 마음이 있는 인간이다.

토요일에는 성민과 솔아 누나의 매서운 시선을 피해 어느 한적한 동네의 작은 포장마차에서 홀로 술을 마시다가 기절하듯 쓰러져 버렸다. 늦은 저녁, 포장마차 아주머니의 전화를 받은 성민이 먼 길을 서둘러 달려와 현후를 데려갔다.

지독한 몸살감기와 술병이 겹친 탓에 현후의 이마는 불덩이처럼 뜨거웠다. 온몸이 쑤시고 먹은 것이 거의 없는데도 속이 울렁거려 꼼짝도 할 수 없었다. 때문에 성민과 솔아가 제 오피스텔을 들쑤시고 다니며 잔소리를 늘어놓는 모습을 그대로 지켜볼 수밖에 없었다.

"으이구, 내가 이럴 줄 알았지. 냉장고에 정상적인 음식이라곤 눈을 씻고 찾아봐도 안 보이잖아."

오는 길에 마트에 안 들렀으면 큰일 날 뻔했다고 솔아가 호들갑을 떨었다. 그녀는 오렌지주스와 포도주스를 냉장고에 쑤셔 넣고 죽을 끓이기 위해 사온 재료들을 테이블 위에 주섬주섬 늘어놓았다.

"그래도 방은 전체적으로 깔끔하니 다행이잖아요, 솔아 누나."

"그건 저 자식이 결벽증이 있어서 그런 거고."

가만히 누워만 있는 게 이리 힘든 일인 줄 몰랐다. 이마에 차가운 물수건이 놓인 채로 현후는 연신 가쁜 숨을 내쉬었다. 그의 하얀 볼은 핑크 블러셔라도 발라놓은 것처럼 옅은 홍조를 띠고 있는 상태였다.

열이 뇌리까지 침범해 오는 듯했다. 뇌신경이 전부 녹아버리고 호흡마저 차단된 느낌이다. 정신이 없는 와중에도 마지막 남은 한 줄기 자존심이 솔아와 성민 앞에서 약한 모습을 보이지 않게 막고 있었다.

"저거, 저거 봐라. 입술 깨무는 거. 끙끙 앓는 소리 좀 내면 누가 죽이나."

"그러게 말이에요."

신음 소리 한 번 내지 않고 잠든 아기처럼 가만히 누워 있는 그의 모습을 보고 둘은 독하다며 혀를 내둘렀다. 마음이 잘 맞는 콤비처럼 이런저런 말을 주고받는 둘의 모습을 더 이상 지켜보기 힘들었는지 현후의 미간이 찌푸려졌다. 하얗게 마른 그의 입술이 조금씩 달싹였다.

"……제발 좀 꺼지라고."

죽을 만큼 아픈 탓인지 그의 목소리는 개미 소리만큼이나 작았다. 성민과 솔아는 서로의 얼굴을 빤히 쳐다보았다.

"쟤가 지금 뭐라니?"

"꺼지라는데요."

"은혜를 몰라도 유분수지. 어머어머, 어쩜. 쓰러져 있던 쟤를 누가 이곳까지 데리고 왔더라? 산뜻한 주말을 반납하고 이른 아침부터 찾아와서 이마에 물수건 얹어주고 간호해 준 것은 대체 누구?"

"그러라고 시킨 적 없어."

있던 정도 뚝뚝 떨어질 만큼 냉정한 소리였지만 그런 현후의 모습이 익숙한 성민과 솔아는 들은 척도 하지 않았다. 결국 현후만 벽에 대고 말한 듯한 기분이 되어 입을 다물었다. 성민이 그의 이마에 놓인 물수건을 새것으로 교체하는 사이 솔아는 야채를 다져 넣은 흰죽을 쟁반에 들고 다가왔다.

"자, 내가 정성을 듬뿍듬뿍 넣어서 만든 것이니 한 숟가락도 남기지 말고 처먹어."

현후는 전혀 그럴 생각이 없다는 듯 가늘게 뜬 눈을 꼭 감아 버렸다. 솔아의 볼이 부풀었다.

"네 이놈! 내가 꼭 사약 먹이듯 그 입을 벌려야겠느냐?"

"생각 없다고! 제발 귀찮게 하지 말고 좀 가라! 가라고!"

한 줄기 남은 이성이 툭 끊어지는 것을 느끼며 현후가 고래고래 소리쳤다. 그가 거칠게 움직이면서 솔아를 밀치는 바람에 그녀가 들고 있던 쟁반과 죽 그릇이 방바닥에 툭 떨어져 버렸다. 소름 끼치는 정적이 찾아왔다.

현후 또한 자신의 행동이 빚은 결과에 상당히 놀랐는지 반쯤 앉은 상태에서 뒤로 주춤 물러났다. 솔아가 가벼운 한숨을 내쉬며 허리를 굽혔다. 바닥에 흘린 그릇과 쟁반을 정리하기 위해서이다.

"어…… 저…… 내가 걸레 갖고 올게."

두 사람의 눈치를 보던 성민이 재빨리 방을 뛰쳐나갔다. 현후도, 솔아도 아무 말이 없었다. 솔아가 그릇 치우는 소리만이 간간이 들려왔다. 잠시 후, 성민이 갖고 온 걸레로 바닥까지 깨끗이 훔치자 방 안은 아무 일도 없었던 것처럼 원래의 모습을 되찾았다.

"냄비에 반쯤 남아 있어서 다행이다. 다시 갖고 올 테니까 입맛 없더라도 먹어둬. 그래야 약을 먹지.”

솔아가 차분한 목소리로 입을 열었다. 그녀가 방문을 나서려
는 순간, 손을 붙잡아오는 뜨거운 열기가 느껴졌다. 솔아가 뒤
를 돌아보니 고개 숙인 현후가 서 있었다. 금방이라도 쓰러질
것처럼 위태로워 보이는 모습이다.

“미안해.”

“아냐.”

“그냥…… 신경이 좀 예민해져서 그래. 누군가가 나를…….”

챙겨주는 것도 익숙하지 않고. 어쩐지 목이 메어와 뒷말은 그
저 삼켜 버렸다. 그런 그의 마음을 읽었는지 솔아는 별다른 대
꾸 없이 그의 머리카락을 가만히 쓸어주었다.

포악을 부릴 기운마저 완전히 빠져 버린 현후는 침대에 다시
얌전히 드러누웠다. 그 모습을 보며 성민이 혀를 쯧쯧 찼다. 솔
아가 곧 새로운 그릇에 죽을 담아가지고 왔다.

그 순간, 초인종이 날카롭게 울렸다.

“내가 나가볼게.”

“그래. 나는 현후 죽 좀 먹여야겠다.”

“내가 애야?”

“아~ 아까 쏟아진 죽 생각에 눈물이 앞을 가린다.”

바보가 아닌 이상 누구라도 한눈에 알아볼 만큼 솔아의 행동
은 과장되어 있었지만, 현후는 더 이상 대꾸하지 못했다. 제 코

앞까지 다가온 숟가락을 그는 차마 뿌리치지 못하고 입에 물었다. 뾰로통한 얼굴을 한 현후의 머리 위로 다정한 손길이 올려졌다.

"참 잘했어요, 우리 현후 어린이."

현후는 부글부글 끓어오르는 속을 애써 억눌렀다. 아까 본인이 잘못한 것이 있기에 지금은 그저 참을 수밖에 없었다.

그와 솔아가 티격태격하고 있는데 방문이 열렸다. 되돌아온 성민인가 싶었는데, 예상 밖의 인물이 현후를 보며 놀란 표정을 짓고 있다.

"이서윤."

"어, 그게 그러니까…… 난 네가 아프다는 소리에…… 걱정되어서……."

머리가 핑글핑글 돈다. 서윤이 어째서 지금 이 시각 이 장소에 있나. 무어라 대꾸하면 좋을지 알 수 없었다. 추한 모습을 보여줬다는 생각에 몹시 당혹스러우면서도 그녀가 저를 걱정해 줬다는 말에 설레는 본인을 마주할 수 있었다.

"현후 친구예요? 밖에 비도 오는데 여기까지 오느라 수고했어요. 이리 와서 앉아요."

솔아 누나의 말에 머뭇거리는 그녀. 음료를 담은 컵을 쟁반에 받쳐 들고 온 성민도 서윤에게 자리를 권했다.

"앉아요, 서윤 씨."

서윤이 마지못해 자리에 앉았다. 성민이 그녀에게는 오렌지 주스를, 솔아에게는 포도주스를 건넸다.

"땡큐. 내 취향을 아직도 잘 모르는 이 남자와 달리 우리 성민이는 내 입맛을 딱 안다니까."

솔아의 대꾸에 성민은 서윤이 보지 못하게 인상을 찌푸렸다. 도대체 무슨 생각이냐는 의미다. 모르는 사람이 듣는다면 현후와 그녀 사이를 오해하기에 딱 좋은 말이 아닌가.

솔아의 예쁜 눈동자에 장난기가 가득 돌고 있다. 성민은 속으로 혀를 찼다. 큰일 났다. 그녀의 장난기가 발동했다. 이 여자가 오늘 무슨 사달을 내려고.

평소라면 그 말이 떨어지자마자 날뛰었을 현후가 가만히 있는 게 이상했다. 너무 아파서 인지 능력이 떨어진 것일까, 아니면 조금 전 솔아 누나에게 잘못한 것이 있어서 가만있는 것일까.

성민의 인상이 찌푸려졌다. 이런이런, 둘 다 정답이 아니었다. 현후는 지금 반쯤 넋이 나가 있었다. 상태를 보아하니 서윤이 그를 만나러 이곳까지 왔다는 사실에 몹시도 감격한 듯했다.

"여기는 어떻게 알고 찾아온 거야?"

"연아가 알려줬어. 원래 둘이 함께 오려고 했는데, 연아는 아파서 못 오고……."

"걔랑 아직까지 연락하고 있었어?"

"너처럼 최근에 다시 만난 거야. 그건 그렇고, 몸은 좀 괜찮아?"

"이 정도야 아무것도 아니⋯⋯."

그 순간, 솔아가 현후의 목을 꽉 끌어안아 제 품 안에 가두었다. 그가 발버둥을 쳤지만 비실거리는 몸으로는 자체 악력도 세고 운동도 꾸준히 해온 솔아의 힘을 이길 수 없었다.

"이게 다 나의 정성스러운 간호 덕분이지. 그치, 자기야?"

아아, 성민은 절망하며 한 손으로 자신의 얼굴을 가렸다. 이제 상황이 어떻게 흘러가도 난 몰라. 솔아 누나, 당신이 알아서 책임져.

서윤의 표정이 점점 굳어갔다. 여자 마음은 여자가 잘 안다고, 솔아는 날카로운 눈초리로 서윤을 머리부터 발끝까지 훑고 있었다.

'호오, 표정이 볼 만한데? 이런 장면이 익숙지 않은 걸까나, 아니면 질투하는 걸까나. 역시⋯⋯ 후자겠지? 아아, 재밌어라.'

서윤의 뒤편에서 성민이 걱정스러운 표정으로 입을 벙긋거리고 있지만, 그녀는 아무것도 안 보이는 척 무시해 주었다. 아가야, 걱정 마라. 이 누님이 다 알아서 한다니까. 나 못 믿니? 못 믿겠어?

성민이 고개를 끄덕였다. 다른 사람이면 몰라도 누나는 못 믿어요. 당신, 은근히 사고 치고 돌아다니는 것 모르고 있는 겁니까? 네?

"아, 진짜! 누나, 뭐 하는 거야?"

솔아의 품 안에서 벗어난 현후가 투우장의 소처럼 씩씩거렸다. 사정을 잘 알고 있는 성민이 보기에는 그 더러운 성격이 다시 한 번 폭발하기 일보 직전의 상태였지만, 서윤에게는 그리 보이지 않았나 보다.

"너 괜찮은 모습도 봤고 돌봐줄 사람도 있는 거 확인했으니까…… 난 이제 그만 가볼게."

"서, 서윤아, 잠깐만!"

서윤이 일어섰다. 그녀의 얼굴은 충격적인 영상이라도 접한 사람처럼 핼쑥해 보였다.

"어머, 벌써 가려고요? 좀 더 있다 가지. 손에 든 그것, 현후에게 주려고 가져온 것 아니에요?"

천연덕스러운 솔아의 말에 서윤이 망설이다가 보랏빛 죽통 가방을 내밀었다.

"별건 아니고, 애가 아프다기에 죽 좀 끓여가지고 온 거예요. 그런데 여자친구분이 있으니까……."

현후의 얼굴에 당혹스럽다는 표정이 떠올랐다. 자신이 지금 무슨 소리를 들은 거지? 태어나서 단 한 번도 사귀어보지 못한 여자친구가 어디에 있다고?

"현후한테서 들었는데, 그쪽이 요리를 그렇게 잘한다면서요?

주시면 저야 감사하죠. 이따가 저녁때는 좀 더 수월하게 먹일 수 있을 것 같네요."

얘가 입맛이 좀 까다로워서 고생하고 있거든요. 서윤의 말을 아무렇지도 않게 받아넘기는 솔아의 모습을 보며 성민이 입을 쩍 벌렸다. 뭐야, 이 여자? 정말 갈 데까지 가보자는 거야?

무언가를 한번 하겠다고 마음먹은 여자란 참 무서웠다. 성민은 오늘 이후로 여자친구 사귀기가 더더욱 힘들어질 것 같다는 느낌이 들었다.

"이서윤, 잠깐만. 지금 무슨 착각을 하는……."

"그럼 잘 있어. 푹 쉬고 나중에 봐."

뒤늦게 정신을 차린 현후가 왜곡된 사실을 정정하고자 했지만, 상황은 이미 종료된 후였다. 서윤이 금방이라도 무너져 내릴 듯한 모습으로 뒤돌아섰다. 방문이 닫히는 모습을 현후는 그저 멍하니 바라보고 있었다.

현후가 침대에서 내려왔다. 깜짝 놀란 성민이 비틀거리는 그를 붙들었다.

"야, 어디 가려고?"

"풀어야 해, 오해."

"그건 나중에 해도 되잖아. 지금 너 몸 상태도 안 좋고 밖에 비도 오는데……."

"이대로 누워 있으면 분명 후회할 거야."

"서현후!"

성민이 그를 한 대 쳐서 기절이라도 시키겠다는 기세로 노려보았다. 현후는 허허로운 표정으로 그 시선을 받아냈다.

"솔직히 너희 둘, 애인 사이도 아닌데 오해를 풀고 말고 할 게 뭐가 있어? 너 이러는 게 더 웃겨 보여. 알아?"

"나쁜 놈으로 보이기 싫어. 이대로 입 다물고 있으면 난…… 여자친구도 있는데 다른 여자에게 한눈팔고 찝쩍거리는…… 강태현이랑 똑같은 인물로 취급될 거 아냐."

현후가 문의 손잡이를 잡았을 때, 성민이 날카로운 목소리로 외쳤다.

"너 지금 여기서 나가면 앞으로 안 본다! 그래도 좋아?"

"응, 그러자."

생각보다 쉬이 별다른 망설임 없이 내뱉는 말에 성민은 물론이고 상황을 잠자코 지켜보고 있던 솔아마저 깜짝 놀란 표정을 지었다.

"너!"

"현후야!"

"두 사람이…… 정말 과분하게도 나 많이 챙겨주는 것 알아. 그래서 나와 서윤의 관계, 탐탁지 않게 여기는 것도 잘 알아. 사정이 어찌 됐든 남들 눈에는 내가 가정 파탄범으로밖에 안 보이겠지. 그러니까……."

현후는 마음을 독하게 먹었다. 며칠 동안 앓으면서 생각한 답의 일부다.

처음부터 일그러진 계획, 점점 파멸로 달려가는 이야기. 연아, 성민, 솔아 등 제게 몇 안 되는 소중한 사람들에게 더 이상 상처 주지 않기 위한 유일무이한 방법은 단 하나. 제가 그들마저 이용하고 다치게 하기 전에 그들이 먼저 선수를 치면 된다.

"날 버려. 나는 어떤 상황에서든 서윤을 택할게. 이서윤에게 미움받는 것은……."

아이러니하게도 소중해서, 너무도 소중해서 놓지 못하는 단 한 사람. 서윤을 위해서라면 그녀를 연모하는 제 마음 따위, 보이지 않게 접어둘 수도 있지만 그녀에게 미움받고서는 단 하루도 살아갈 수 없었다.

"죽음이니까."

"난…… 네 친구 아니었냐?"

떨리는 성민의 목소리에 현후가 쓰디쓰게 웃었다. 하지만 그 웃음은 금방 사라졌다.

"맞아. 하지만 죽으려던 나를 살린 것은 이서윤이지."

5년 전 여름, 죽음에 한 발 내디딘 그를 끌어 올린 것은 이서윤 그녀였다. 지금 저와 함께 있는 성민과 솔아가 아니라.

"이미 죽은 사람에게 잘해준다고 해서 달라지는 것은 없잖아.

안 그래?"

잔인한 되물음을 끝으로 현후의 모습 또한 보이지 않게 되었다. 성민이 원망스러운 시선으로 솔아를 바라보았다.

"누나는 현후 성격 잘 알면서 왜 그랬어?"

그녀가 입가에 보일 듯 말 듯 미묘한 미소를 띠었다. 충분히 예상한 범위 내의 반응이다. 그럼에도 불구하고 입안이 꽤 썼다. 쓸쓸한 담배 한 개피가 그리워져 호주머니를 뒤적여 보았지만 아무것도 나오는 게 없었다.

성민이 한숨을 내쉬며 제 재킷에서 담배 한 개피를 꺼내 건네 주었다. 솔아가 환한 미소로 감사를 표했다. 하얀 연기가 방 안을 곧 메워왔다.

"이것으로 확실하게 확인할 수 있었잖아, 두 사람의 마음."

"……"

"그리고 가벼운 벌이기도 해. 그 둘에게 주는."

"벌?"

성민이 그 의미를 모르겠다는 듯 고개를 갸웃거렸다. 외국어도 아닌데 솔아의 말은 가끔 이해하기 어려웠다.

"그래. 그러니까 이거 한 대만 피우고 우리도 나가자. 일단 벌인 일은 말끔하게 처리해야지."

엘리베이터를 타고 1층으로 내려온 서윤은 우산을 폈다. 빗줄기가 제법 세차게 쏟아져 내렸다. 비가 조금만 온다는 일기예보와는 전혀 딴판이었다.

바깥에 발을 디디자마자 남색 원피스 끝이 젖어들어 갔다. 스타킹 또한 습기에 젖어 기분 나쁘게 착 들러붙었다.

"……미쳤어, 미쳤어!"

욕이 저절로 튀어나왔다. 누구에게 하는 말인지도 알 수 없다.

서윤은 어릴 때부터 비 오는 날을 싫어했다. 차갑고 음습한 분위기가 기분을 끝없이 가라앉게 만들기 때문이다. 때문에 오늘처럼 비가 주룩주룩 내리는 날에는 외출도 꺼리고 움직이기 불편한 치마 따위는 더더욱 입지 않았다. 하지만 지금 자신의 모습은 대체 뭐람.

태현과 사귀기 시작할 무렵, 그에게 예쁘게 보이고 싶어 비가 오던 날 서윤은 지금과 비슷한 옷차림으로 그를 만나러 나갔다. 그 사실을 자각하자마자 심장이 덜컥 내려앉았다.

"정신 차려, 이서윤."

제 이름을 천천히 불러보았다. 부모님이 아이를 타이르듯, 혹은 선생님이 학생을 타이르듯.

"이…… 서윤."

그보다 반 박자 늦게 상처 입은 고양이가 갸르릉거리는 듯한 목소리가 들려왔다. 서윤은 입술을 꾹 깨물고 우산을 든 손에

힘을 주었다. 그래, 이대로 아무것도 못 들은 척 앞만 보고 걸어
가면 된다. 서윤이 한 발자국 앞으로 움직였다.

"이서윤!"

온 힘을 쥐어짜내 부르는 제 이름에 그녀의 발걸음이 멈칫거
렸다. 두 번째 걸음을 내딛기도 전에 뜨거운 손이 서윤의 어깨
를 붙잡았다.

"사람이 말하면 한 번은 뒤돌아 봐야지, 이 아가씨야."

"나는……."

뒤돌지 못했다. 현후의 얼굴을 똑바로 쳐다보지 못하겠다. 그
에게 무슨 말을 건네면 좋을지도 알 수 없었다.

"오해하지 마. 그 여자, 내 외사촌 누나야."

순간 몹시도 두근거리던 서윤의 심장이 가열된 엔진을 끈 것
처럼 가라앉았다. 쉽게 말해 진정되었다. 이 변화를 이해할 수
가 없어, 아니, 이해하고 싶지 않아 서윤은 두 눈만 가만히 깜박
거렸다.

서윤은 그 자리를 도망쳐 나왔고, 서현후 그는 자신을 이곳까
지 쫓아와 변명하고 있다. 이것이 대체 무슨 상황일까. 뻔히 보
이는 답 앞에서 서윤은 입술을 힘껏 깨물었다. 죽어도, 죽어도
인정할 수 없다는 듯이.

"오해하고 말고 할 게 뭐 있어. 나는 단지……."

자신이 있을 자리가 하나도 없어 보여서 나왔을 뿐이다. 이

말을 그의 앞에서 당당히 할 수 없었다.

"너, 돌봐줄 사람 있는 거 확인했으니까…… 그러니까……."

서윤은 말과 언어에 힘이 있다고 믿어왔다. 똑 부러지는 말로 지금의 애매모호한 상황을 정리하면 모두 괜찮아질 것이다. 자신은 친구로서 그가 걱정되어 병문안을 왔을 뿐이고, 생각보다 괜찮아 보이는 듯해 인사를 하고 돌아가는 것뿐이다.

'눈에는 눈, 이에는 이' 라는 심정으로 자신의 아픔이나 고통을 상대방에게 똑같이 되갚아주고 싶어 하는 게 사람이란 사실은 잘 알지만 적어도 이런 방식은 옳지 않았다. 태현이 그동안 바람을 피워왔다고 지금 이 순간 제 마음이 흔들리는 일이 정당화될 수는 없었다.

'너도 그와 같은 사람인 거야.'

저를 닮은 목소리가 독설을 뱉어냈다. 서윤은 입술을 꾹 깨물었다.

마음이 흔들린다……. 감정의 일부나마 인정하는 순간, 그녀는 더 이상 침착하게 서 있을 수 없었다. 아니야. 나는 그렇지 않아.

제 어깨를 붙든 현후의 손을 뿌리치기 위해 뒤돌아섰다. 붉은 홍조를 띤 하얀 얼굴이 보인다. 새까맣게 반짝이고 있는 눈동자와 시선이 마주쳤다.

얼어붙은 것처럼 아무 말도 할 수 없었다. 귓가에 와 닿는 빗줄기 소리가 차츰 옅어진다.

"찾아와 줘서 고마워, 서윤아. 기뻐. 아주 많이…… 기뻐."

서윤의 볼에 와 닿는 뜨거운 숨결. 심장이 녹아내릴 듯한 온도다. 그녀가 무어라 대꾸하기도 전에 현후의 손바닥에서 힘이 빠진다. 그의 몸이 서윤의 앞으로 천천히 기울고 있다.

"서현후!"

내팽겨진 우산이 질척한 땅바닥 위에 나뒹군다. 그녀의 양손에 불덩이처럼 뜨거운 그의 몸과 서늘한 빗줄기가 잡혀왔다. 어찌할 바 모르는 서윤에게로 현후의 집 안에서 본 두 사람이 다가오고 있었다.

"서현후!"

쓰러진 그를 발견한 성민이 놀란 얼굴로 달려왔다. 도도한 걸음으로 뒤따라온 솔아는 별일 아니라는 듯 침착한 표정이다. 서윤은 그런 그녀가 마음에 들지 않았다.

"콜택시죠? 여기 **동 사거리 앞 글로리아 오피스텔 입구인데요."

성민이 현후를 들쳐 업는 사이, 솔아가 콜택시를 불렀다. 잠시 후 택시가 도착하자 힘없이 늘어진 현후와 그를 부축하고 있는 성민이 뒷좌석에 구겨지듯 앉았고, 솔아가 운전수의 옆 좌석에 올라탔다. 어찌하면 좋을지 모르는 서윤에게 손을 내민 이는 성민이었다.

"서윤 씨, 빨리 타요."

그의 말 한마디에 여태껏 망설이고 있던 모든 생각과 감정이 정리되는 듯했다. 서윤은 성민의 옆자리에 앉은 후 택시 문을 힘껏 닫았다. 빗줄기를 가르며 차가 이동했다.

그래, 뒷일은 나중에 생각하자. 우선은 현후가 위급한 상태니까. 치명적인 자기 합리화가 서윤의 마음속에서 고개를 치켜들었다.

"오늘 하루는 응급실에서 상태를 좀 지켜보도록 하죠."

빗길이라 시간을 상당히 잡아먹은 후에야 가장 가까이 존재하는 큰 병원의 응급실에 도착할 수 있었다. 지켜보는 이의 마음을 아는지 모르는지 흰 가운을 입은 의사는 현후의 상태를 잠깐 체크해 보더니 무덤덤한 목소리로 저 말만을 내뱉고 사라졌다. 간호사들이 그의 하얀 팔뚝에 링거를 꽂아 넣었다.

"성민아, 잠깐 현후 좀 부탁해."

안절부절못하는 그의 표정 따위, 가볍게 무시해 준 솔아가 현후의 얼굴만 멍하니 바라보고 있는 서윤의 팔을 잡아당겨 응급실 밖으로 나왔다. 사람들이 앉아 있는 대기용 좌석 앞에 도착했을 때, 서윤은 있는 힘껏 그녀의 손을 뿌리쳤다.

"지금 뭐 하는 짓이에요?"

"미안해요. 내가 말보다 행동이 좀 앞서는 사람이라……."

시원스레 사과하는 솔아의 얼굴을 보며 서윤의 표정이 되레 복잡해졌다. 솔아가 자판기 앞으로 다가갔다.

"따뜻한 거라도 좀 마실까요? 블랙, 밀크 중에 어느 게 좋아요?"

첫 만남부터 지금의 행동까지 무엇 하나 마음에 드는 구석이 없는 여자지만 현후의 말로는 그의 외사촌이라 했다. 서현후 그를 봐서라도 참아야 한다. 서윤은 불쾌감을 애써 억누르며 답했다.

"……블랙으로 주세요."

얼마 안 되어 따뜻한 커피 한 잔이 서윤의 손에 쥐어졌다. 여자는 밀크 커피 한 잔을 든 채 베이지색 의자에 다리를 꼬고 앉았다. 그녀가 손짓했다.

"앉아요. 다리 아프게 서 있지 말고."

"한 가지 물어봐도 되나요?"

서윤은 자리에 순순히 앉지 않고 도발적인 시선으로 물었다. 솔아의 눈동자에 이채가 돌았다. 그녀가 고개를 끄덕였다.

"그럼요. 뭐가 그렇게 궁금해요?"

"……아까 집 안에서 왜 그런 식으로 말한 거죠?"

얌전해 보이는 인상과 달리 서윤이 돌직구를 던졌다. 과연 현후에게 듣던 대로이다. 죽음에 빠진 누군가를 구하려고 손 내밀었던 자가 아무리 빛이 바랬다 하더라도 저 정도 당당함조차 지니고 있지 않다면 곤란했다.

"둘 사이를 한번 확인해 보고 싶어서요. 친척 주제에 유별나다고 말할지 모르겠지만, 제가 우리 현후를 좀 많이 아껴서요."

당돌한 질문에 솔아도 솔직하게 제 속내의 일부를 밝혔다. 서윤의 얼굴이 당혹스러움으로 물들었다.

"우리 둘 사이에 뭘 확인할 게 있다는 건가요? 저와 현후는 중학교 때부터 잘 지내온 친구……."

"아, 그렇게 말할 줄 알았어요."

솔아가 서윤의 말을 자르면서 끼어들었다. 서윤의 손에 들려 있는 종이컵에는 까만 커피가 아직 넘실거리는 반면, 솔아의 손에 들려 있는 종이컵은 말끔하게 비워져 있다. 솔아는 종이컵을 꾸깃꾸깃 구겨 제 눈앞에 있는 쓰레기통을 향해 던졌다.

통— 종이컵이 녹색 쓰레기통에 부딪쳐 투박한 소리가 들려왔다. 서윤은 그 모습을 빤히 쳐다보았다. 그녀가 보기에 그 행동은 무의미할뿐더러 실패할 경우 그곳까지 걸어가서 종이컵을 다시 주워야 했으므로 참 한심해 보였다.

종이컵은 아쉽게도 간발의 차로 바닥에 떨어졌다. 깔끔히 비운 덕에 커피 방울이 바닥에 흩어지는 일은 없었지만, 솔아는 그것을 줍기 위해 몸을 일으켜야만 했다.

"방금 내가 한심하다고 생각했죠?"

솔아의 차분한 말에 서윤은 뜨끔한 기분이 되어 아무 말도 하지 않고 제 손안의 종이컵만 만지작거렸다.

"이건 언젠가 현후가 제게 해준 이야기예요. 쓰레기통에 종이컵을 던졌을 때 그것이 바닥에 떨어지는 경우 우리는 실패라 부르죠."

"……."

"이럴 때는 고민하지 말고, 망설이지 말고 다시 주워서 버리는 게 정답이겠죠? 지금처럼요."

종이컵이 쓰레기통 밑으로 툭 떨어졌다.

"무언가를 실패해도 괜찮은 것은 그것을 깔끔하게 정리하고 다시 도전할 수 있기 때문이에요. 그 시도가 빠르면 빠를수록 실패는 금방 잊혀지고 새로운 기회가 찾아오겠죠. 하지만 바닥에 떨어진 종이컵을 그대로 내버려 두면 아무것도 달라지지 않아요. 오히려 청소부 아주머니처럼 아무런 죄도 없는 타인에게 피해를 끼치게 되죠."

좋은 이야기를 들었는데도 서윤은 왠지 모르게 소름 끼치는 느낌을 받았다. 그녀에게는 낯선 존재일 뿐인 솔아가 제 사정과 마음을 훤히 꿰뚫고 있는 것처럼 느껴졌기 때문이다.

"그걸 내게 말하는 이유가 뭐죠?"

"실패한 무언가에 너무 집착하지 말라는 거예요. 그러다간 당신에게 새로 찾아온 기회마저 사라질 수 있어요."

"……기회요?"

장난스럽게 웃던 솔아가 정색한 얼굴로 서윤을 쳐다보았다. 서윤은 저도 모르게 한 발자국 뒤로 물러섰다.

"서윤 씨, 우리 현후 좋아하죠?"

✠　✠　✠

모처럼 약속이 없는 한가한 주말. 아내인 서윤도 없는 적막한 빈집에서 태현은 제 방 침대 위에 누워 뒹굴고 있었다.

예전부터 그는 한가한 날을 그다지 좋아하지 않았다. 대학교에 입학한 후 친구들과 잦은 모임을 가진 이유도 그래서였다. 넘쳐 나는 시간을 활용하는 방법을 잘 몰라서인지 그 시간은 그에게 한없이 무료하기만 했고, 혹은 괜스레 쓸데없는 생각들이 떠올라 머리만 아프기 일쑤였다.

"좀 있으면 아버지 생신이네."

태현은 드러누운 채로 스마트폰 캘린더 앱을 켜서 날짜를 확인해 보았다. 오늘이 벌써 12월 10일이다.

누군가 머리에 찬물이라도 뿌린 것처럼 정신이 번쩍 들었다. 그러고 보니 이렇게 한가하게 누워 있을 때가 아니었다. 당장 다음 주 수요일부터 공포의 기말고사가 시작되지 않는가. 저번 중간고사를 상당히 망쳤기 때문에 이번에 잘 봐야 성적을 그럭저럭 받을 수 있었다.

"왜 하필 제일 싫어하는 과목이 먼저냐고."

태현은 흐느적거리는 좀비 같은 포즈로 책장에서 책을 한 권 꺼내 침대 위로 다시 기어 올라왔다. 생각하면 생각할수록 경영학은 자신의 적성에 맞지 않는 듯했다. 부모님의 강요 아닌 강요로 경영학과를 지원하긴 했지만, 애초 가고 싶다고 생각한 과는 따로 있었다.

"나중에 후회하지 않겠어? 너는 정치외교학과나 신문방송학과가 더 잘 맞을 것 같은데."

제가 대학원서를 접수할 때 옆에서 도와주던 서윤이 건넨 말이 떠올랐다.

"그렇긴 한데, 부모님이 그쪽으로 가길 원하니까."

"쳇. 그럼 나와 결혼은 어떻게 하려고? 부모님이 별로 반기시지 않는 눈치던데."

"이거랑 그거랑 같아? 대학은 4년이고 결혼은 평생 가는 건데……. 중요한 건 나름 신중하게 결론 내린다고."

"어유, 능구렁이 같아."

지금 생각해 보니 그때 서윤은 제 원서 접수를 도와주면서 굉장히 부러운 눈길을 보냈다. 제 집안의 가정부에게 요리를 비롯하여 여러 가지 살림 수업을 받느라 상당히 분주한 나날을 보내고 있었지만, 입시에 대한 정보를 꽉 쥐고 있어서 바쁜 와중에도 태현의 원서 접수를 틈틈이 도와주곤 했다. 제 입시 준비하려고 생각해 둔 밑천을 여기에 다 쓸 줄 몰랐다면서 농담처럼 웃던 그녀의 얼굴이 불현듯 떠올랐다.

"만약 서윤이 대학에 들어갔다면 적어도…… 나보단 더 잘했겠지."

워낙 똑똑하고 맡은 일은 완벽하게 처리하는 성격이니 과 수석을 했을지도 모르고 교수님을 비롯해 학과 내 학생들에게 무한한 관심을 받았을지도 모른다. 고등학교 때의 그녀가 그랬던 것처럼.

태현은 제 손에 들린 경영학과 수업 교재를 뚫어져라 쳐다보았다. 문득 지금 자신이 차지하고 있는 자리는 서윤의 몫이었을지도 모르겠다는 생각이 들었다.

❊　❋　❊

솔아의 질문에 서윤은 숨이 턱 막혀왔다. 그녀의 손에 들린 종이컵이 둔탁한 소리를 내며 바닥에 떨어졌다. 흘러내린 커피가 서윤의 원피스와 구두를 적셔왔다.

"저는 현후를……."

"안 좋아해요?"

긍정도 부정도 할 수 없었다. Yes와 No 둘 중 무어라고 단정 짓기엔 아직 혼란스러웠다. 아무것도 모르는 철없는 소녀의 수줍음 따위가 아니다. 그녀는 이서윤이라는 개인이기 이전에 강태현이라는 사람과 결혼하고 가정을 꾸린 그의 아내이다.

어느 쪽의 대답도 죄(罪)였다.

"솔직히 나는 서윤 씨가 아무런 대답도 안 해줘서 다행이라고 생각해요. 제가 서윤 씨 마음을 이래라저래라 간섭할 순 없지만 우리 현후, 가정파괴범 만들기는 싫거든요."

"……."

"제 질문에 서윤 씨가 Yes라고 대답할 땐, 버려진 종이컵을 쓰레기통에 주워 담은 후였으면 좋겠어요."

솔아가 빙긋 웃으면서 서윤의 곁을 스쳐 지나가다가 문득 생각난 듯 물어왔다.

"저와 성민이는 지금부터 바쁜 일이 있어서 내일 퇴원할 때나 찾아오려고 하는데…… 서윤 씨는 어떻게 하실 거예요?"

"네?"

뜻밖의 말에 서윤은 놀랐다. 그 말은 지금부터 내일 아침까지 현후 혼자 응급실에 있을지도 모른다는 이야기다.

"서윤 씨가 친구로서 현후가 무지무지 걱정되어서 이곳에 남

278 겨울을 방황하다

겠다면 제가 좀 도와줄 수는 있는데……."

아아, 저 여자는 악마다. 그렇지 않다면 어찌 저리 청순가련한 얼굴로 사람 속을 긁어놓는 말만 골라 할 수 있단 말인가. 그것도 절대 도망치지 못하게 앞뒤 퇴로를 다 차단해 놓고.

쓸데없는 감정은 배제하고서라도 현후는 지켜주고 싶은 소중한 이다. 서윤은 입술을 지그시 깨물었다. 그녀는 도와주겠다는 솔아의 말에 핸드폰을 순순히 내놓을 수밖에 없었다.

"안녕하세요. 서윤이 남편분이세요?"

[누구세요?]

"저는 서윤이 친구인데요, 둘이 함께 친구 병문안을 왔는데 오늘은 여자들끼리 이야기할 것도 많고, 그래서 그런데 하룻밤 외박해도 괜찮을까요? 내일 아침에 남편님 품으로 무사히 돌려보낼게요."

다소 촐싹거리는 목소리로 솔아는 천연덕스럽게 말을 이어나갔다. 서윤은 이 여자의 진정한 정체가 점점 더 궁금해졌다. 솔아 덕분에 태현에게 따로 사정 이야기를 할 필요가 없어 마음 한구석이 편하기도 했지만, 죄를 지은 사람처럼 심장이 콩닥거리기도 했다.

"네, 네. 이해해 주셔서 정말 감사드려요."

솔아는 태현과의 통화가 끝나는 그 순간까지 웃음을 잃지 않았다. 잠시 후, 그녀는 옅은 미소를 띤 채 서윤에게 핸드폰을 돌려주었다.

"아, 오해는 말아요. 나는 현후 곁에 아무도 없는 것보다 절친한 친.구.인 서윤 씨라도 함께 있어주는 편이 낫다고 생각해서 도와주는 거예요."

"그것참…… 눈물 나게 고맙네요."

"뭘요."

솔아는 말로는 도저히 상대할 수 없었다. 서윤이 찜찜한 표정으로 현후가 누워있는 침대 곁의 보조 의자에 앉자 솔아가 성민을 꼬집다시피 해서 일으켜 세우더니 병원을 빠져나갔다.

"……너도 정신없고 네 누나도 참 정신없다. 집안 특징이려나."

서윤이 잠든 현후의 얼굴을 바라보며 가만히 중얼거렸다. 마음이 복잡한 가운데 그래도 아픈 그를 외면하지 않게 돼서 다행이라는 생각이 든다.

✻ ✚ ✻

"……이걸로 해결이라고 말하고 싶은 것은 아니겠지?"

지하철에 몸을 실은 성민이 어이없다는 얼굴로 솔아를 쳐다보며 중얼거렸다. 그의 시선이 어떻든 간에 솔아는 지하철 역사 내에서 구입한 녹차 프라푸치노가 마음에 드는지 연신 그것을 들이켜느라 아무런 답도 들려주지 않았다.

"누나!"

"깜짝이야. 사람들이 쳐다보잖아."

"누나는 어떻게 된 사람이 날이 갈수록 제멋대로야. 이러면 현후 그 자식이랑 다를 바가 없잖아. 두 사람 다 날 말려 죽이려고 작정했어?"

솔아가 두 눈을 깜박거렸다.

"어머, 화내니까 평소와 달리 박력 있다. 상남자네."

"나 지금 장난칠 기분 아니거든?"

성난 듯 저를 노려보는 성민의 얼굴을 마주한 솔아가 피식 웃음을 터뜨렸다. 그 모습에서 그녀는 몇 년 전 현후가 저를 쳐다보던 모습이 떠올랐다. 대학 교수이신 아버지, 초등학교 교사인 어머니. 솔아는 두 선생님의 딸로 태어난 제 처지가 전혀 반갑지도, 고맙지도 않았다. 교육 분야에 종사하시는 부모님은 훈육 방법이 꽤 엄격해서 종종 이대로 지내다간 자신이 어느 날 방 안에서 시체로 발견될지도 모르겠다는 생각이 들곤 했다.

그녀의 주관이 아직 뚜렷하지 않던 중고등학교 시절에야 부모님과 별다른 마찰 없이 지낼 수 있었다. 하지만 대학에 입학한 후 생각도 커지고 주관도 강해지니 사소한 일에도 하나부터 열까지 부모님과의 충돌을 피할 수 없었다.

부모님과의 다툼에서 상처받고 힘들어하는 솔아를 지탱해 준 것은 그 당시의 남자친구였다. 남자친구는 엄격한 그녀의 아버지와 달리 오글거리는 말을 아무렇지도 않게 내뱉을 정도로 자상하고 로맨틱했다. 그는 같은 학교 학생으로 2학년인 그녀보다 네 살이나 많았고, 졸업을 눈앞에 두고 있었다.

"오빠, 나 어떻게 해……."

상상도 못 한 일이라 어떻게 대처하면 좋을지 알 수 없었다. 울먹이는 목소리로 그에게 임신 사실을 고백했을 때, 솔아는 처음으로 잔뜩 일그러진 그의 얼굴을 볼 수 있었다. 그는 이제껏 들어보지 못한 차가운 목소리로 낙태를 종용했다.

"우리 아이잖아, 오빠. 이 어린것을 어떻게 죽여? 부모님한테는 내가…… 내가 어떻게든…… 잘 말씀드려 볼게. 우리 조금씩만 노력하면……."

"둘 다 인생 조질 일 있어?"

남자친구는 일방적으로 이별을 통보했다. 엄격하신 부모님에게는 이 모든 사정을 털어놓을 엄두조차 내지 못했다. 친구들에게도 낯부끄러워서 아무런 이야기도 꺼낼 수 없었다. 당시의 그녀가 할 수 있는 일은 잔인하게 헤어지자 말한 그를 붙잡는 것뿐이었다.

[오빠, 제발 내 말 좀 들어봐! 우리 아기, 불쌍하지도 않아?]

그에게 몇 번이나 전화를 걸었는지 모른다. 설날 연휴에 간신히 통화가 연결된 남자친구는 솔아의 말이 채 끝나기도 전에 전화를 끊어버렸다.

가족과 친척들의 눈을 피해 전화를 거느라 바깥으로 나온 솔아의 손이 싸늘하게 얼어붙었다. 그녀의 손에서 핸드폰이 둔탁한 소리를 내며 떨어졌다.

이제 어찌해야 할까. 눈앞의 거대한 상황을 해결하기에는 솔아 제가 너무도 어렸다.

"……죽을까."

삶과 죽음을 가로지르는 말이 뿌연 입김 속에서 쉬이 내뱉어졌다. 그녀의 하얀 볼에서 눈이 녹아내린 듯 눈물이 툭툭 떨어졌다.

"누구 맘대로. 아이는 무슨 죄야?"

대꾸하듯 들려오는 목소리에 그녀는 깜짝 놀라 넘어질 뻔했다. 기우뚱한 솔아의 몸을 재빨리 붙잡은 것은 그녀의 어린 사촌 현후였다.

"어, 어떻게……!"

놀란 솔아의 얼굴을 바라보며 현후가 천천히 시선을 맞춰왔다. 그녀의 머릿속이 복잡해졌다. 어찌 된 일인지 고양이 앞의 쥐가 된 것처럼 단 한 발자국도 움직일 수 없었다. 이 아이는 대체 어디서부터 그녀의 통화 내용을 엿들은 것일까. 자신이 너무나 부주의했다.

한겨울 밤처럼 차갑게 보이는 까만 눈동자를 마주하니 절로
두려워졌다. 하지만 것도 잠시, 파르르 온몸을 떠는 솔아의 목
위로 아이보리색 털목도리가 둘러지며 생각보다 따스한 목소리
가 들려왔다.

"살아. 내가 할 수 있는 한 도와줄게."

이제 막 고등학교 1학년에 올라가는 아이가 말했다고 믿기에
는 무게감 있는 말. 어찌 보면 힘도, 신뢰도 없는 말이었지만 제
편이 되어주겠다는 목소리에 솔아는 그 자리에서 남은 눈물마
저 펑펑 흘려내고 말았다.

평소 차갑고 싸가지 없다 생각하던 사촌 동생 현후는 그런 그
녀의 모습을 어쩔 줄 몰라 하며 바라보다가 가만히 등을 토닥여
주었다. '괜찮아'라고 중얼거리면서.

그날 이후 솔아의 마음은 한결 가벼워졌다. 이제는 그저 살이
찐 것뿐이라고 둘러대기 힘들어질 만큼 조금씩 불러오는 배. 아
이를 위해서라도 부모님께 사실대로 말씀드려야겠다고 생각할
무렵, 사건이 일어났다.

계단에 서 있던 그녀를 남자친구가 뒤에서 세게 밀어버리는
바람에 유산을 하게 됐다. 나중에 모든 사실을 알게 된 현후가
그 남자네 집까지 찾아간 날의 기억은 몇 년이 지난 지금도 어제
일처럼 선명하게 남아 있다. 자신의 편임에도 불구하고 상대방
을 노려보는 현후의 표정이 너무 무서워 솔아는 숨이 막혀왔다.

"⋯⋯개자식, 몇 년만 기다려. 대한민국 어디에서도 발붙이지 못하도록 만들어줄게."

현후의 목소리 톤은 낮고 무덤덤했다. 그것은 단순히 협박을 하는 어린아이의 눈빛이 아니었다. 화가 난 맹수, 혹은 제가 지닌 힘과 능력을 충분히 활용할 줄 아는 성인 남자의 눈빛.

결과적으로 현후는 자신이 한 말을 반 이상 지켰다. 그가 대학에 입학하면서 본격적으로 후계자 수업을 받기 시작한 후 제일 먼저 한 일은 섬영그룹과 섬영그룹의 입김이 닿는 곳에 그 남자친구의 입사를 원천적으로 막는 일이었다. 당시 섬영그룹의 자회사에 입사한 그는 한 달간 상사의 엄청난 압박에 시달리다가 회사를 그만두었다.

"남은 지금 속 터져 죽을 지경인데 누나는 딴생각이 들어? 어?"

뾰족한 성민의 목소리에 솔아는 과거의 기억에서 간신히 벗어날 수 있었다. 현후처럼 어린애에 불과하던 성민이 훤칠한 청년으로 자랐고, 수많은 사람들이 오고 가는 지하철에 몸을 맡기고 있는 현실이 눈에 들어왔다.

"미안, 미안. 네 눈이 세모로 변한 모습을 보니 오래된 기억이 떠올랐을 뿐이야."

솔아가 아무렇지도 않게 말했지만, 성민은 더 이상 화를 낼 수 없었다. 솔아의 과거라면 그도 조금은 알고 있었다. 사랑하는 남자에게 버림받고, 그 남자 때문에 뱃속의 아이마저 유산되어 버린 서글픈 이야기.

솔아의 거침없는 성격과 말투, 밝은 성격 때문인지 대부분의 사람들은 그녀에게 아픈 과거나 상처가 존재할 것이라곤 생각하지 못했다. 하지만 성민은 그 반대라고 생각했다. 아무리 시간이 지나도 쉬이 낫지 않는 상처를 극복하기 위해 솔아 누나는 자신을 밝게 포장하고 있는 것뿐이라고.

"……술 한잔할래, 누나?"

"어머, 데이트 신청이야? 어디로 갈 건데?"

"누나가 저번에 치즈다코야끼가 맛있다고 말한 데."

솔아가 뒤쪽에서 헤드록을 걸어오듯 성민의 목에 흰 팔을 둘렀다.

"내 입맛을 알아주는 건 역시 너밖에 없다니까. 우리 현후는 섬세함이 부족해, 섬세함이."

"걔도 이서윤한테는 섬세해."

"아아, 이거 질투 나는걸."

솔아가 예쁘게 생긋 웃어 보였다. 이번에는 그냥 짓는 미소가 아니라 마음에서 우러나오는 미소였다. 때문에 여태껏 뾰로통하게 불어 있던 성민의 얼굴도 조금은 부드럽게 변했다.

"남자가 섬세하게 구는 건 자기 여자한테 뿐이야."

결혼을 반납하다

"어머머, 그럼 우리 성민이는 이 누나를 좋아하는 것?"

갑작스러운 고백이라도 받은 사람처럼 솔아가 두 눈을 동그랗게 뜨고 성민을 바라보았다. 성민 저보다 다섯 살이나 더 많은데도 그 모습이 귀엽게 느껴지는 것은 어째서일까.

"이야기가 그렇게 되는 거야?"

"앞뒤 논리를 따지면 그렇게 되지."

솔아가 친근감을 담아 성민의 짧은 머리카락을 강아지 만지듯 마구 쓰다듬었다. 살며시 인상을 찌푸리는 그의 눈동자에 솔아의 하얀 얼굴이 천천히 와 박힌다. 성민은 하마터면 저도 모르게 그 얼굴에 손을 뻗을 뻔했다.

미소가 밝은 솔아는 누구에게든 사랑받기 충분한 여자였다. 절망적인 상처를 딛고 다시 일어선 그녀는 누구에게든 자신의 매력을 어필할 수 있는 멋진 여자였다. 제 작은 제안에도 기뻐하는 솔아의 모습을 보며 성민은 그녀가 힘들 때 옆에서 작은 힘이나마 되어주고 싶다는 소망을 다시 한 번 되새겼다.

'군대 다녀오고 나면…… 그때는 말해도 괜찮을까.'

아직 완전히 아물지 못한 누나의 상처, 자신이 치료해 주고 싶다고. 그리고 앞으로 더 이상 상처받는 일 없도록 제가 지켜주겠다고.

현후는 얼마 후 정신을 차렸다. 깨어난 그는 제 눈앞에 있는 서윤을 보고 상당히 놀라워했다.

"……그래서 남게 된 거야."

서윤의 자초지종을 들은 현후는 미안하다는 표정을 지었다.

"미안해. 그래도 네가 남을 필요는 없었는데. 이제 열도 좀 떨어진 것 같고, 빨리 퇴원하는 게……."

근처의 간호사를 부르려는 현후를 서윤이 제지했다.

"오늘은 그냥 여기 있어. 집에 일찍 돌아갔다가 상태가 더 악화되면 어떡해."

평소보다 단호한 그녀의 목소리에 현후는 쉬이 반박하지 못했다. 어색한 분위기를 모면하기 위해서 서윤이 다시 입을 열었다.

"그건 그렇고. 네 사촌 누나, 능글맞은 게 너랑 똑같아."

"똑같긴, 난 사람을 그렇게 열 받게 만드는 타입이 아니라고."

"웃기셔. 너 두 번째 만났을 때, 그러니까 우리 집 처음 찾아왔을 때 내가 얼마나 황당했는지 알아?"

"그건 서프라이즈 계획의 일부였고."

저는 아무런 잘못도 없다는 듯 장난스럽게 웃는 모습이 평소와 똑같아 서윤은 눈을 흘기다 말고 피식 웃었다. 기운을 되찾은 현후의 모습을 보니 이곳에 남기로 한 결정이 그리 나쁘지 않았다는 생각이 들었다. 그다음 순간, 그녀의 심장 위로 죄책감의 떡잎이 고개를 살포시 치켜들었다.

사람의 마음이란 참 복잡 미묘하다. 전혀 다른 두 개의 감정을 어떻게 끌어안고 있는지 모르겠다.

현후와 함께 웃고 떠드는 이 시간만큼은 세상의 모든 걱정근심을 내려놓은 듯 즐겁다. 하지만 그래서는 안 됐다. 서윤에게는 반드시 돌아가야만 하는 자리가 있었다.

"제가 서윤 씨 마음을 이래라저래라 간섭할 순 없지만 우리 현후, 가정파괴범 만들기는 싫거든요."

'정신 차려라, 이서윤. 현후는…… 네 소중한 친구야. 그에게 상처 줄 생각은 하나도 없잖아.'

서윤의 복잡한 심경이 얼굴 위에 그대로 드러난 것일까. 저녁 식사 시간이 되어 근처 죽집에서 사온 죽 한 그릇을 둘이 나눠 먹고 나자 현후는 기어코 고집을 부려 퇴원했다. 둘은 병원 입구에서 택시를 잡아타고 현후가 거주하는 오피스텔 건물로 되돌아왔다.

현후가 침대에 누워 이불을 잘 덮고 있는 모습을 눈에 담고 나서야 서윤은 그의 옆자리에서 일어날 수 있었다. 뒤돌아선 그녀의 뒤통수로 눈물겨운 목소리가 날아왔다.

"고마워. 아플 때 곁을 지켜줘서."

"나 간 다음에도…… 빨빨거리지 말고 몸조리 잘해. 다음에 마주했을 때 안 나아 있으면 가만 안 둘 테니까."

"당연하지, 반장님."

외박을 하지 않게 되어 다행이라 생각하면서도 아픈 현후를 홀로 두고 오는 마음이 결코 편치 않았다. 이래도 저래도 가시방석에 앉은 듯 마음 한구석이 불편하다. 서윤은 도저히 현 상황에 걸맞은 답을 찾을 수 없었다. 두 개로 쪼개진 자신이 현후와 집 양쪽에 한 명씩 붙어 있으면 해결될 문제일까.

어이없는 상상을 하며 버스를 타고 집으로 되돌아왔다. 저와 태현이 부부라는 연을 맺고 살아가는 집.

"다녀왔어."

거실의 불은 꺼져 있고 반쯤 열린 태현의 방문에서 불빛이 흘러나오고 있다. 서윤이 힘없이 문을 열고 형식적으로 한 인사에 대답이 들려왔다.

"오늘은 친구랑 함께 보낸다면서? 일찍 들어왔네?"

태현이 전공 서적을 든 채 제 방에서 걸어나왔다. 어째서일까. 그 모습을 본 순간, 이유 모를 눈물이 서윤의 볼을 타고 한 방울 흘러내렸다.

"왜 그래? 무슨 일이야?"

태현은 심히 당황했다. 프러포즈 이후 서윤이 우는 모습을 보는 건 이번이 처음이다. 혹시 그녀의 친구에게 무슨 일이라도 생긴 것일까. 현 상황에서는 그 외에 딱히 떠오르는 답이 없었다.

서윤은 아무 말 없이 제 손등으로 흘러내린 눈물 한 방울을 훔쳤다. 짙은 다갈색의 눈동자가 태현을 빤히 응시했다.

"……우리 이대로 괜찮은 걸까?"

한참의 침묵 끝에 서윤이 입을 열었다. 왠지 모를 불길한 느낌에 태현의 심장박동이 차츰 빨라졌다.

"무슨 말이 하고 싶은 거야?"

"……아니야."

서윤이 힘없이 그를 스쳐 지나가 제 방 안으로 들어갔다. 두 사람이 누워도 넉넉한 사이즈의 침대가 눈에 들어왔다. 원래는 서윤과 태현이 함께 쓰던 침대, 함께 사용하던 방이다. 태현이 다른 여자와 바람을 피웠다는 사실을 알게 된 날, 그가 다른 방으로 옮겨가 지내기 시작하면서 서로에게 독립적이고 무관심한 생활이 시작되었다.

엄마, 태현, 시댁, 현후 등 그녀의 인간관계란 지극히 협소했다. 사실대로 말하면 죄로 비난받을 이 복잡한 심경을 털어놓을 곳은 그 어디에도 없어 보였다.

그녀는 한참을 멍하니 침대 위에 앉아 있다가 컴퓨터를 켰다. 오래된 날짜의 메일함을 뒤졌더니 고등학교에 막 입학했을 당시 끼적거리던 중편소설 하나를 발견할 수 있었다. '애벌레는 자신이 언젠가 나비가 된다는 사실을 모른다' 는 주제로 써 내려간 이야기였다.

그래도 그땐 나름 순수했지. 포장이 번지르르한 저런 말도 사실이라 굳게 믿었어.

서윤의 입에서 짙은 한숨이 흘러나왔다. 그녀는 양손으로 제 얼굴을 가렸다. 저를 쏙 빼닮은 여주인공을 등장시켜 이야기를 진행해 나가면서 펑펑 울던 기억이 떠올랐다. 때문에 그 힘든 시기를 소위 말해 탈선하지 않고 버틸 수 있었다.

한참 동안 무언가를 망설이던 그녀는 한글 파일을 열어 한 글자 한 글자 써 내려가기 시작했다. 저와 태현, 현후 이 세 사람의 기막힌 관계를, 그리고 인력(人力)으로는 어찌할 수 없는 복잡한 심경을.

다른 사람에게 말할 수 없다면 우선은 종이 위에 고백(告白)하리라 마음먹었다. 외국 소설처럼 이름 대신 L양과 K군, S군이라는 이니셜이 등장했다. '결혼을 반납하다' 라는 제목하에.

✠　✠　✠

태현은 침대 위에 드러누워 천장의 조명을 빤히 쳐다보고 있었다. 갑작스러운 서윤의 눈물이 의미하는 바도, 그녀가 던진 말뜻도 잘 모르겠다. 그들의 관계가 어그러진 지는 이미 한참 지났다. 그런데 이제 와서 괜찮으냐고 물어보는 것은 대체 무슨 의미일까.

"……끝을 말하고 싶은 건가."

제 입으로 말하고도 생소하고 서늘한 느낌의 단어에 한기가 살짝 돌았다. 그리 말하면 누군가는 제게 이리 물어볼 것이다. 너는 그동안 끝을 생각하고 이리 행동해 온 것이 아니냐고.

"네 뜻이 그리 강경하다면…… 이 결혼, 허락하마. 대신 네 선택에 끝까지 책임을 져야 한다. 내가 살아 있는 한 너희 둘 이혼은 절대 용납 못 한다."

엄격하던 그의 아버지, 수오그룹의 회장님이 처음으로 그의 뜻에 져준 날 유언처럼 신신당부하던 말이다. 그 때문인지 서윤에게 질렸다고 생각하면서도 그녀와의 이혼은 단 한 번도 생각해 본 적이 없었다.

다른 여자들을 수없이 만나고 돌아다녔으면서도 종착점만은 언제나 그들이 살고 있는 이 집이라 생각했다. 서윤과의 결혼 자체를 후회해 본 일은 종종 있지만 지금의 생활이 종착점이어야 한다는 사실에 의문이나 반항 심리를 가져본 일은 딱히 없었다. 때문에 다른 여자애들과 어울려 놀고 때로는 연인이라는 이름하에 조금 특별하게 사귀기는 했어도 일정 선을 넘어본 적은 없었다.

지이이잉.

베개 근처에 놓아둔 핸드폰이 신호를 보내왔다. 태현은 상대방의 이름을 제대로 확인할 겨를도 없이 전화를 받아 들었다.

"누구?"

[또 생각 없이 전화 받는구나? 쳇, 너무해.]

애교를 담은 익숙한 목소리가 들려왔다. 요 근래 사귀고 있는 여자친구 연아다.

"침대 위에 누워 있다가 받은 거라서."

[다음 주가 시험인데 그렇게 있어도 돼?]

"뭐 어때. 과 수석은 이미 정해져 있는데."

그 말을 내뱉어놓고 태현은 흠칫했다. 이상하게도 제 친구 현후를 떠올리자 기분이 묘하게 가라앉았다. 공부도 잘하고, 집안도 좋고, 대인관계도 좋고, 서윤과도 특별한 관계를 구축하고 있는 그.

[너도 잘할 수 있는데 노력을 안 하는 거잖아. 그러지 말고 만나서 카페에서 같이 공부할래?]

창밖에는 여전히 비가 부슬부슬 내리고 있다. 나갈까, 아니면 나가지 말까. 내면에서 고민의 목소리가 높아져 갔다.

'여자 심리는 여자가 잘 안다고, 연아를 만나 한번 물어볼까.'

서윤 그녀의 행동이나 말이 의미하는 바가 대체 무엇인지. 제가 여기서 쓸데없이 고민하고 있는 것보다는 훨씬 더 정확한 답을 얻을 수 있을 터였다.

"그래, 어디서 볼까?"

이미 씻은 상태이기 때문에 태현은 서둘러 옷만 갈아입고 약속 장소로 정한 카페에 도착했다. 밀크티를 한 잔 시키고 구석에 자리를 잡은 채 연아를 기다렸다.

"많이 기다렸어? 미안!"

10분 후 와인 빛 코트를 걸치고 나타난 연아가 눈을 찡긋거리며 웃어 보인다. 태현이 고개를 저었다. 제가 일찍 나온 것이지 그녀는 제시간에 맞게 도착했다. 연아가 가방에서 공부할 책들을 꺼내놓고 있는 사이, 태현은 그녀가 평소 즐겨 마시는 레몬티를 주문해서 가지고 왔다.

"땡큐. 내가 이래서 널 좋아할 수밖에 없어."

연아가 레몬티 한 모금을 살짝 들이켜며 말했다. 화답하듯 피식 웃은 태현이 두꺼운 전공 서적을 한 장 한 장 넘겨댔다. 그는 솔직히 이 시끄러운 카페에서 어떻게 집중하고 공부하는지 알 수 없었다. 작은 글자들이 눈에 와 박힐 듯 아닐 듯 춤을 춘다.

"난 이런 곳에서 공부하는 사람들이 이해 안 돼. 소란스럽잖아."

"네가 음악이나 다른 사람들 대화를 너무 신경 쓰니까 그런 거야."

연아가 일본어로 된 책자를 한 장 넘기며 중얼거렸다. 그녀의 전공은 일본어와 일본의 문화 및 문학을 배우는 일어일문학과였다.

"시험 때까지 시간이 아직 남아 있으니까 이번에 열심히 공부해서 그 수석인가 뭔가 눌러 버려. 참, 내 사촌도 그 학교 경영학과인데 걔 성적은 어떤지 모르겠네. 아빠 말씀으로는 과에서 손꼽을 정도라고 하던데."

"그 사촌 이름이 뭔데?"

"서현후. 혹시 알아?"

그녀의 입술에서 흘러나오는 익숙한 이름. 테이블 밑에 있는 태현의 발이 가볍게 떨렸다. 우당탕, 얽히고설킨 실타래에 걸려 넘어진 느낌이다.

서현후는 태현 자신이 결혼했다는 사실을 알고 있다. 그는 서윤과 친한 친구 관계다. 그리고 그는 자신의 여자친구인 연아의 사촌이다.

우연이라면 정말 기막히고 필연이라면 참 계획적이라는 말밖

결혼을 반납하다

에 달리 표현할 단어가 없다. 카페 안은 따뜻했고, 손에 쥐고 있는 밀크티도 따스한데 어딘지 모르게 오한이 든다. 쿵쿵거리던 심장이 일순 멈춰 버린 듯하다.

"태현아?"

경직된 태현의 얼굴에서 무언가 이상한 낌새를 눈치챘는지 연아가 가만히 그의 이름을 불러왔다. 그는 퍼뜩 정신을 차렸다.

"어?"

"대화 중에 갑자기 딴생각을 하면 어떻게 해? 서현후가 누군지 떠올려 보고 있었어?"

"……아냐. 그냥 신기하다 싶어서. 함께 다니는 친구거든."

"정말? 우와, 완전 대박! 세상 참 좁다. 내 사촌이 너랑 친구라니."

연아는 신기하다는 듯, 재미있다는 듯 두 눈을 반짝거리고 있었지만 태현의 마음은 납덩이라도 매달아놓은 것처럼 무거웠다.

"그럼 앞으로 네 학교생활을 현후한테서 들을 수도 있겠네. 이거 재미있겠는걸."

"그러지 마."

"왜? 현후도 이 사실 알게 되면 깜짝 놀랄 텐데. 그 녀석 놀라는 얼굴, 상상만 해도 완전 기분 좋다."

"그가 알면 여러모로 불편할걸."

"음, 하긴 그러려나. 성격이 좀 꼬인 녀석이라서 그 점을 가지고 날 또 어떻게 괴롭힐지 몰라."

연아가 장난스럽게 몸서리쳤다. 순간, 그녀의 뇌리로 이전에 현후가 던진 질문이 스치고 지나갔다.

"지금의 남친, 얼마만큼 좋아해?"

소름 끼치도록 낮았던 그의 목소리가 떠올랐다. 심장이 묘하게 쿵쾅거렸다.

'뭐야, 그 녀석. 설마…… 내 남자친구가 태현이라는 사실도 이미 알고 있는 것 아냐?'

만약 그렇다면 현후는 그 사실을 왜 숨기고 있을까. 연아는 당시의 상황을 좀 더 자세하게 떠올려 보려고 노력했다.

"그냥 내가 좀 더 아플게. 둘이 어떻게든 다치지 않는 방법을 찾아볼 테니까."

연아의 곁을 스쳐 지나가며 현후가 서글프게 중얼거린 말. 상황상 단순한 장난으로 넘길 수는 없었다. 그녀의 머릿속이 차츰 복잡해졌다. 대체 무엇이 그를 아프게 하고 누가 다친다는 이야기일까.

"현후의 성격이 꼬였다고 생각해?"

"응? 아, 아니. 장난기가 심하다는 말을 그렇게 표현한 거지. 너도 옆에서 봐서 알잖아, 성격 서글서글하고 친구도 많고."

무언가 불길하다는 느낌이 들어서일까. 연아는 태현 앞에서 처음으로 거짓말을 했다. 세상에 현후 같은 인간에게 성격이 꼬였다는 표현을 쓰지 않으면 대체 어느 누구에게 사용한단 말인가. 그녀는 이 자리를 벗어나면 현후에게 당장 전화를 걸어봐야겠다고 생각했다.

"……그래."

태현은 가만히 밀크티를 들이켰다. 쌉쌀하면서도 향긋한 향이 후각과 미각을 동시에 자극해 오니 긴장이 조금 풀어지는 듯하다. 어쨌든 연아 앞에서 지나치게 긴장한 모습을 보일 필요는 없었다.

'슬슬 정리해야겠다.'

어차피 즐기려고 하는 유희다. 즐거움보다 무언가에 신경 써야 하는 귀찮음이나 고통이 더 크다면 깔끔하게 포기하는 것이 답이리라. 테이블 위에 올려놓은 연아의 하얀 손을 만지작거리며 태현은 이별이라는 단어를 떠올렸다.

�֏ ✠ �֏

어느새 나갔는지 태현의 모습이 보이지 않았다. 물 한 잔 마시려고 거실로 나온 서윤의 시선이 달력으로 향했다. 다음 주 토요일, 16일에 동그라미가 쳐져 있다.

"아! 아버님 생신!"

요즘 확실히 정신이 없긴 없었나 보다. 하마터면 중요한 날짜를 깜박 잊을 뻔했다.

"내일이라도 자수 재료 좀 사와야겠다."

수오그룹의 회장님으로서 딱히 남부러울 것도, 부족한 것도 없는 시아버님. 매년 생신 때가 다가오면 태현과 함께 생신 선물을 고르긴 하지만, 돈으로 할 수 있는 선물은 흔하기도 하고 식상하기도 해서 별다른 의미를 갖기 어려웠다.

때문에 태현과 결혼하고 나서는 생신 때마다 부부가 함께 고른 선물 외에도 회장님의 성함이나 회사 이름을 손수건에 수를 놓아 하나씩 드리곤 했다. 고가의 화려한 선물들에 비하면 확실히 보잘것없는 물건이지만, 평소 감정 표현을 거의 하지 않는 시아버님께서 '고맙다' 고 말해주시기에 나름의 의미가 존재했다.

"이번에는 더더욱 얼굴 뵐 자신이 없네."

깐깐한 시어머님이나 얄미운 시누이는 애당초 대하기 어려운 타입이라 얼굴을 마주하는 일이 힘들었지만, 근엄한 시아버님은 그 집안에서 그나마 저를 사람답게, 며느리답게 대우해 주시는 유일무이한 분이다. 때문에 현후의 일로 마음이 혼란스러운 지금 떳떳한 얼굴로 그분을 뵐 자신이 없었다.

"……모르겠다. 일단은 자수부터 놓고 생각하자."

서윤은 땀이 가득 밴 손바닥을 바지에 쓱쓱 비비며 중얼거렸다. 모르겠다, 모르겠다 중얼거려도 무의식의 한 면은 그 답을 이미 알고 있는지도 몰랐다. 그에 대한 생각을, 마음의 확답을 뒤로 미루는 것은 잔인한 현실에서 한 발자국 도망치는 것뿐이다. 아무것도 준비가 안 된 지금은 우선 도망치고 보는 것이다.

서윤은 천천히 냉수를 들이켰다. 속이 아리도록 차가운데 정신은 도무지 또렷해지지 않았다.

✠　✠　✠

태현이 여느 때처럼 집 앞까지 바래다주었다. 아파트 5층 집 앞 베란다에서 그녀는 태현을 향해 손을 가벼이 흔들었다. 그 또한 연아를 쓰윽 한번 바라보고는 멀어져 갔다.

"흐음……."

태현의 뒷모습을 의미심장한 눈길로 지켜보던 연아는 우산을 접고 집 안으로 들어갔다. 그녀가 방에 들어와 제일 먼저 한 일은 현후에게 전화를 거는 것이었다.

그에게 묻고 싶은 일이 너무나 많았다. 태현과 그는 대체 어떤 관계인지, 태현과 제가 사귀고 있는 사실을 이미 알고 있었는지, 마지막으로 오늘 서윤과는 무슨 일이 있었는지…….

"이 자식, 전화를 왜 이렇게 안 받아?"

세 번이나 전화를 걸어보았지만 그때마다 들려오는 소리라고는 '지금은 전화를 받을 수 없으니 소리샘으로 연결하겠습니다' 하는 기계 음성뿐이다. 골이 난 연아는 핸드폰을 벽에 던져 버릴 뻔했다.

"얘는 꼭 필요할 때 전화를 안 받는다니까."

한바탕 투덜거린 그녀는 현후에게 문자를 보냈다. 탁탁거리는 소리가 흥분한 연아의 감정 상태를 고스란히 알려주고 있었다.

─이 문자를 보는 즉시 연락할 것. 그렇다고 한밤중이나 새벽에 전화하면 죽을 줄 알아.

제아무리 급한 일이라 하더라도 그녀가 이 세상에서 가장 소중하게 생각하는 잠을 방해할 순 없었다.

7

키스해 줄래?

서윤이 집으로 돌아가고 나서 현후는 모처럼 깊이 잠들었다. 쓸데없는 꿈도, 악몽도 꾸지 않았다. 아무 생각 없이 몇 시간을 자고 나서 일어났을 땐 시곗바늘이 새벽 5시를 가리키고 있었다.

머리맡에 놓인 핸드폰부터 찾아 습관적으로 전원을 켰다. 먼저 카톡부터 확인해 보았다. 푹 쉬라는 성민의 당부와 제게 고마워하라는 솔아 누나의 메시지가 떠 있다. 성민의 말은 그렇다 치더라도 솔아 누나의 글에는 딱히 대꾸할 가치를 느끼지 못하겠다. 서윤이 실컷 오해하게 만들어놓고선 뭘 고마워하란 말인가. 누구 덕분에 그 빗속에 바깥으로 뛰쳐나갔는데, 흥이다.

그다음 문자를 확인해 보았다. 서윤의 메시지야 그렇다 치더라도 연아의 연락은 다소 뜻밖이다. 그래도 그의 손가락은 서윤의 메시지부터 먼저 눌렀다.

—빨리 나았으면 좋겠다.

단지 그 한마디뿐이지만 가슴 한구석이 저절로 따뜻해진다. 눈은 그 단어를 읽고 또 읽어 마침내는 동공에 박아버린다.

—문자를 보는 즉시 연락할 것. 그렇다고 한밤중이나 새벽에 전화하면 죽을 줄 알아.

시간이 조금 흐른 후에야 연아의 문자를 볼 수 있었다. 현후는 메시지의 이면에 담긴 의미를 파악해 보기 위해 애썼다. 하지만 그녀가 무슨 생각으로 그 문자를 보냈는지 도통 짐작할 수 없었다.

"……나도 그쪽한테 따질 것 있거든요."

현후는 입술만 달싹여 작게 중얼거렸다. 연아는 대체 무슨 꿍꿍이로 서윤에게 제 집 주소를 알려준 것인가. 어제는 하루 종일 심장 떨려 죽는 줄 알았다. 인상을 가볍게 찌푸리던 그의 손가락이 느릿하게 움직여 답장을 보냈다.

"어쨌든 한번 만나봐야겠지."

어쩌면 연아 또한 자신처럼 진실에 한 발자국 접근해 있을 수도 있었다. 그녀는 생각보다 똑똑한 여자니까.

—다음 주 시험 기간이야. 평일 저녁에 잠깐 만나서 용건만 간단히 말해. 나님 바쁘거든.

✻ ✠ ✻

이번 주가 한국대학교 경영학과 시험 기간이라서 그런지 태현은 어제와 오늘 내내 자신의 방 안에만 틀어박혀 있었다. 아무래도 아버님 생신 선물은 금요일 저녁에나 급하게 준비할 듯하다.

태현의 얼굴을 마주치는 일이 적어지니 서윤의 마음이 훨씬 편해졌다. 태현도 공부한다고 생각해서인지 다소 시들해져 가던 그녀의 공부에도 다시 불이 붙었다. 공부를 하는 틈틈이 손수건에 자수도 놓고 현후와 문자로 연락을 주고받기도 했다.

다행히도 그의 상태가 많이 호전된 듯했다. 평소처럼 장난 반 진심 반을 섞어 말을 걸어오는 모습이 그 증거이다. 바쁜 와중에 특별 과외를 해주겠다며 이번 주 평일에는 언제 시간 괜찮으냐고 물어보는 말에 서윤은 '너나 시험공부 열심히 해라' 라고 대꾸해 주었다. 그 정도로 강하게 나가지 않으면 분명 기회를 엿보아 제집에 쳐들어올 녀석임을 잘 알기에 어쩔 수 없이 취한 조치이다.

"……이건 뭐, 앞으로도 뒤로도 갈 수 없잖아."

서윤의 입술에서 한숨이 옅게 흘러나왔다. 그녀는 풀고 있던 수학 문제집을 가만히 덮었다. 현후와 이런저런 내용으로 문자를 주고받으며 핸드폰을 붙잡고 있는 시간이 길어지면 길어질수록 미래가 두려운 마음이 점점 더 커져 갔다. 그래서 몸을 더욱 바쁘게 움직이고 있는 건지도 몰랐다.

영어 학원 숙제는 진즉 끝마쳐 놓은 상태이다. 사탐의 경우, 모의고사 문제집을 절반 이상 풀어냈다. 이제는 그다지 좋아하지 않는 수학 문제에마저 자발적으로 손이 가는 것을 보면 자신이 무척이나 초조해하고 있다는 사실을 알 수 있었다.

태현의 저녁을 식탁 위에 준비해 놓고 영어 학원에 갔다. 그곳에 다니기 시작한 지 벌써 3주가 넘었다. 조금만 있으면 한 달이 될 터이다.

중고등학교 학생들은 시험이 이미 끝났거나 기말고사를 아직 보고 있는 중이라 반 분위기가 전반적으로 어수선한 상태였다. 설민의 학교도 시험 기간인지 그 또한 자리에 앉아 영어 교과서를 펼쳐 들고 있었다. 무언가에 열중하는 모습이 귀여워 서윤은 자판기에서 음료수 한 캔을 뽑아 다가섰다.

"여, 설민아, 시험 기간이야?"

차가운 음료를 볼에 살며시 갖다 대자 깜짝 놀라며 저를 쳐다보는 모습에서 그 나이 또래만의 사랑스러움이 뚝뚝 묻어 나왔다.

"어, 누나. 언제 왔어요?"

"방금. 자, 이거 마시면서 해."

"고마워요. 내일 영어 시험이 있어서 교과서 좀 살펴보고 있었어요."

"설민이는 영어 잘하니까 내일 시험은 조금 덜 긴장되지 않아?"

"저는 이상하게 잘한다 싶은 과목일수록 더 긴장되더라고요. 한 문제라도 실수할까 봐 걱정돼서요."

"어유, 이 완벽주의자!"

서윤은 그의 머리카락을 가만히 쓰다듬어 주었다. 까슬까슬한 머리카락의 감촉이 제법 기분 좋다. 음료수를 한 모금 마신 설민이 물어왔다.

"누나, 이번 주 주말에 시간 괜찮아요?"

"음, 이번 주말에는 일이 좀 있어."

서윤이 곤란하다는 듯 웃어 보였다. 이번 주 토요일이 바로 시아버님 생신이다. 오전에는 이것저것 시댁 어른들을 뵐 준비를 하느라 바쁠 테고, 오후가 되면 태현과 함께 본가로 이동해야 한다.

"다음 주는요?"

서윤은 날짜를 가만히 따져보았다. 다음 주 일요일은 대망의 크리스마스이브. 하지만 남편과의 사이도 서먹서먹한 제게 딱히 의미 있는 날은 아니었다.

"글쎄, 특별한 일만 생기지 않는다면 괜찮을 것 같은데."

"그럼 저랑 영화 보러 갈래요? 그때는 기말고사도 끝난 상태니까……."

마음 편히 놀 수 있을 것 같아서요. 설민이 배시시 웃으며 덧붙였다.

그 미소에 마음이 활짝 풀어지는 것은 제가 어린애에게 약하기 때문일까. 서윤은 '시험이나 잘 보고 나서 생각하자'며 답을 미루었지만, 그와 함께 주말을 즐겁게 보내는 것도 나쁘지 않으리란 생각이 들었다.

✠　✠　✠

수요일은 경영학과의 첫 전공 시험이 있는 날이다. 주말 내내 끙끙 앓느라 공부를 제대로 못 했지만 해당 과목은 평소 좋아하던 수업이라 현후는 별 무리 없이 서술형 답안을 작성해 냈다.

내일 아침에 교양과목 시험이 하나 있었지만, 전공 시험을 마친 후 강의실을 빠져나오는 그의 발걸음은 집 대신 다른 곳으로 향했다. 연아도 저도 둘 다 시험 기간이라 그들이 살고 있는 동네 카페에서 간단히 보기로 약속했다.

"늦었잖아. 여자를 기다리게 하다니, 이 매너 없는 놈."

카페 한쪽 구석에 앉아 내일 시험 볼 전공과목 서적을 들여다보고 있던 연아가 부푼 볼로 투덜거렸다. 현후는 어디서 개가 짖느냐는 표정으로 그녀를 쓰윽 쳐다보고는 맞은편 자리에 앉았다.

"너님 집에서 비교적 가까운 카페로 약속 장소를 잡았는데 내가 늦는 건 당연한 일이지."

"네가 그렇게 싸가지가 없으니까 아직까지 솔로인 거야."

"하……!"

현후가 기막히다는 듯 코웃음을 쳤다.

"아가야, 이 형님은 여자친구를 못 사귀는 게 아니라 안 사귀는 거거든?"

"솔로들이 꼭 그렇게 변명하더라?"

그의 말은 연아에게 씨알도 먹히지 않았다. 인상을 살며시 찌푸린 그가 건들거리는 태도로 용건을 물어왔다.

"그나저나 바쁘신 나님을 왜 불렀는데?"

"물어보고 싶은 게 몇 가지 있어서. 태현과 너, 서로 아는 사이야?"

잔뜩 부푼 풍선에 바늘을 갖다 대는 것처럼 조심스러운 그녀의 목소리와 태도. 현후는 일그러지는 제 마음을 진정시키기 위해 노력해야만 했다.

"그래."

평소처럼 무덤덤한 대답이었다. 하지만 그의 눈동자는 비즈니스 거래를 할 때처럼 차갑게 가라앉아 있었다. 역시나 불길한 제 짐작이 점점 맞아떨어지는 듯한 느낌에 연아가 입술을 꽉 깨물었다.

"둘이 대체 어떤 관계야? 그냥 단순히 친구 관계라고 대답할 생각이면 집어치워. 너, 내 남자친구가 그라는 사실을 이미 알고 있었지?"

꽤 직설적인 질문이었던 탓일까. 이번에는 현후가 바로 대답하지 못했다. 대신 그는 어느 때보다도 날카로운 눈초리로 연아를 바라보았다.

"넌 나를 얼마만큼 믿어?"

동문서답도 아니고 지금 상황에서 참 뜬금없어 보이는 되물음이었다. 현후의 도발적인 질문에 연아가 팔짱을 낀 채 그를 쳐다보았다.

"우리 귀엽고 깜찍한 설민이가 예전에 내게 해준 말이 있지. 너란 녀석과 대화나 거래를 할 때 한 가지만 주의하면 된다고."

"……"

"너에게 있어서 자신과 비교 대상의 가치를 따져보고 자신의 가치가 비교 대상보다 높으면 무슨 말이든 편하게 해도 된다고. 네게 있어 태현보다는 내 가치가 훨씬 높을 것 같은데, 안 그래?"

이렇게 말이 잘 통하는 사촌 찾기 힘들잖아? 그녀가 입가에 슬쩍 미소를 띠며 덧붙였다.

그 모습에 현후 또한 피식 웃어버렸다. 정말이지 누구보다도 자신감 넘치고 현명한 여자다. 때문에 그녀가 태현을 자신의 남자친구로 택한 사실이 더더욱 믿기지 않았지만, 제아무리 똑똑한 사람이라도 인생에서 한두 번쯤은 실수하지 않던가. 이번 일은 그런 경우라 봐도 무방하리라.

"맞아. 정답이야."

"그런 내게 어설픈 거짓말을 할 리는 없겠지. 믿을게. 그러니 내가 모르고 있는 진실을 말해봐."

연아가 살얼음판에 한 발 올려놓는 심정으로 입을 열었다. 차가운 물이 곧 제 전신을 휘감아올 듯한 착각이 인다.

"그와 단 한 순간도 친구였던 적 없어."

현후의 입술에서 흘러나오는 말은 무덤덤했지만 냉혹했다. 연아는 잠자코 그의 다음 말을 기다렸다.

"내가 가장 소중히 여기는 것을 빼앗아간 적이니까."

"가장 소중히 여기는 것?"

연아는 그의 마지막 말을 곱씹어보았다. 현후는 감기에 좋다는 허브 차를 들이켜며 그 잠깐의 시간을 기다려 주었다.

"태현이 이서윤을…… 빼앗았다고?"

그 말을 내뱉는 연아의 입술이 파르르 떨려왔다. 하얗게 질려버린 얼굴이 그녀가 현재 받은 충격의 크기를 말해주고 있었다.

현후는 잠시 고민했다. 여기서 그만 멈추어야 하는가. 태현이 양다리를 걸치고 있다는 사실만으로도 고통스러워하는 이에게 그가 유부남이라는, 보다 충격적인 사실을 전해주기가 망설여졌다. 연아가 상처 입는 모습 따위를 보기 위해 제가 지난 한 주간 그리 아팠던 게 아니다.

'빌어먹을 강태현.'

현후는 그를 씹어 삼키고 싶은 충동을 애써 억누르며 속으로 가만히 욕을 중얼거렸다. 주먹을 꽉 쥔 연아의 양팔마저 가볍게 떨리는 모습이 눈에 들어왔다.

"양다리니?"

현후가 그다지 듣고 싶지 않은 질문이 날아왔다. 그녀에게 상처 주고 싶은 생각도 없지만, 지금 이 순간만을 위한 거짓말을 할 생각은 더더욱 없었다.

"둘이…… 결혼한 사이야."

그 한마디로 충분했다. 카페 내부에서 잔잔한 음악이 흘러나오고 있었지만, 둘 사이에는 길고 긴 침묵만이 맴돌았다.

연아의 눈가가 뜨겁게, 그리고 아프게 따끔거렸다. 그녀가 양손으로 치맛자락을 꽉 움켜쥐었다. 충격과 배신감, 그리고 허무. 끝끝내 흘러나와 버린 한 방울의 눈물에 그 모든 의미가 담겨 있다.

현후가 아무 말 없이 주머니에서 하얀 손수건을 꺼내 그녀에게 내밀었다. 연아는 그것을 받지 않았다. 그저 제 하얀 손등으로 눈가를 가볍게 찍어 누를 뿐이다. 그 모습이 중세 시대의 고고한 귀부인이나 귀족 영애를 떠올리게 했다.

"내 나름대로 확인해 봐도 괜찮겠지?"

연아의 물음에 현후가 가볍게 한숨을 내쉬었다.

"서윤이에게 상처 줄 생각이 아니라면."

"그럴 리가……."

연아가 입술을 작게 달싹였다.

"서윤이는 소중한 친구야. 걔한테 나를 소개시켜 준 네가 제일 잘 아는 사실이잖아."

지금은 학과 내에서 마당발로 불릴 만큼 누구와도 친하게 지내는 연아지만, 학창 시절에는 타인과 소통하고 친구들을 사귀는 일이 어색하고 두렵기만 했다. 딱히 친한 친구 없이 지내던 그녀에게 현후가 서윤을 소개시켜 준 일은 연아의 인생을 크게 바꾸어놓는 계기가 되었다. 때문에 대학에 가서 좋은 친구들을 많이 사귀었음에도 불구하고 이따금씩 서윤이 생각나곤 했다.

서윤의 핸드폰 번호가 바뀐 이후 서로 간에 연락이 끊어졌을 때 연아는 한동안 마음고생을 할 만큼 당혹스러워했다. 1학년 때는 현후에게 그녀의 연락처를 몇 번 물어보기도 했지만, 그 또한 모른다는 대답을 듣고서는 막연한 우연만 기다린 채 연락을 포기하고 살았다. 그래서 얼마 전 백화점에서 신의 한 수처럼 그녀를 우연히 만났을 때는…….

'정말정말…… 기뻤는데.'

왜 이렇게 꼬여 버린 관계로 재회하게 된 것일까. 운명의 신이 있다면 멱살이라도 잡아 짤짤 흔들어 버리고 싶은 심정이다.

"네가 다치는 것을 원치 않았어."

조심스러워하는 현후의 말이 들려왔다. 연아는 숙이고 있던 고개를 들어 그를 똑바로 쳐다보았다.

냉혹한 가면을 뒤집어쓰고 있는 참 바보 같은 남자. 태현은 제게 거짓말을 할 때 아무렇지도 않던데 이 남자는 어째서 지금 이 순간 본인이 더 상처받은 눈동자를 하고 있는 것일까.

"그런 생각 한 톨이라도 했다면 넌 죽었어."

그를 위해서 연아는 억지로 미소를 지었다. 현후는 그 모습에서 제 집안을 떠올렸다. 힘들고 고달픈 상황에서 오히려 더 굳건해지는 서씨 집안의 쓸데없는 가풍을.

"……시험, 잘 봐."

결국 현후가 먼저 자리에서 일어났다. 본인이 할 수 있는 최대한의 배려였다.

연아가 무성의하게 고개를 끄덕이면서 덮어두었던 전공 서적을 다시 펼쳤다. 하얀 바탕 위의 검은 글자가 하나도 눈에 들어오지 않았다. 카페에서 현후의 모습이 온전히 사라지는 순간, 참고 참았던 눈물이 그녀의 눈가에서 마개 열린 수문의 물처럼 펑펑 흘러내렸다.

연아의 첫사랑은 아프기만 한 게 아니라 잔혹했다.

"너 참 이기적이다, 서현후."

연아의 슬픔에, 충격에 온전히 공감하지 못하는 제가 참 못되게 느껴졌다. 나지막하게 중얼거리는 그의 말에는 씁쓸함이 짙게 녹아 있었다. 카페를 나오면서 현후는 쓰라린 속을 달래기 위해 담배를 찾았다.

금방이라도 무너져 내릴 것 같은 연아의 모습에 가슴이 아프기도 하지만, 한편으로는 무거운 짐에서 벗어나 마음이 한결 홀가분해진 것도 사실이다. 한 치 앞도 살펴보기 힘든 짙은 안개에서 벗어났기에 다음 상황은 보다 쉬이 예측됐다.

"너는 정말 잘못 건드린 거야, 걔를."

현후는 처음이자 마지막으로 태현에게 작은 애도(哀悼)를 보냈다. 연아가 제 말에, 오늘 들은 진실에 온전한 확신을 갖게 된다면 '여자가 한을 품을 시 오뉴월에도 서리가 내린다'라는 옛

속담을 실제로 확인할 수 있게 될 터였다.

"우리 집안사람들 특징이 원한(怨恨)은 몇 배로 갚아주는 거거든."

애써 부정해 보고자 발버둥 쳐도 저나 그녀나 그 집안사람이라는 사실은 벗어날 수 없는 운명이다. 태현에게 겨누어지는 총구가 조만간 하나 더 늘어날 것 같은 느낌이다.

✠　✠　✠

날씨가 유독 추웠던 목요일, 늦은 밤까지 불이 켜져 있는 서윤의 방.

그녀는 제 두 번째 소설 '결혼을 반납하다'의 원고를 A4용지 기준으로 스무 장 정도 완성한 상태였다. 일요일 저녁부터 원고에 손을 대기 시작한 점을 감안하면 상당히 빠른 속도다. 머릿속에 이 생각 저 생각이 넘쳐흐르는 초반부라 그런 점도 있을 게다.

물론 퇴고를 전혀 거치지 않았기 때문에 손을 봐야 할 곳이 군데군데 있었지만 오십 장 정도의 분량이 완성되면 인터넷 연재도 해볼까 고려 중이다. 중고등학교 시절, 넷상에서 소설이나 만화를 연재하는 작가들을 부러워하던 기억이 새록새록 되살아났다.

"그때 니아 작가님이 연재하신 로맨스판타지 소설 참 재미있었는데…… 지금은 찾아볼 수 없네."

아쉬워하는 한숨의 이면에는 쓰라린 현실이 존재한다. 인터넷상에서는 하루에도 수많은 작가들이 뜨고 진다. 약육강식의 세계에서처럼 끝까지 살아남는 이는 피라미드 최상층의 소수 작가뿐. 몇몇 작가를 제외한 대부분의 아마추어 작가들은 어떠한 지원도 받지 못하기에 창작 활동에만 전념하기엔 무리가 있었다.

그래, 무언가 잘못되었다는 생각은 어렴풋이 들지만 누구에게도 책임을 물을 순 없다. 눈에 띄는 잘못을 한 사람은 아무도 없으니까.

글을 써서 입에 과연 풀칠이나 할 수 있을까. 본인의 재능에, 불안한 미래에 1%의 확신이나마 갖는 것이 어려웠기에 차라리 잊고 사는 편이 나을지도 모르겠다고 생각했다. 때문에 그녀가 작가라는 꿈을 입 밖에 내지 못하고 속으로만 품고 있었던 게 아닌가.

"그런데 이렇게 불안한 시점에서 글을 다시 쓰기 시작하다니, 나도 참……."

헛웃음이 작게 터져 나왔다. 깜박이는 스크롤바가 여주인공 L의 다음 행동을 묘사하라 재촉하고 있다. 저를 닮았으면서도 다른 인격을 지닌 L. 가상이지만 현실의 인물이기도 한 L.

그녀를 바라보는 서윤의 입꼬리가 살짝 씰룩거렸다. 이 이야기가 다 완성될 즈음에는 제 복잡한 심경도 완전히 정리되어 있을까. 그 끝이, 그 답이 너무도 궁금하다.

자판 위에서 서윤의 손가락이 부드럽게 춤을 춘다. 어느 부분에서는 한참을 멈춰 서 있기도 한다. 모니터를 바라보는 그녀의 눈꺼풀이 점점 무거워졌다. 가상의 세계에 발을 깊숙이 담그고 있다가 모니터 오른 하단 부분의 시계를 살펴보니 어느새 새벽 2시.

이제 슬슬 자야 할 시각이다. 내일 저녁에는 시아버님 생신 선물을 고르러 태현과 함께 외출할 예정이다.

"이런 상황에서 L은 어떻게 했을까."

글을 쓴다는 것은 스스로를 성찰하는 하나의 과정. 서윤이 침대의 이불을 정리하며 중얼거렸다. L은 저보다 똑 부러지는 현명한 여자다. 이 생각 저 생각으로 복잡해하는 자신과 달리 진즉 답을 내렸을 수도 있다.

'하지만 그녀는 본인만 책임지면 되잖아? 나와는 입장이 조금 달라…….'

비교를 시작한 건 자신인데 왠지 모르게 조금 억울한 마음마저 들었다. 소설과 현실의 차이란 바로 이런 것이겠지. 마음속으로 그리 중얼거리며 서윤의 눈꺼풀이 사르르 내려앉았다.

오늘도 나름 고단한 하루였다. 수고한 자신에게 작은 박수를.

겨울의 향이 짙어질수록 새벽은 캄캄하기 그지없다. 겨울의 아침 햇살은 굼벵이처럼 다소 더디게 찾아온다. 서윤은 아직도 주위가 어두컴컴한 7시쯤 일어나 아침 식사 준비를 했다.

오늘은 태현의 교양 시험이 있는 날. 시험공부를 다 못 끝냈는지 그는 식탁에 앉아서도 책을 붙들고 있었다. 서윤 저도 중고등학교 시절에 벼락치기를 숱하게 한 경험이 있는지라 그러려니 하면서 이해할 수 있었다.

태현이 집을 나가고 나서 그녀의 일상은 흐르는 물처럼 유유히 지나갔다. 집안일을 하는 틈틈이 내년 수능을 위해 공부했다. 그러다가 머리가 지끈거린다 싶으면 일기를 쓰듯 소설을 적어놓은 한글 파일을 열었다. 오늘도 늦은 점심을 먹은 후 커피 한 잔으로 허한 마음을 달래고 있는데, 뜻밖에도 연아에게서 문자 하나가 도착했다.

—서윤아, 가까운 시일에 시간 되면 얼굴 좀 보자~

지난번 백화점에서 마주쳤을 땐 서로 여유가 없어 제대로 이야기도 못 나누고, 현후네 집을 함께 방문하기로 약속한 날에는 그녀가 아파서 못 만난 일이 떠올랐다. 서윤은 어쩌면 그녀에게 제 복잡한 심경을 살며시 털어놔도 괜찮을 것 같다는 생각이 들었다. 묘한 기대감을 안고 답장을 보냈다.

—이번 주는 조금 그렇고 다음 주라면 괜찮아. 다음 주에 너 시간 될 때 다시 연락 줘.

기다리고 있었다는 듯 연아에게서 빠른 답변이 도착했다.

—그러면 다음 주 수요일 괜찮아? 만나서 저녁도 함께 먹고 수다도 떨고 그러자.

수요일이라면 딱히 걸릴 게 없다. 영어 학원 수업도 없는 날이고.

—좋아, 7시쯤 볼까?

의견을 조금씩 조율해서 6시 반쯤 이전에 만났던 백화점 1층 정문 앞에서 보기로 하였다. 친구와 약속을 잡는 것은 간만이라 어딘지 모르게 마음이 설레었다.

그게 얼굴 위로 고스란히 드러난 것일까. 시험을 보고 학교에서 돌아온 태현이 그녀를 향해 물어왔다.

"뭐 기분 좋은 일 있어?"

"어? 아니, 다음 주에 친한 친구랑 저녁 약속을 잡아서."

태현이 거실의 벽시계를 흘끗 쳐다보더니 다시 입을 연다.

"저녁은 모처럼 나가서 먹자. 백화점 근처에서 먹으면 시간도 절약되고 좋잖아."

그와의 외식(外食), 기억도 안 날 만큼 까마득히 먼 일로 느껴진다. 태현과 함께 들어간 곳은 피자와 파스타를 주 메뉴로 팔고 있는 이탈리안 레스토랑. 신혼 초 몇 달간 종종 들렀던 가게이다.

이상하게도 그때의 기억들이 먹물로 지워 버린 것처럼 새까맣다. 대신 최근에 설민이나 현후와 함께 비슷한 콘셉트의 레스토랑에 들렀던 기억들은 새록새록 떠올랐다.

"여기 빠네파스타 하나, 고르곤졸라피자 하나 주문할게요."

태현이 익숙하게 주문을 했다. 서윤은 그 모습에서 제 심장의 미묘한 변화를 느꼈다. 누군가 제 식성을 알고 입맛에 맞게 주문해 주는 일. 자상해 보여 좋았는데 오늘은 어딘지 모르게 기분이 좀 상했다. 오늘따라 매콤한 아라비아따파스타가 당겨서 그런 건지도 모르겠다. 약 20분 정도 기다리니 주문한 음식들이 하나둘 나왔다. 파스타 면을 둘둘 말아 제 접시로 덜어가던 태현이 물어왔다.

"아버지 선물은 생각해 봤어?"

"글쎄. 아웃도어 제품은 어떨지 모르겠네."

"아라가 그쪽에서 고른다 해서."

이놈의 시누이, 손톱만큼도 도움 되는 게 없다. 첫 번째로 고려하고 있던 선택 사항부터 탁 막히니 뇌리가 점점 하얗게 물들어간다.

"지갑이나 구두는…… 너무 흔하겠지?"

"시계나 하나 사다 드릴까 하는데. 이번에 디자인 괜찮게 나온 제품이 하나 있더라고."

태현의 말에 서윤은 무작정 고개를 끄덕였다. 어차피 저보다는 그가 시아버님 취향을 더 잘 알 터이다.

"……너는?"

앞뒤 단어 다 잘라먹고 물어오는 태현의 말에 서윤의 고개가 갸웃거려졌다.

"요즘 쇼핑 안 했잖아. 내일 입고 갈 옷, 이따 돌아다닐 때 한번 봐봐."

그리 말하는 그의 볼이 조금 붉어져 있는 듯하다. 안 하던 말을 하려니 염치가 있는 사람이라면 자신도 좀 쑥스럽겠지. 누가보면 엄청 잘 챙겨주는 남편인 줄 알겠네.

서윤은 속으로 작게 투덜거렸다. 현재 시점에서는 그가 저를 위해 신경 써주는 말인지 제 체면을 위해 그냥 건네는 말인지알 수 없었다.

아마도 후자(後者)가 답이리라. 별 고민 없이 결론을 내려 버리는 자신의 모습에 그녀는 놀라고 만다. 이런 소소한 변화들이 그에 대한 제 마음의 답일지도 모른다.

마음이 불편해서인지 파스타가 목에 걸려 버렸다. 콜록콜록, 기침을 하고 물을 마시고 야단이 났다. 태현이 그 모습을 당황스럽다는 시선으로 쳐다보고 있었다.

그래, 지금 이 상황이 쪽팔린다는 의미겠지? 알아. 나도 안다고. 그러니까 제발 그런 부담스러운 눈으로 쳐다보지 말아줄래?

잠시 후, 목 상태가 어느 정도 진정되었을 때 서윤은 양 눈가에 약간의 눈물을 그렁그렁 매달고 있었다. 파스타 한번 잘못먹었다가 그대로 황천 갈 뻔했다. 테이블 위의 냅킨으로 손을 뻗는 그녀에게 연하늘색 손수건이 건네졌다.

"자."

당황한 서윤이 그것을 쉬이 받아 들지 않자, 태현이 한숨을 내쉬더니 팔을 길게 뻗어 그녀의 눈가를 직접 닦아주었다. 생각보다 부드러운 감촉이 와 닿았다가 사라졌다.

"칠칠치 못하게."

"고, 고마워."

"여기 물 좀 더 갖다 주시죠."

태현의 부름에 종업원이 다가와 유리잔에 레몬 향을 품은 물을 쪼르르 따라주었다. 서윤은 그 차가운 물을 천천히 들이켜며 마음을 진정시켰다. 안 그래도 심란해 죽겠는데 태현의 이유 모를 친절이 제 마음을 더욱 불안케 한다.

　시간이 많이 걸리리라 생각한 아버님 생신 선물 고르는 일은 예상보다 빨리 끝났다. 태현이 미리 점찍어둔 매장에서 시계를 쓰윽 한번 살펴보고는 곧바로 계산했다. 평범한 서민인 서윤의 입장에서는 두 눈이 튀어나올 정도로 큰 금액이었지만, 계산하는 태현의 얼굴에는 일말의 감흥도 없어 보였다.

　"이곳 매장 올라오면서 1층이랑 2층에 여성복 매장 있었잖아. 거기에 괜찮은 물건 있었어?"

　태현이 아까 레스토랑에서 꺼낸 말은 진심이었나 보다. 가벼운 말로 흘려들은 서윤은 고개를 저었다. 그가 한숨을 내쉬었다.

　"어쩔 수 없지. 다시 내려가는 수밖에."

　그리고 1층부터 2층까지 여성복 매장 정주행이 시작되었다.

　서윤은 쇼핑을 싫어하지도 좋아하지도 않았다. 태현과 알콩달콩 연애할 때나 신혼 초에는 둘이서 무언가를 함께 보거나 어딘가를 같이 돌아다닐 수 있다는 점이 좋았을 뿐이고, 태현과 사이가 서먹서먹해진 이후에는 혼자서 시간 때우기 좋은 일로 생각되었을 뿐이다. 이제는 필요한 것이 있을 때마다 홀로 상품을 구경하고 가게들을 둘러보는 일이 익숙해졌는데, 오늘은 둘이서 돌아다니려니 어색하기만 했다.

"저건 어때?"

태현이 허리 라인에 푸른빛이 들어간 검정색 원피스를 권해 왔다. 칙칙한 느낌이 들지 않고 고급스러워 보이는 게 제법 괜찮았다.

"글쎄……."

서윤의 망설이는 표정이 태현의 시야에 들어왔다. 비싼 가격 앞에서 주저하는 모습은 예전이나 지금이나 비슷했다. 저와는 참 다른 세계의 사람이다. 어딘지 모르게 안쓰럽기도 하고 화가 나기도 해서 태현은 그녀의 의사와 상관없이 그 원피스 외에도 몇 벌을 더 구입했다.

"뭘 그렇게 많이 구매해! 내가 옷이 없는 것도 아닌데!"

백화점의 회전문을 나오며 서윤이 태현의 팔을 붙잡고 소리 쳤다. 그녀의 미간이 살짝 찌푸려져 있다.

"……그냥 내가 사고 싶어서 산 거야."

"내가 그렇게 돈 막 쓰지 말라고 했지? 부모님께 미안하잖아."

"어차피 곧 크리스마스니까 이 정도는 상관없잖아. 그냥 내가 선물했다고 해."

자신의 기분 내키는 대로 행동하는 태현의 모습은 이전이나 지금이나 달라진 게 없었다. 단지 그를 받아들이는 제 시각에 차이가 생겼을 뿐이다. 쓸데없는 논쟁을 더는 할 필요가 없었다. 서윤은 한숨을 내쉬고 그의 팔에서 손을 뗐다.

맞은편에서 불어오는 차가운 바람이 손등을 매섭게 때렸다. 두 사람 사이의 불편한 기류는 집에 도착하고 나서도 쉬이 사라지지 않았다.

토요일 오전. 구름이 조금 낀 날씨다. 커튼을 열어젖히니 회색빛 하늘이 시야 가득 들어왔다. 집안 정돈을 간단히 끝낸 후 머리카락을 단정하게 드라이하고 화장을 옅게 하는 서윤의 손길이 몹시도 분주해 보인다.

'……오늘은 별일 없이 지나가기를.'

서윤은 입술에 핑크색 립글로스를 살짝 바르며 생각했다. 거울에 비친 저는 미미하게나마 떨고 있었다. 곧 입게 될 상처가 두려운 탓이다. 서윤이 시댁인 태현의 본가에 들르는 일을 꺼리는 이유는 방문할 때마다 마음이 상하지 않은 적이 없기 때문이다.

"그것도 몰라요?"

"너는 어쩜 애가 그런 것도 접해본 적이 없니?"

시어머니와 시누이가 고의적으로, 혹은 실수로 내뱉는 말에 그녀의 자존심과 마음은 하나둘 상처 입었다. 오늘은 또 얼마만큼의 생채기를 얻게 될까.

'⋯⋯괜찮아. 잘 안 들려.'

괜찮다, 잠깐뿐이다 등등의 말로 연약한 심장 위에 후시* 같은 약을 미리 발라놓는다. 참 신기하게도 마음의 준비를 했을 때와 그렇지 못했을 때엔 상당한 차이가 존재했다. 거실 소파에 앉아 있던 태현이 재촉했다.

"이제 슬슬 움직여야 해."

"알겠어. 곧 끝나."

서윤의 목소리 톤이 조금 올라갔다. 남자들은 여자의 외출 준비 시간이 왜 긴지 전혀 이해하지 못하는 것 같다. 귀차니즘과 종종 친구를 맺곤 하는 그녀의 입장에서도 화장과 외출 준비는 간단하면 간단할수록 좋았다.

하지만 오늘 그들이 가는 장소는 입장과 체면을 중시하는 자리이고, 어찌 됐든 태현을 위해서라도 서윤은 자신을 어느 정도 치장하지 않으면 안 됐다. 하긴, 그런 걸 생각하는 남자였다면 지금 이 상황까지 오지도 않았지.

서윤의 입에서 익숙해진 한숨이 흘러나왔다. 병실에 누워 계신 어머니가 본다면 분명 '복 달아난다'며 한 소리 하실 게다. 그녀는 마지막으로 머리 상태를 확인하고 화장대 앞에서 일어났다.

서윤이 거실로 나오자마자 고양이 같은 태현의 시선이 그녀의 전신을 쓱 훑어 내렸다. 서윤은 어제 그가 사준 검정색 원피스에 우아한 느낌의 새하얀 털코트를 걸친 상태였다.

태현의 눈빛이 다소 빛났다. 나름 만족했다는 의미다.

서윤은 그저 피식 웃어버렸다. 그 시선만으로도 한때 그녀의 가슴이 떨리던 순간이 있었다. 이미 지나가 버린 시간의 어딘가에는 분명히.

아파트 지하주차장에 얌전히 웅크리고 있는 태현의 차에 올라탔다. 그가 운전을 하는 동안 서윤은 말없이 창밖만 쳐다보았다. 그녀는 제 시야에 여러 풍경을 담으면서 긴장한 마음을 식히고 있는 중이었다.

그러다가 어느 순간, 본가로 가는 방향과 다소 다르다는 사실을 깨달았다. 서윤은 태현 쪽으로 시선을 돌렸다.

"본가로 가는 거 아니었어?"

"나도 그런 줄 알았는데…… 이번에는 친분 있는 몇몇 그룹의 사교 모임과 겸해서 호텔에서 하시겠대."

"그걸 이제 말해주면 어떻게 해!"

"나도 이번 주에 알았어. 말하려고 했는데 시험 보면서 잊어버렸어."

그가 중얼거리듯 말했다. 지금 그 말을 변명이라고 하는 것인지.

서윤의 안색이 보기 안쓰러울 정도로 새하얗게 질렸다. 본가에 가서 시어머니와 시누이를 만나는 상황에 대해서는 어느 정도 마음의 준비를 한 상태지만, 다른 그룹이나 외부에서 온 사람들과 사교적인 가면을 뒤집어쓰고 마주해야 하는 상황에 대해서는 단 한 번도 생각해 보지 않은 탓이다.

"뭘 그렇게 긴장해. 딴 데 안 가고 옆에 있을게."

서윤은 그 말에 대꾸할 기분조차 들지 않았다. 원피스 끝자락을 움켜쥔 그녀의 손등 위로 얼핏 푸른 힘줄이 드러났다.

그들은 침묵 속에 서울에서 가장 크다는 호텔 앞에 도착했다. 친절한 여종업원의 안내를 받아 최상층에 위치한 파티 홀로 접어들었다. 그리 거대한 규모의 홀은 아니었지만 조명을 비롯하여 각종 장식과 소품들이 특색 있고 고급스러운 것이 의미 있고 중요한 모임에 안성맞춤인 장소로 보였다. 지나치게 새하얀 바닥은 발을 디디는 행위조차 조심스럽게 느껴졌다.

"저기 계시네."

옆에 있는 태현이 무심한 목소리로 중얼거렸다. 그의 시선은 누군가와 대화를 나누고 있는 제 부모님에게 닿아 있었다. 태현과 서윤은 그쪽으로 천천히 발걸음을 옮겼다.

거리가 가까워질수록 부모님과 대화를 나누고 있는 이의 모습이 또렷하게 보였다. 서글서글한 인상과 연예인을 해도 될 만큼 우수에 젖은 외모를 자랑하는 그는 그들도 익히 잘 알고 있는 인물이었다.

"아, 너도 왔냐?"

태현의 말에 그의 고개가 오른쪽으로 돌려졌다. 서윤의 심장이 크게 한 번 뛰었다가 멈추었다. 그녀의 눈동자가 팔팔 끓는 주전자 뚜껑처럼 흔들리고 있었다.

"태현이랑 서윤이도 왔네. 반가워."

서현후, 그가 영업용 미소를 띤 채 웃어 보인다.

"저희 왔습니다."

"아버님, 어머님, 그동안 잘 지내셨어요?"

현후의 인사를 가볍게 받아넘기며 서윤과 태현은 부모를 향해 인사를 올렸다. 부모님의 태도는 빛과 어둠처럼 상반된 경향을 띠었다. 태현에게는 엄한 표정을 유지하고 있던 아버지의 시선이 며느리인 서윤에게 닿자 조금은 풀어지는 모습이고, 서윤에게는 깐깐한 표정을 유지하고 있던 어머니의 시선이 제 아들인 태현에게 닿자 활짝 핀 꽃처럼 미소가 절로 우러나왔다.

'흐음, 역시 며느리 사랑은 시아버지인가.'

저도 모르게 제 아버지를 떠올리며 현후는 슬쩍 한 발자국 뒤로 물러났다. 그의 시선에 담긴 서윤은 오늘도 아름다웠다. 평소보다 조금 더 짙은 화장이나 품격을 갖춘 드레스 코드가 낯설긴 했지만, 그런 사소한 변화로는 서윤이 지닌 본래의 아름다움을 바꿀 수 없었다.

제 손이 닿을 수 없는 한 송이의 고귀한 꽃. 욕심이 날 수밖에 없다. 아무리 생각해 봐도 그녀의 옆자리는 태현에게 너무 과분한 위치다. 상상 속에서 그를 밀어내고 그 자리에 저를 대신 끼워 넣어본다. 심장이 터질 것처럼 두근거린다.

"태현이 네가 늦게 와서 섬영그룹의 자제 현후 군과 잠시 이야기를 나누고 있었는데…… 외모, 성격, 지식 무엇 하나 빠지는 게 없구나. 섬영그룹의 서 회장님이 든든해하시는 이유를 잘 알겠어. 학교에서도 둘이 그렇게 친하다면서?"

수오그룹의 안주인이자 태현의 어머니인 정 여사는 한 손으로 입을 가린 채 웃어 보였다. 현후도 그에 화답하듯 얼굴에 은은한 미소를 띠었다. 하지만 서윤은 그 미소에 진심은 조금도 담겨 있지 않다는 사실을 잘 알고 있었다. 무저갱 같은 그의 두 눈동자는 얼음처럼 차가운 칼날을 품고 있었다.

서윤은 쿵쾅거리는 심장을 진정시키기 위해 무척이나 애썼다. 그녀는 이곳에서 아는 사람, 그것도 현후를 만나게 되리라고는 꿈에도 생각지 못했다. 그가 태현처럼 이름 있는 기업의 자제라는 사실은 어렴풋이 알고 있었지만 섬영그룹의 자제라는 사실은 오늘 처음 접하는 소식이다.

'……못 버티겠어.'

호흡이 점점 가빠졌다. 숨이 탁 막혀오는 것이 빈혈 있는 사람처럼 머리가 어지러운 것 같기도 했다. 하지만 부모님과 인사를 나눈 것 외에는 아직 아무것도 한 게 없다. 기껏 준비해 온 선물도 건네 드리지 못했다.

"뭐, 그렇죠. 아버지, 생신 축하드립니다."

태현이 어머니의 말에 건성으로 대꾸하며 강 회장에게 손에 들고 있던 쇼핑백을 건넸다. 그 모습을 말없이 쳐다보기만 하는 회장을 대신해 정 여사가 선물을 받아 들었다.

"어머나, 시계네. 이거 당신에게 잘 어울릴 것 같은데요."

정 여사가 포장을 풀어헤치고 시계를 꺼내 살펴보며 말했다. 선물은 곧 그들의 뒤에 시립해 있는 윤 비서의 손에 건네졌다. 비서의 근처에는 브랜드만 봐도 알 수 있는 호화로운 선물들이 이미 여러 개 쌓여 있었다.

"고맙구나."

형식적으로 대답한 강 회장의 시선이 서윤에게 향했다. 대나무처럼 곧고 단단하던 눈빛이 조금 누그러져 있다.

"안색이 안 좋구나. 어디 아픈 것은 아니냐?"

"아, 아니에요, 아버님. 그저……."

서윤이 무어라 말을 잇기도 전에 다른 목소리가 들려왔다.

본디 이러한 자리에서는 함부로 나서면 안 된다는 사실을 잘 알고 있지만, 현후는 도저히 가만있을 수 없었다.

애초 자신이 섬영그룹의 자제라는 사실을 굳이 밝히지 않은 것은 태현과 비슷한 부류로 인식되고 싶지 않았기 때문이다. 서윤에게는 털끝만큼의 미움도 받고 싶지 않았다. 때문에 위험을 무릎쓰고서라도 그녀에게 무슨 말로든 변명을 해야만 했다.

"깜짝 놀랐겠죠. 생각지도 못한 곳에서 중학교 동창을 만나서."

서윤은 누군가 자신을 조심스레 잡아당기는 손길을 느꼈다. 은은하면서도 시원한 느낌의 향수 향이 코끝을 맴돌았다. 익숙하면서도 아찔한 느낌. 시야에 담지 않아도 그가 누군지 알 수 있었다.

"딱히 비밀로 한 것은 아닌데, 놀라게 만든 것 같아서 미안하네. 괜찮아?"

자신을 품 안에 가두다시피 끌어당긴 서현후, 그가 다정하게 물어왔다. 형식적인 웃음 뒤에 감춰진 처연한 눈동자와 시선이 마주쳤다.

미리 말하지 못해서 미안해.

입을 열어 말한 것도 아닌데 상대방의 의중을 파악할 수 있다는 사실이 그저 신기했다. 이곳에 들어온 순간부터 긴장의 연속이요, 더 이상 놀랄 힘도 없었던지라 서윤은 그저 힘없이 웃어 보였다.

"너 이런 게 어디 한두 번이니."

기운이 없어서인지 그에게 조금이나마 화를 내거나 면박을 줄 생각조차 들지 않았다. 어쩌면 상처받은 것처럼 애처로이 보이는 그 까만 눈동자 때문일 수도 있었다.

서윤은 그저 조용한 곳에서 쉬고 싶었다. 그러려면 우선 선물부터 건네 드려야 한다. 그녀는 클러치백에서 곱게 포장한 손수건을 꺼내 들었다.

"저…… 아버님, 생신 축하드려요. 별거 아니지만 가볍게 쓰시라고 준비해 보았어요. 이전에 드렸던 것은 이제 낡았을 것 같아서……."

"항상 고맙구나."

이번에는 강 회장이 손을 뻗어 그녀의 선물을 직접 받아 들었다. 곁에 서 있던 정 여사와 뒤쪽의 윤 비서가 다소 놀란 표정을 지었다. 오늘 파티의 주인공이라고도 할 수 있는 강 회장은 지금까지 수많은 선물을 받았지만 본인이 직접 받아서 그 안의 내용물을 확인한 적이 없었다. 곁에 있던 정 여사나 윤 비서가 받아 들면 형식적으로 고맙다는 인사를 했을 뿐이다. 하지만 아들도 아니고 며느리가 직접 건네주는 선물만큼은 특별히 포장을 뜯어보고 있었다.

"수놓는 실력이 갈수록 느는구나. 이사들에게 자랑해도 되겠어."

"아, 아니에요, 아버님."

현재의 상황이 그저 당혹스럽고 민망하기만 한 서윤은 고개를 가볍게 숙여 보였다. 강 회장은 손수건을 곱게 접어 제 슈트 안쪽에 넣었다. 정 여사의 날카로운 눈꼬리가 다소 위로 올라갔다. 무언가 마음에 안 든다는 표정이다.

"며느리 사랑은 역시 시아버님인가요?"

그들 근처에 있던 현후가 농담을 건네듯 웃음기 띤 말로 물어왔다. 그가 어지간히도 마음에 들었던 모양인지 정 여사가 가벼이 손사래를 치며 화답했다.

"어머, 현후 군. 나도 서윤이를 내 친딸처럼 생각한다네."

세상이 온통 검은 가면으로 뒤덮인 것 같다. 서윤은 속이 울렁거림을 느꼈다. 그 말이 사실이라면 자신이 겪어온 지난 세월은 한낱 악몽이었을 테다.

"두 분에게서 사랑받는다니 대단하네요. 하긴, 저도 학창 시절부터 그녀를 봐 왔으니 잘 알고 있습니다. 예쁘고 똑똑하고, 누구에게나 사랑받기 부족함이 없는 여자죠. 둘이 결혼했다는 소식을 접했을 때 제 친구지만 태현이 이 녀석이 어찌나 부럽던지요. 아버지께서도 무척 안타까워하셨습니다. 그런 여자를 며느리로 맞이하지 못했다는 사실을."

얌전히 서 있던 서윤의 어깨가 파르르 떨렸다. 태현의 기분 또한 왠지 모르게 점점 나빠지고 있었다. 하지만 강 회장은 오히려 보기 드문 너털웃음을 터뜨리며 대꾸했다.

"내 항상 섬영그룹에 밀린다 생각하고 있었건만, 그 하나는 이겼으니 참으로 뿌듯하군. 철없는 아들 녀석이 신붓감은 제대로 골라온 것에 대해 만족하고 있네. 현후 군도 젊고 유능하니 곧 그에 어울리는 훌륭한 짝을 만나겠지."

거대한 쇠망치로 뒤통수를 한 대 얻어맞은 기분이다. 조금 전 자신의 행동 때문에 눈앞의 이 영감은 무언가 눈치챈 것일까. 서윤과 저 사이에 선을 확실히 그어두는 말에 현후는 가까스로 거짓 미소를 지어 보일 수 있었다. 제가 아무리 잘났다고 하더라도 산전수전 다 겪은 한 그룹의 수장만큼은 결코 만만히 볼 상대가 아니다.

"글쎄요. 제가 여자 보는 눈이 조금 높아서…… 어디서 저런 여자를 또 만날 수 있을지 의문이네요."

무슨 일이 있어도 서윤을 포기할 수 없다는 뜻을 현후는 에둘러 밝혔다. 그 의중을 파악한 강 회장의 눈이 매처럼 날카로이 빛났다.

늙은 생강이 맵다고, 부자지간이지만 강 회장과 태현은 많이 달랐다. 그는 회사 집무실에서 대부분의 시간을 보내고 있었지만, 그에게 모든 일을 보고하는 눈과 귀가 곳곳에 있기에 서윤과 태현이 현재 어떤 관계인지는 어느 정도 알고 있었다. 태현의 철없는 행동에 서윤은 몹시 지쳐 버린 상태이고, 그러한 상황에서 오늘 섬영그룹의 자제인 현후가 그녀에게 흑심을 갖고 있다는 사실을 눈치챘다.

'……감히 넘봐서는 안 될 것을 넘보는군.'

강 회장의 눈썹이 꿈틀거렸다. 서윤은 엄연히 자신의 며느리

결혼을 방해하다

이고 장차 수오그룹의 안주인이 될 여자다. 현후가 비록 좋은 인재이긴 하나 제 것을 탐하려 드는데도 마냥 귀엽게 봐줄 수는 없었다. 허튼 생각 하지 말라고 따끔하게 경고해 주어야 한다.

"죄송합니다, 아버님. 제가 감기 기운이 조금 있어서…… 물 한 잔 마시고 올게요."

마침 서윤이 작게 중얼거리듯 말했다. 강 회장의 시선이 태현에게 향했다.

"많이 안 좋은가 보구나. 홀 뒤쪽에 대기실이 하나 있으니 거기서 좀 쉬도록 하려무나. 태현이 너도 같이 가보고."

"네."

서윤의 안색이 꽤 창백한 것이 정말로 어딘가 아픈 사람처럼 보인다. 그녀와 태현이 인사를 마치고 물러나자 현후는 저도 모르게 그 뒤를 따라가려고 했다. 순간, 무게감 있는 강 회장의 목소리가 그의 귓가에 와 닿았다.

"자네는 나와 좀 더 이야기하는 게 어떤가."

강 회장과 현후는 조금 한적한 구석으로 자리를 옮겼다. 그들이 새하얀 보가 씌워진 테이블을 사이에 두고 마주 앉자 서빙을 담당한 종업원이 센스 있게 물이 담긴 잔과 와인을 들고 다가왔다. 달콤하면서도 씁쓸한 와인으로 입을 한 모금 축이면서 그들은 흐트러진 마음을 가다듬고 심중을 정리했다. 먼저 입을 연이는 현후였다.

"이거 강 회장님과 단독으로 이야기를 나눌 수 있다니 정말 영광인데요."

회장은 현후의 얼굴을 천천히 훑어 내렸다. 친숙하나 가벼워 보이지 않는 말투부터 사교용 미소까지 무엇 하나 빠짐없고 빈틈이 쉬이 드러나지 않는 훌륭한 인재다. 제 아들이 그의 반의 반만 닮으면 참 좋으련만.

속 한편이 쓰라릴 정도로 아쉽다. 하지만 그렇다고 아들을 바꿀 수는 없는 노릇이다.

"자네가 학창 시절부터 우리 며느리를 봐왔다니 묻고 싶은 게 있어 자리를 마련했네."

한 그룹을 이끌다 보면 의뭉스러운 너구리 같은 기질은 자연스레 지니게 되는 것일까. 제 아버지를 마주할 때와 별반 다를 바 없는 느낌에 현후는 속이 울렁거렸지만 미소만큼은 흐트러짐 없이 유지했다. 비즈니스 관계에서 틈을 보이는 건 전쟁터에서 무기를 내려놓는 행동과 같은 것이라 배웠다.

현후는 어깨와 허리를 곧게 폈다. 제가 위축될 이유는 하나도 없었다. 남의 사람을 빼앗기 위해 달려드는 게 아니라 본래 제 것이었으되 빼앗겨 버린 사람을 되찾기 위해 발악하는 것뿐이니까.

"말씀하시지요, 회장님."

"나는 곧 서윤이에게 수오제품의 마케팅기획을 총담당하고 있는 김 이사의 비서 일을 부탁할 생각이네. 자네가 생각할 땐 어떠한가. 그 애가 잘 해낼 수 있을 것 같은가?"

겉으로 봐서는 질문의 형태를 취하고 있지만 사실 그것은 통보이자 경고였다. 서윤은 수오그룹 사람이고 장차 수오그룹의 인재이자 기둥이 될 테니 현후가 함부로 넘볼 수 없는 존재라는 사실을 빙 돌려서 말하고 있는 것이다.

현후의 심장이 롤러코스터에 내려앉은 것처럼 급박하게 요동쳤다. 행여 서윤이 수오그룹의 업무에 관여하게 되면 앞으로의 일은 더욱 복잡해진다. 아마도 강 회장은 그 모든 계산을 끝마치고 이 말을 꺼낸 것이리라. 아무리 서윤에게 변명의 말을 하고 싶었더라도 그 자리에서 제 속내를 드러내는 행동은 하지 말았어야 했다는 후회가 밀물처럼 밀려온다.

'하지만……'

다행히도 현후 제게는 비장의 패가 하나 더 있었다. 태현이 제 사촌 연아를 건드린 것은 큰 실수 중 하나였다. 그 사실을 떠올리자 풍랑이라도 이는 것처럼 심하게 요동치던 마음이 차츰 차분해진다.

돌이킬 수 없는 실수를 후회해 봤자 소용없다. 현 상황에서 자신의 수와 상대방의 수를 면밀히 따져 봐야 한다. 상대방이 미처 발견하지 못한 칼을 품 안에 끝까지 감추고 있는 것도 이기는 방법 중 하나다.

"물론이죠. 사실 이런 말씀 드리기 굉장히 송구합니다만……
저는 회장님께서 왜 아직까지 그런 인력을 활용하지 않고 내버
려 두었는지 의문이 가던 참이었습니다. 서윤이는 워낙 재기가
넘치는 여자라 무슨 일을 맡겨도 잘 해낼 인재지요. 만약 본인
이 그 역할을 수락한다면 회장님께도 큰 도움이 될 것입니다."

만약이라는 가정에 강 회장의 얼굴 근육이 미미하게나마 굳
었다. 제 눈앞에 있는 그가 그리 말한다는 것은 서윤이 그 역할
을 원치 않는다는 이야기인가? 회장은 자신이 보고받은 아들 부
부의 상황을 간략하게 떠올려 보았다.

강 회장이 그동안 태현의 경거망동에 대해 딱히 무어라 하지
않은 것은 그가 선을 넘거나 틀을 벗어나는 위험한 행동은 하지
않았기 때문이다. 워낙에 철이 없는 녀석이니 한때의 방황이라
여겼고, 시간이 흐르면 정신을 차릴 것이라 생각했다. 또한 자
신이 개입하기 전에 똑똑한 서윤이 알아서 그의 방황을 바로잡
으리란 기대감도 있었다.

하지만 섬영그룹의 자제 현후와 이야기를 나누면 나눌수록
현 상황이 불안하게 느껴졌다. 자신의 아들이 새삼 괘씸해 보인
다. 현후처럼 뛰어난 능력을 보여주는 것도 아니면서 여기저기
분란이나 일으키고 다니다니. 이따가 파티가 끝나면 따로 불러
내어 호되게 야단을 쳐야겠다고 마음먹었다.

강 회장은 불편한 심기를 애써 숨겼다. 그렇다고 해서 현후

또한 여유로운 상황은 아니었다. 서윤이 그 역할을 원치 않으리란 말은 어디까지나 본인의 희망사항일 뿐이지 그녀의 진짜 생각은 아닌 탓이다.

'……아직 나를 사랑하진 않아도 그곳에서 빠져나오고 싶은 마음은 여전한 거지? 그렇지, 서윤아?'

현후 제가 아무리 날고뛴다 하더라도 자신은 어디까지나 조력자에 불과했다. 조력자는 주인공의 의지가 없다면 아무것도 해줄 수 없었다.

대기실은 작지만 깔끔하게 정돈되어 있었다. 서윤이 보라색 소파에 쓰러지듯 주저앉자 태현이 그 맞은편에 따라 앉았다.

"물 좀 갖다 줘?"

"……그래."

딱히 목이 마른 것은 아니었지만 혼자만의 시간이 절실히 필요했다. 태현이 바깥으로 나가자 서윤은 몇 번이나 심호흡을 했다. 창가 쪽으로 걸어가 굳게 닫혀 있는 창문도 조금 열었다. 찬 바람이 얼굴을 사납게 때리자 혼미해진 정신이 조금은 되돌아오는 느낌이다.

'태현 때문에 아버님을 간과하고 있었어.'

사실 이 집안에서 가장 큰 영향력을 지닌 이는 그녀의 시아버지 강 회장이다. 무산될 뻔한 그녀와 태현의 결혼도 종국에 강 회장의 허락이 떨어졌기에 가능했던 것이며, 저를 달가워하지 않는 시어머니와 시누이가 대놓고 발톱을 드러내지 못하는 것도 그 때문이다.

'나의 계획이나 현후의 조력을 얼마나 파악하고 계신 것일까.'

그녀가 생각할 때도 저를 끌어당기던 현후의 태도는 비즈니스 관계의 사교용 태도에서 다소 어긋나 있었다. 그의 품 안에서 얼굴이 붉어지지 않기 위해 서윤은 정신을 바짝 차려야만 했다. 그리 눈치가 빠르지 않은 제가 생각할 때도 그의 태도가 다소 의외다 싶은데, 시아버님은 그러한 기미를 진즉 눈치챘을 것이다.

'당분간 현후에게 과외받는 것은 그만두어야겠다. 그까지 괜히 휘말려 들 위험이 있어.'

투자할 때도 한 곳에 집중적으로 투자하는 행위가 상당히 위험하듯이 지금의 상황도 마찬가지다. 분산투자를 하는 것처럼 제게 힘이 되어줄 만한 다른 조력자를 물색해야만 했다.

'그녀라면······.'

서윤의 머릿속에 다음 주 수요일 날 만나기로 한 연아가 떠올랐다. 그녀는 학창 시절 가장 친했던 친구 중 하나이며 현후의 사촌이다. 저와 현후 둘에게 해가 되는 행동은 하지 않을 것이다.

'이번에 만날 때 진지하게 이야기를 꺼내봐야겠다.'

순간, 들려오는 문소리에 서윤의 상념이 멈추었다. 그녀의 시선이 문 쪽으로 향했다. 물컵을 들고 있는 태현일 것이라는 예상과 달리 뜻밖의 인물이 서 있었다.

"서현후⋯⋯."

세상의 시간이 멈추어 버린 것처럼 그가 서윤을 뚫어져라 쳐다보았다. 현후의 머리카락, 눈동자 색깔과 똑같은 검은색 슈트가 오직 그만을 위해 만들어진 제복인 양 잘 어울렸다. 마음을 다잡았다고 생각했는데도 그를 보니 다시금 혼란스러워졌다.

"태현이 곧 올 거야."

서윤의 입술이 작게 달싹였다. 그녀가 생각해도 참 바보 같고 쓸데없는 소리였다. 정면에서 마주한 현후의 눈동자는 평소보다 훨씬 더 지쳐 보여 안쓰러운 느낌을 자아냈다.

"밖에서 마주쳐서 걔한테 사람 몇 붙여놓고 왔어."

"⋯⋯아버님은 만만한 분이 아니셔."

"나도 알아."

고개를 끄덕이면서 서현후 그가 천천히 다가왔다. 그에게서 풍기는 은은한 향이 서윤의 심장을 자극해 왔다. 그녀는 굳어버린 밀랍인형처럼 한 발자국도 움직일 수 없었다.

"한마디만 하고 갈게."

"⋯⋯."

"내게 주어진 모든 것은 네 거야. 네가 어떤 길을 선택하든지 내 모든 것을 바쳐서 너를 도울게."

설령 그 선택이 서현후 제 심장을 할퀴는 일이 될지라도.

현후의 얼굴 표정은 그 어느 때보다도 단호했다. 서윤은 그가 갑자기 이 말을 꺼내는 이유를 알 수 없었지만, 심장이 심하게 두근거리는 것을 느꼈다.

말을 마친 현후가 뒤돌아서 나가고 태현이 들어왔는데도 서윤은 도저히 정신을 차릴 수가 없었다. 왜인지 눈물이 흘러내릴 것 같아 서윤은 그저 입술을 꾹 깨물었다. 차가운 냉수로도 두근거리는 마음이 쉬이 가라앉지 않았다.

"오는 길에 아는 사람들이랑 마주쳐서 좀 늦었어."

태현이 무어라 말하는지 귓가에 하나도 와 닿지 않았다. 현후가 던지고 간 말만이 그녀의 머릿속을 빙글빙글 맴돌았다.

"내게 주어진 모든 것은 네 거야. 네가 어떤 길을 선택하든지 내 모든 것을 바쳐서 너를 도울게."

태현에게 프러포즈를 받던 그 순간으로 되돌아간 기분이다. 심장 한쪽 끝이 간질거리는 느낌을 깨닫는 순간, 뱃속이 뱀이 꿈틀거리는 것처럼 요동쳤다.

'아니야, 아니야!'

만일 제가 서현후 그를 진심으로 소중하게 생각하고 있다면 허튼 생각을 품어서는 안 됐다. 학창 시절을 공유한 소중한 친구 관계. 이 정도가 저와 그 둘에게 있어 적정선이었다.

'걔를 좋아하는 건 어디까지나…… 친구로서 뿐이야.'

"진짜 어디 아픈 거야?"

태현이 다소 걱정스러운 표정으로 물어왔다. 이상하다. 그는 이런 얼굴을 할 사람이 아닌데. 남편인 태현이 길거리에서 우연히 옷깃을 스친 사람처럼 낯설게 느껴지는 것은 어째서일까.

서윤은 대답하는 대신 거울 앞에서 흐트러진 옷매무새를 정리하고 대기실을 나섰다. 파티 홀을 메운 사람들을 보자 약간이나마 진정되었던 심장이 다시 두근거렸다. 하지만 언제까지고 피할 수는 없었다.

홀을 쭉 둘러보던 서윤의 시선은 저도 모르는 사이 한 사람만을 좇고 있었다. 금방이라도 무너져 내릴 흔들다리처럼 제 앞에 서 있던 속 시꺼먼 사내는 여전히 밝고 아름다운 모습으로 웃고 있었다. 제 나이 또래의 여자들에게 둘러싸인 그를 보며 그녀의 심장은 초조함과 긴장감이라는 양념에 그대로 버무려졌다.

"사람들 상대하기 싫으면 저녁이나 좀 먹어둬."

태현이 서윤을 테이블로 끌고 가며 말했다. 가지런하게 세팅된 테이블에는 그가 미리 갖다 놓은 것인지 샐러드와 전채요리 등 가벼운 종류의 음식이 담겨 있는 접시 두 개가 놓여 있었다.

음식은 따뜻하고 맛있는 편이었지만, 모래라도 섞인 것처럼 목 안으로 잘 넘어가지 않았다. 서윤이 접시의 음식들을 기계적으로 삼키고 있을 무렵, 홀 앞쪽이 다소 소란스러워졌다. 편한 자리에 서서 가벼운 대화를 나누고 있던 사람들이 근처의 테이블에 하나둘 착석했다. 오늘 파티의 주인공인 강 회장이 윤 비서의 도움을 받아 단상에서 마이크를 잡았다.

"오늘 파티에 참여해 주신 여러 귀빈께 감사하다는 말씀 전하고 싶습니다."

형식적인 감사 인사와 함께 별 의미 없는 말들로 이루어진 서두와 여느 강연의 연설문 같은 말이 이어졌다.

"이 자리에 계신 기업 관계자분들이라면 다들 공감하시는 부분일 것입니다. 최근 화두로 떠오르고 있는 열린 채용에 따라 각 기업에서 인재를 선발하는 방식이 조금씩 달라지고 있습니다. 수오그룹 또한 스펙에 상관없이 인재를 선별하는 시대적 요구와 과제에서 앞서 나가기 위해……"

"생신 파티 자리에서까지 저런 소리라니……. 하아, 주책이셔."

태현이 한숨 쉬듯 불만 어린 목소리를 내뱉었다. 서윤 또한 저와 별 상관없는 소리로 보이는지라 한 귀로 듣고 한 귀로 가볍게 흘려내고 있었다. 날벼락 같은 말이 강 회장의 입에서 흘러나오기 전까지는.

"……해서 김 이사의 업무를 보좌하는 자리에 우리 며늘아기

서윤을 추천할까 하오만…… 이사의 생각은 어떤지 궁금합니다."

강 회장의 모습을 가만히 주시하고 있던 현후는 하마터면 입에 머금고 있던 물을 바깥으로 뿜어버릴 뻔했다. 비단 그만 그러한 행동을 보인 것이 아니라 다행이었다. 강 회장의 다음 행동을 대강 짐작은 하고 있었건만 그가 실제로 일을 저지를 줄은 몰랐다.

판이 커져도 상당히 커졌다. 본인의 회사에 친인척을 투입하는 경우야 다들 쉬쉬할 뿐 이쪽 업계에선 비일비재한 일이지만 이를 만인 앞에서 대놓고 선언하는 경우는 거의 없었다. 열린 채용이니 고졸 채용이니 하는 단어들은 지금의 이 말을 꺼내기 위한 밑밥에 불과했던 것이다.

현후의 머릿속이 사뭇 복잡해졌다. 강 회장에게 그만큼 서윤의 의미가 크다는 이야기일까.

상당수의 이들이 예상 밖의 말에 당혹스러워하는 모습을 보였다. 사전에 듣지 못한 말인 듯 정 여사와 아라의 얼굴이 하얗게 질렸고, 태현 또한 눈만 깜박이며 서윤을 쳐다보았다. 하지만 그 누가 아무리 놀랐다 해도 당사자인 서윤의 심정을 따라올 수는 없을 것이다. 그녀의 손가락에서 포크가 떨어져 바닥에 처참히 나뒹굴었다.

"그게 무슨 말씀이세요, 당신?"

정 여사가 상당히 흐트러진 모습으로 물었다. 강 회장은 그에

아랑곳하지 않고 제 할 말만을 이어갔다.

"물론 지금 당장 투입하진 못하지요. 수오취업아카데미에서 소정의 교육을 받은 후 배치할 생각입니다. 우리 아이의 생각도 어떤지 궁금하군요."

그 속내를 쉬이 짐작할 수 없는 회장의 시선이 서윤에게로 향했다. 음식을 괜히 집어먹은 듯하다. 속이 더부룩하며 부글부글 끓어올랐다.

회장은 쓸데없는 말을 농담처럼 던질 성격이 아니다. 저리 말하는 것에는 분명히 이유가 있었다. 어째서 서윤 제게 그 중요한 자리를 맡기려고 하는 것일까. 그의 집안에서 빈약한 제 위치를 보장해 주기 위해 벌이는 일이라고 생각하기엔 황송할 정도로 과분하다. 시간을 두고 그 속내를 파악해야만 했다.

"회장님께 서윤 씨에 대한 이야기는 누누이 들어왔지요. 좋은 파트너가 될 수 있으리라 생각합니다만……."

원만하고 평화로운 직장생활을 위해 적당히 답변하는 것은 직장인의 기본 중의 기본. 햇병아리인 게 분명한 서윤을 비서로 두면 여러 가지로 골치 아픈 일들이 생기겠지만, 회장의 관심을 받을 수 있음은 자명한 사실이다.

"……생각할 시간을 주세요, 회장님."

강 회장의 눈빛을 애써 담담히 받아낸 서윤이 답했다. 뜻밖의 상황에 당황스러워하는 태현과 시어머니, 시누이의 시선이 느꺼진다. 몇 발자국 떨어진 곳에서 현후가 타오르는 눈빛으로 그녀를 바라보고 있다.

어떤 선택이든 자신을 지지하겠다던 말. 조금 전 현후가 대기실에 와서 던지고 간 말이 이해가 될 듯 말 듯하였다. 성격 빼고 무엇 하나 나무랄 것 없이 다 갖춘 그에게 예지의 능력마저 주어진 것일까.

서윤은 혼란스러운 마음에서도, 급변하는 상황에서도 더 이상 도망칠 수 없다고 생각했다. 제가 주체가 되어 적극적으로 나서야 했고, 무엇이 어떻게 되든 결단을 내리지 않으면 안 됐다.

"빠른 시일 내에 찾아뵙고 답변드리겠습니다."

만족할 정도는 아니지만 제법 깔끔한 대답에 강 회장은 천천히 고개를 끄덕였다. 제일 앞에 서 있는 그의 시야에는 무언가 결심이 서린 듯한 서윤의 얼굴과 당황해하는 가족들의 얼굴, 수군거리는 손님들과 금방이라도 부서질 유리 조각상처럼 웃고 있는 현후의 모습이 한 번에 들어왔다.

서윤은 입술을 살며시 깨물었다. 그래, 무슨 일이 닥치든 정신만 바짝 차리면 된다고 하였다. 제 손과 발을 꽁꽁 묶고 있는 족쇄에서 자유로워지기만 하면 되었다. 그러기 위해서는 한 가지, 단 한 가지만 확인하면 되었다.

그녀는 태현의 얼굴을 흘끔 쳐다보았다. 어허, 이를 어쩌나. 그와 시선이 정면으로 마주쳐 버렸다. 태현이 무슨 생각으로 저를 바라보고 있었는지 알 수 없었다.

서윤은 음식이 조금 남아 있는 제 접시로 시선을 돌렸다. 이러다가 접시에 구멍이 뻥 뚫릴지도 모르겠다는 생각이 들었다. 가슴 한구석이 막혀 버린 수도관처럼 답답했다.

제 심장에 남아 있는 태현에 대한 감정은 아직 버리지 못한 사랑일까, 아니면 헤어짐과 불안정한 미래에 대한 두려움일까. 제 진심이 궁금했다. 더 늦기 전에 깨달아야만 했다.

강 회장의 중대 발표가 끝난 후, 서윤은 일부러 구석자리로 걸음을 옮겼다. 하지만 곳곳에서 수군거리는 사람들의 시선이 여전히 저를 좇는 것처럼 느껴졌다. 가면을 뒤집어쓴 것처럼 담담한 표정을 유지하기 위해 와인을 조금씩 들이켰다. 달다기보다 쓰디쓰다. 술은 역시 마실 만한 게 못 되었다.

"잘 마시지도 못하는 술을 왜 마셔."

어느새 다가온 것일까. 인상을 찌푸린 태현이 그녀의 손에서 잔을 빼앗아 들었다.

"이곳에서 말다툼하기 싫어. 돌려줘."

서윤이 담담한 어조로 요구했다. 하지만 태현이 제 말을 무시하자 그녀는 옆의 테이블에서 새 잔을 가지고 와 와인을 따랐다. 그의 눈썹이 꿈틀거렸다.

"너······."

"가만있을 게 아니라면 생각 좀 하게 비켜줄래?"

서윤이 새 잔의 와인을 반쯤 비웠을 때, 무시당했다는 분노 탓인지 이글거리는 눈동자로 그녀를 쳐다보던 태현이 그 잔마저 빼앗아 남은 와인을 들이켜 버렸다. 그는 빈 잔을 테이블 위에 소리 나게 내려놓고 부모님께 인사도 드리지 않은 채 서윤의 손을 잡고 홀 바깥으로 빠져나왔다.

"뭐 하는 짓이야!"

서윤이 앙칼지게 소리쳤지만 태현은 꽉 붙잡은 손을 놔주지 않았다. 하얀 손목에 낙인처럼 붉은 자국이 생겼다. 그녀가 제 풀에 지쳤을 때쯤 그들은 지하주차장에 도착했다. 태현은 서윤을 조수석에 밀어 넣고 운전대를 잡았다.

마시지도 못하는 술을 연신 들이켜서인지 거칠게 운전하는 차 안에서 속이 심하게 울렁거렸다. 서윤은 토할 것 같은 느낌을 억누르기 위해 눈을 감았다.

오른팔로 얼굴을 가리다 보니 손목의 붉은 자국이 더욱 또렷하게 인식되었다. 기분 참 뭣 같다. 침전하는 늪 위의 부유물이 된 기분이다. 깊이 모를 늪에 빠져드는 착각과 함께 잠시 잠이 들었던 것 같다.

이곳은 대체 어딜까. 서윤은 낯익으면서도 낯선 풍경에 인상을 찌푸렸다. 데자뷰를 마주한 느낌이다.

사람들이 적은 야밤의 패스트푸드점. 점원은 그녀에게 노란색 종이로 포장된 햄버거를 종이봉투에 넣어 건네주었다.

정해진 패턴처럼 그것을 받아 들고 나오는 순간, 마주 걸어오던 사람과 부딪쳤다. 서윤은 설마 하는 심정으로 그 사람의 얼굴을 쳐다보았다. 지금보다 앳된 느낌의 태현이 저를 빤히 쳐다보고 있다. 마음이 가장 복잡한 때 이상하게도 그를 처음 만났던 순간으로 돌아왔다.

무어라 설명하기 힘든 아련한 느낌이 그녀의 주변을 감쌌다. 서윤의 손에서 종이봉투가 툭 떨어졌고, 그가 천천히 입을 벌렸다. 도대체 무슨 말을 하려는 것일까.

"……나."

디디고 있던 바닥이 와장창 무너져 내렸다. 꿈에서 현실로 돌아오는 것은 순간이었다. 몽롱한 감각이 한 꺼풀 벗겨진 순간 서윤은 엎어지면 코 닿을 거리에 있는 태현을 볼 수 있었다.

집에 벌써 도착한 것일까. 그녀는 익숙한 제 방 침대 위에 힘없는 인형처럼 누워 있고 태현은 다소 짜증스러운 표정으로 서윤의 몸에서 코트를 벗기고 있다. 그의 입술이 꿈속에서처럼 천천히 벌어졌다.

"깼으면 좀 일어나 봐. 옷 입고 잘 것 아니잖아?"

책망 어린 목소리에 서윤은 억지로 몸을 반쯤 일으켰다.

"내가 너 때문에 못산다. 마시지도 못하는 술을 마신 이유가 뭐야? 나 엿 먹이려고?"

태현이 한숨을 푹푹 내쉬며 물었다. 서윤은 망가진 마리오네트 인형처럼 두 눈을 깜박거렸다.

"내 걱정 하나도 안 하는 사람을 엿 먹여서 뭐 할 건데……."

술기운이 온전히 사라지지 않은 탓인지 목소리가 자꾸만 기어들어 가고 혀가 꼬부라진다. 사실 머리가 지끈지끈거리고 온몸이 나른해서 다시 눈을 감고 싶었다.

"야, 하나도…… 안 하는 건 아니거든?"

툴툴거리는 목소리가 들려왔다. 얘가 지금 뭐래니. 사람이 안 하던 말, 안 하던 행동을 하면 죽을 때가 다 된 것이라는 말도 있던데.

서윤은 살짝 인상을 찌푸리며 이마를 짚었다. 가늘게 뜬 눈으로 어두컴컴한 방 안의 풍경과 어정쩡한 자세의 태현이 비춰졌다. 오가는 말이나 상황으로 봐서는 전혀 아니었지만 둘의 자세가 상당히 묘했다.

서윤은 몸을 반쯤 일으킨 상태이고 태현은 그녀를 제 다리 사이에 둔 채 무릎 꿇은 자세로 앉아 있는 상태이다. 게다가 그의 손에는 서윤에게서 힘겹게 벗겨낸 새하얀 털코트가 들려 있다. 태현 또한 제 자세가 무언가 이상하다는 사실을 눈치챘는지 그의 얼굴이 스리슬쩍 붉어져 있었다.

"야, 오해 마. 난 그냥 겉옷만 벗기려고……."

결혼이라는 서약하에 묶인 부부인데 지금과 같은 상황에서 변명을 해야 하는 모습이 퍽 우습다. 정상적인 부부라면 이러한 상황에서 핑크빛 분위기가 물씬 풍길 텐데, 말 그대로 이름뿐인 형식적인 결혼 생활.

서윤은 천천히 심호흡을 했다. 내부에서부터 옅은 술기운이 꾸역꾸역 올라온다. 거참, 난감하네그려. 자신은 지금 이 순간 반드시 확인해 보고 싶은 것이 하나 있었다.

이 생활에 종지부를 찍을지 말지 결정해 주는 운명의 순간, 최대한 예쁘게 보여도 모자를 판에 평소보다 훨씬 더 흐트러진 모습으로 서윤은 태현에게 말했다.

뭐, 어때? 괜찮다. 태현은 제정신일지 몰라도 서윤 저는 술에 취했다는 훌륭한 명분이 있으니까.

"……키스해 줄래?"

"어?"

현 상황에 전혀 어울리지 않는 뜻밖의 말이라 당황한 것일까. 태현이 눈을 크게 뜨며 되물었다.

서윤이 피식 웃었다. 눈꼬리가 따끔따끔하니 뜨겁다. 제 마음, 제 몸인데 통제가 잘 되지 않는다. 어째서 미친 사람처럼 피식피식 웃음이 나오면서 눈물이 흐르려는 것일까.

"갑자기 왜 그래?"

"아니, 그냥……."

당황해하는 태현의 목소리가 꿈결처럼 와 닿았다. 피식 웃는 서윤의 뇌리로 한 가지 사실이 빠르게 스치고 지나갔다.

그러고 보니 연애할 때도, 신혼 초에도 자신은 이 사람에게 단 한 번도 키스를 먼저 요구한 적이 없었다. 결심을 굳힌 지금에야 시험대에 올라선 심정으로 그의 키스를 바라다니……. 서윤 저도 생각보다 잔인한 구석이 있었다.

'내가 요즘 로맨스 소설을 너무 많이 봤나. 이걸로 사람의 마음을 확인할 수 있을 리 없잖아?'

설혹 제가 태현 그를 아직까지 사랑한다 하여도 한창 불타오르던 연애 때 하던 키스와 지금의 키스가 느낌이 같을 리 없었다. 그와 마지막으로 키스한 게 언젯적 이야기인지 기억도 안 난다.

서윤은 전혀 논리적이지 못한 제 행동에 실소를 머금었다. 이래서 사람들이 술 마셨을 때는 닥치고 자는 게 좋다고 말하는구나. 그래, 쿨하게 인정하겠다. 술에 취해 실수했다.

자신이 멍청하다는 사실을 인지하자마자 서윤의 어깨와 팔에서 힘이 쭉 빠졌다. 그녀는 그 자세 그대로 침대에 드러눕고자 했다. 제 허리를 어색하게 감싸오는 손길만 아니었다면.

8

마음을 굳힌 여자들

태현의 얼굴이 서서히 가까워졌다. 심장이 콩콩 뛴다. 서윤은 불안한 일이 있을 때처럼 속이 바짝 죄어오는 느낌을 받았다.

뜬금없이 이처럼 중요한 순간에 누군가의 하얀 얼굴이 떠올랐다. 뮤지컬을 보러 갔던 날, 한강 둔치에서 저를 끌어안던 현후의 뜨거운 숨결과 목 메인 목소리가 심장을 차츰 옭아왔다. 그의 까만 눈동자가 어디선가 책망 어린 시선으로 저를 바라보고 있는 듯한 착각이 들었다.

"……헛소리한 거니까 잊어줘."

다가오는 태현을 처음으로 밀쳐 내고 말았다. 확실하게 확인하기 위해 끝까지 가만있어 봐야 하지 않을까 하는 이성보다 태현의 키스를 원치 않는다는 감정이 앞섰다.

서윤은 침대에서 일어나 도망치듯 욕실로 향했다. 조금 전과는 다른 의미로 가슴이 콩콩 뛰었다.

"미쳤어, 너!"

대체 언제부터였을까. 서현후 그에게 심장 한편이 아니라 전부를 내준 것이.

사람의 마음은 어느 날 갑자기 이리 확 변하는 것일까, 아니면 심장에 오랫동안 잠복해 있던 감정이 이제야 슬슬 기지개를 켠 것일까.

서윤은 차가운 욕실 벽에 기대어 멍하니 중얼거렸다. 이를 어쩌지. 대체 어떡하면 좋을까. 조금 전, 제게 다가오는 이가 태현이 아니라 서현후 그라면 좋겠다고 생각해 버렸다. 만약 실제로 그랬다면 지금처럼 도망칠 수 있었을까. 저도 모르는 사이 현후의 새까만 시선 안에 옴짝달싹 못 하도록 갇혀 버린 기분이다.

가슴 위에 가만히 손을 얹었다. 그를 담아둔 심장을 더 이상은 부인할 수도, 외면할 수도 없었다. 최악이다. 앞으로 현후의 얼굴을 어찌 봐야 할지 모르겠다.

욕실에서 한참을 서 있었다. 제 침실을 빠져나가는 태현의 발자국 소리에 귀를 기울이며 도둑처럼 긴장된 마음으로 손만 꽉 그러쥐고 있었다. 잠시 후, 그의 방문이 거세게 닫히는 소리가 들려왔다. 저도 모르게 온몸이 움찔거렸다.

그러고도 상당한 시간이 흐른 후에야 서윤은 도둑고양이처럼 살며시 욕실을 빠져나왔다. 방문을 조심스레 걸어 잠그고 바닥에 떨어진 코트 주머니를 뒤져 핸드폰부터 찾았다. 그녀가 은근히 기다리고 있던 문자 하나가 도착해 있었다.

―괜찮아? 안색이 안 좋던데…… 어디 아픈 건 아니지? 오늘 혼란스럽게 만들어서, 곤혹스럽게 만들어서 미안해. 정말 미안해. 다 내 잘못이야.

서윤은 몇 번을 반복해서 읽었다. 단어 하나하나를 눈동자 너머 뇌리에 새겼다. 현후의 말투도 태도도 변한 것은 아무것도 없는데, 그 간단한 문자 하나에 이상하게도 마음이 설렌다.

나를 걱정해 주고 있구나.

그도 내 생각을 하고 있구나.

묘한 설렘과 안도감, 자신이 듣기에도 간사스럽다고 느끼는 심장의 두근거림.

답장을 보낼 수 없었다. 지금은 몇 번을 고쳐 쓰든 저도 모르는 사이 사심이 들어간 이상한 답변을 할 것 같아서 서윤은 문자메시지 함을 가만히 빠져나왔다. 태현에게 처음으로 두근거림을 느끼던 그 순간 이상으로 서현후 때문에 심장이 팔짝팔짝 뛴다.

그날 밤, 그녀는 도저히 잠을 이룰 수 없었다. 시간이 어느 순간 멈추었다가도 빠르게 흘러가고 또다시 멈추어 버리는 일이 반복되었다. 결국 서윤은 부스스해진 머리로 침대에서 일어나 컴퓨터를 켰다.

캄캄한 새벽, '결혼을 반납하다'의 소설 속 인물 L양은 아무도 모르게 S군을 조용히 마음에 품었다. 제 심장을 똑바로 마주한 그녀는 그의 새까만 눈동자에 갇혀 도망칠 수 없었다.

잠을 제대로 자지 못해 비몽사몽의 상태지만 서윤은 날이 밝자 부엌으로 향했다. 간밤의 두근거림이 다소 가라앉자 현실적인 고민과 고뇌가 물밀듯이 밀려왔다. 이서윤 넌 이제 어떻게 할 거야? 계란찜을 하기 위해 당근을 써는 소리가 제 마음을 사정없이 난도질하는 기분이 들었다.

마침내 그 날카로운 칼끝이 제 손가락을 스치고 지나갔을 때, 서윤의 눈동자에서도 눈물이 한 방울 똑 떨어져 내렸다. 누군가를 사랑하게 되면 마냥 설레기만 하던 학생이 아니라는 사실을 다시 한 번 깨닫는다. 자신이 먹은 마음, 자신이 한 행동에 대해 오롯이 책임을 져야만 하는 성인이다.

강태현 그를 더 이상 사랑하지 않는다 해도 이 결혼을 무 자르듯 단번에 그만둘 수도 없고, 서현후 그를 마음에 두어도 마음에 두었다고 말할 수 없다. 시아버지는 전날 제게 수오그룹의 중역 중 하나인 김 이사의 비서 자리를 제안해 왔다. 말이 제안이지 사실상 통보, 혹은 위임이나 마찬가지 형태다. 그런 분이 저와 태현이 이혼한다고 해서 가만히 놔둘 리도 없을뿐더러 설령 가까스로 이혼에 성공했다고 치자. 그 이후엔 어떻게 살아갈 것인가.

다행히 전에 살던 집은 어머니의 명의로 남아 있으니 머물 곳은 있다. 하지만 저와 어머니의 생활비 및 병원비는 어떻게 해야 하나. 대학을 졸업한 학생들도 취직할 곳을 찾지 못해 애를 태우는 판국에 고졸 출신인 제가 어디인들 쉽게 취업될 리 없었다. 눈을 많이 낮춰 취업하거나 아르바이트를 한다 해도 생활비만 가까스로 마련할 수 있다 뿐이지 어머니의 병원비를 대기는 무리일 테다.

머리가 이리저리 엉킨 실타래처럼 복잡하다. 세상은 단순하지도 않고 호락호락하지도 않다. 어머니가 결혼 당시 저를 향해 '어려서 걱정된다' 고 말하던 속뜻을 차츰 깨달아가고 있었다.

핏방울이 번지고 흩어지는 모습이 아릿했다. 꽤 깊게 베인 탓인지 차가운 물로 씻어내려도 피는 꾸역꾸역 흘러나왔다. 손가락이 얼어붙을 만큼 차가워지고 나서야 간신히 피가 멈출 기세를 보였다.

'……네가 정신 차리지 않으면 아무것도 할 수 없어, 이서윤.'

상처 위에 밴드를 하나 갖다 붙였다. 그 안으로 물이 들어갈 때마다 따끔따끔 쓰라렸다.

아침 식사를 차리면서 거실의 달력에 눈길을 한번 주었다. 태현이 다니는 대학교의 2학기가 거의 끝나간다. 그가 제 시험 날짜를 일일이 얘기해 준 적은 없기에 대략 추측만 하고 있지만, 늦어도 다음 주 화요일이나 수요일에는 모든 시험이 끝날 것이다.

'그때부터는 태현이 밖에 나가지 않는 한 둘이 집 안에 갇혀 지내야 하잖아.'

생각만으로도 숨이 탁 막혀왔다. 그 순간 태현의 방문이 열렸고, 그는 서윤의 시선을 피한 채 욕실로 들어갔다. 어제의 제 행동에 상처받은 것일까.

조금은 우스워져 입술을 깨물었다. 고작 그 정도에 상처받은 눈빛, 상처받은 모습을 하는 것은 반칙이라 생각되었다. 서윤 저는 그가 다른 여자와 팔짱을 끼고 지나가는 모습을 봤을 때도, 그가 제 입으로 바람을 시인할 때도 약한 모습 보이지 않기 위해 얼마나 애썼는데.

태현은 다 씻고 나와서 말없이 옷을 갈아입고 바깥으로 나갔다. 쿵, 닫히는 현관문 소리에 오히려 마음이 편해졌다.

서윤은 식탁에 홀로 앉아 밥을 우적우적 씹어 먹었다. 이유 없이 흘러내리는 눈물이 자꾸만 입안으로 들어가 맛이 오묘했다. 차라리 잘되었다. 그가 이제 와서 제 행동을 후회하기보다는 저처럼 상대방에게 갖고 있던 작은 애정마저 떨치기를 바란다. 어쩌면 그편이 서로가 덜 상처받는 길일지도 몰랐다.

아침밥을 먹고 나서 연아에게 전화를 걸었다. 수화기 너머 들려오는 그녀의 목소리에 왜인지 울음이 복받쳐 오는 것을 꾹 참아내고 서윤은 조심스레 약속 시간을 바꾸자고 요청했다.

[그럼 언제가 좋아?]

"혹시 내일 저녁 시간 괜찮아?"

[으음…… 사실 수요일 날 시험이 하나 있긴 한데, 서윤이가 이렇게 전화를 해서 시간을 바꿀 정도라면 내가 무척 보고 싶다는 뜻이겠지? 그래, 좋아. 대신 화요일 날 시험공부 빡세게 해야지.]

순간 서윤은 자신이 너무 제 생각만 한 것 같아 미안해졌다. 태현처럼 대학생인 연아도 지금쯤 한창 시험 기간일 텐데, 내일 저녁에 만나 제가 하소연을 가장한 고민거리를 한 아름 늘어놓으면 사람인 이상 그녀의 마음도 심란해지지 않을까. 대학등록금도 비싼데 시험을 망쳐서는 안 되지.

"미안해. 시험 기간인 줄 미처 생각 못 했어. 그냥 너 시험 끝나고 나서 보자."

[됐어요, 됐어. 내가 뭐 빡세게 공부하는 스타일도 아니고……. 내일 만나서 신나게 수다 떨고 화요일에 공부에 올인하

면 되지. 미안하면 내일 커피나 쏴.]

"그래, 미안해……."

떨리는 손으로 연아와 통화를 마치고도 마음이 좀처럼 진정되지 않았다. 병원에 계신 어머니를 찾아가 모든 사실을 털어놓고 조언을 구해볼까 생각도 해봤지만 서윤은 이내 고개를 가로저었다.

'분명히…… 자신 때문에 내가 이러지도 저러지도 못한다고 생각하실 거야. 몸도 편찮은데 마음의 짐까지 안겨 드릴 필요는 없어.'

해변에 파도가 끊임없이 밀려오는 것처럼 잔뜩 울렁거리는 마음 탓에 집안일도, 공부도 집중할 수 없었다. 서윤은 저도 모르게 인터넷에 접속해 아르바이트 및 구직 사이트를 뒤지고 있는 자신의 모습을 발견했다.

'초조하게 마음먹으면 될 일도 안 돼. 진정해.'

하지만 마음과 몸은 여전히 따로 놀았다. 구직 조건들을 살펴보면 살펴볼수록 가슴이 답답해진다. 기업에 고졸 출신으로 지원해 보려고 해도 그 사이의 공백 기간이 상당해 불리해 보였다. 한숨만 연신 삼키고 있는데 그 순간 책상 위에 놓아두었던 핸드폰이 부르르 떠는 진동 소리를 내었다.

서현후. 화면 위에 떠오른 세 글자를 본 서윤은 숨을 크게 들이쉰 후 전화를 받았다.

"여보세요……"

그녀가 조심스레 입을 열자, 가슴 떨리는 목소리가 들려왔다.

[몸은…… 괜찮아? 걱정했어.]

그러고 보니 현후의 문자에 답장을 보내는 일을 깜박했다.

"응, 괜찮아. 어젠 그냥 조금 어지러웠을 뿐이야."

[다행이다. 괜찮다면…… 집에 잠깐만 들러도 돼? 너 정말 괜찮은지 얼굴만 보고 갈게.]

현후는 기본적으로 그리 좋은 성격은 못 됐지만 제 편이다 생각되는 사람들에게는 친절한 편이었다. 서윤 제게 건네는 말도 친구로서 그저 걱정되어 하는 말일 뿐인데 마음이 설레는 스스로가 몹시도 원망스럽다.

자꾸만 쓸데없는 기대감을 갖게 된다. 어쩌면 그에게 저는 아주 특별한 사람이 아닐까. 그도 제게 친구 이상의 마음을 품고 있는 것은 아닐까. 소설처럼 달콤한 상상을 해본다.

'하지만…… 그가 뭐 부족한 게 있어서?'

어젯밤 파티에서 현후의 주변을 둘러싸고 있던 어여쁜 여자들이 떠올랐다. 자신과는 비교도 안 될 만큼 아름답고 똑똑하고 세련된 그녀들. 저처럼 특별한 경우가 아니고서는 그 파티에 초대된 이상 현후의 집안과 비슷한 그룹의 자제일 가능성이 높았다.

[서윤아?]

깊은 상념에 빠진 저를 부르는 목소리에 현실로 되돌아왔다. 현후를 위해서라도, 현실의 여러 조건들을 살펴보더라도 그를 마음에 품되 일정선 이상 가까이 다가가서는 안 된다는 마음과 그와 조금이나마 더 가까워지고 싶다는 마음이 강렬한 불꽃을 일으키며 충돌한다.

[내가 집안에 대해 미리 말하지 않아서 화난 거야? 미안해. 딱히 감추려는 것은 아니었어. 네가 부담스러워할까 봐…… 네가 나를 태현과 비슷한 부류로 생각할까 봐 두려워서 말하지 못한 거야. 미안해, 서윤아. 아무 말이나 해봐. 응? 제발…….]

현후의 불안과 초조함이 무선을 넘어 귓가로 고스란히 들려온다. 평소처럼 그의 태도에 가슴 한구석이 먹먹해지면서도 평상시와 달리 현후가 제게 쩔쩔맨다는 사실이 묘한 쾌감을 준다.

하지만 서윤은 제가 나쁘다는 생각은 하고 싶지 않았다. 현후의 모습이 눈앞에 보이지 않는데도 그의 얼굴과 동작이 하나하나 연상되는 것을 보면 그를 대하는 제 상태가 훨씬 더 심각해 보이니까. 자신은 대체 어쩌다가 속 시꺼먼 이 남자를 마음에 두게 된 걸까.

"그런 것 아냐. 그건 그렇고, 태현이 언제 돌아올지 모르는데."

[성민이랑 다른 애들 만나는 것 같더라고. 잠깐만 기다려. 나 지금 갈게. 30분 안에 갈게.]

서윤이 마음을 바꿔 금방이라도 오지 말라고 말할 것 같았던 지 현후는 다급하게 전화를 끊었다. 그 모습이 어딘지 모르게 귀여워 서윤의 입가에 희미한 미소가 걸렸다.

멀티가 가능한 여자는 품고 있는 마음도 한없이 복잡하다는 데 그 말이 맞는 것 같다. 마음이 종잡을 수 없이 자꾸만 변한다.

서윤은 집 안에서 입고 있던 옷을 가만히 바라보다가 어딘지 모르게 부끄러운 마음이 들어 심플한 외출복으로 갈아입었다. 고뇌와 고민으로 얼룩진 마음이 잠시 수그러든 자리에 묘한 두근거림이 대신 자리 잡았다.

결과적으로 현후는 자신이 한 말을 지켰다. 30분도 안 되어서 초인종이 울렸고, 서윤은 현관문을 열어주었다. 약간 상기된 그의 얼굴이 제집 앞까지 열심히 달려왔음을 짐작케 했다.

"봐. 멀쩡하잖아."

서윤이 피식 웃으며 던진 말에 현후 또한 배시시 웃어 보였다. 중학교 때 그렇게 반 여자아이들과 선생님들을 녹이던 그의 미소가 이제는 서윤의 마음마저 녹이고 있었다. 그가 제 손에 들린 하늘색 조각 케이크 상자를 가볍게 흔들었다.

"놀랐을 땐 단 게 좋대."

귓가에 작게 속삭여 오는 목소리. 미묘한 아찔함에 서윤은 저도 모르게 어깨를 움찔거렸다. 생전 처음 들어보는 말이지만 그녀는 잠자코 고개를 끄덕여 주었다.

현후가 익숙하게 식탁 쪽으로 걸어오는 모습을 보며 서윤은 묘한 느낌에 휩싸였다. 만약 태현 대신 그가 제 옆에 있었다면 자신은 마음 아파하지 않고 행복했을까.

서윤은 고개를 천천히 가로저었다. 바람피운 태현이 나쁜 놈이긴 하지만, 이 모든 일을 그의 잘못으로만 돌릴 수 없었다. 그도 한때는 현후 이상으로 다정한 사람이었다. 태현의 변화에는 의존적이고 이기적인 제 탓도 있을 게다.

케이크와 먹기 좋게 커피 두 잔을 타 내왔다. 현후가 사온 케이크는 생크림과 딸기의 조화가 환상적인 딸기케이크와 쫀득하고 진한 맛이 일품인 치즈케이크였다. 그는 이상하게도 자신의 취향을 잘 알고 있었다. 이런 면에서 또 한 번 쓸데없는 희망을 품게 된다.

"음…… 어…… 저…… 있잖아. 그…… 미리 말하지 못해서 미안해. 내겐 딱히 자랑스러운 사실도 아니고, 상기하고 싶지도 않은 사실이고……."

정말 많이 놀라긴 했지만 서윤 스스로도 어쩔 수 없는 일이라는 사실은 잘 알고 있다. 솔직히 말해 평소 자신의 집안이나 가정환경에 대해 쓸데없이 나불대는 사람이 더 이상한 것 아닌가. 하지만 지금 이 순간 아무 말 없이 앉아 있는 이유는 그의 이야기를 조금이나마 더 듣고 싶어서였다.

"나는 섬영그룹의 회장님, 아버지가…… 미웠어. 아니, 지금
도 증오해. 엄마가 자살하도록 등 떠민 사람이니까. 나를 벼랑
끝으로 내몬 사람이니까……."

현후의 목소리가 점점 작아지며 기어들어 갔다. 평소와 달리
푹 숙인 그의 고개는 좀처럼 들릴 줄 몰랐다. 어딘지 모르게
움츠러든 모습이 여자의 모성본능을 미묘하게 자극해 왔다.

"네 배경이 무어든 너는 너잖아."

서윤이 조용히 건넨 한마디에 그가 천천히 고개를 들었다. 축
처진 모습이 안쓰럽다.

"놀라긴 했지만 그뿐이야. 화나고 말고 할 것도 없어. 넌 내게
너무 과하게 미안해하는 습관이 있더라?"

딸기케이크를 한입 머금으며 살포시 미소 짓자 그가 어색하
게 따라 웃었다. 케이크와 그의 웃음, 더 단것이 무엇인지는 잘
모르겠지만 입안 가득 단맛이 느껴진다.

소소한 두근거림이 존재하는 침묵의 시간. 케이크에 집중하
는 척 식탁으로 고개를 살짝 숙여 봐도 결국에는 그를 은근슬쩍
쳐다보는 서윤 제 모습을 발견하게 된다.

태현과 한창 연애할 때도 이러지는 않은 것 같은데. 양방
통행의 사랑보다 이루어질 가망이 없는 외사랑이 이리도 더
애틋하고 두근거리는 것이었나. 사랑을 다시 한 번 생각해 보

게 된다.

현후가 제 가방을 뒤적거리더니 종이 뭉치 하나를 꺼내 들었다. 서윤은 왠지 엄청나 보이는 양에 기죽어하며 그것을 받아 들었다. 설마 이게 다 수학 문제는 아니겠지?

"100% 정확한 것은 아니지만, 내가 할 수 있는 범위 내에서 최대한 조사해 봤어. 수오그룹의 영향력이나 그 그룹 내에서의 김 이사의 위치와 비중 같은 것 말이야."

"내게 이걸 왜……?"

"말했잖아. 난 네 어떤 선택이든 존중해. 네가 원래 계획대로 수능을 본다고 하면 그 뜻을 따를 거고, 네가 강 회장이 제시한 자리를 받아들인다 해도 그 뜻에 따를 거야."

순간 숨이 턱 막혀왔다. 말만으로 그치지 않고 행동으로까지 이어진 결과는 그의 의지가 어떠한 종류의 것인지 명백하게 보여 주었다. 서윤은 지금 당장 이 자리에서 따져 묻고 싶었다. 도대체 그에게 제가 어떠한 존재이기에 이렇게까지 절대적이고 헌신적인 것이냐고. 그 질문이 목 끝까지 차올라서 눈가를 따끔거리게 만들었다.

"왜 그렇게까지……."

뒷말이 서윤의 입안에 갇혀 빠져나오지 못했다.

현후는 아무것도 모르는 척 짐짓 밝은 웃음으로 저를 꽁꽁 포장했다. 처음에는 서윤을 어떻게든 제 곁에 두면 행복하리라 생각했는데 보면 볼수록, 만나면 만날수록 그녀를 점점 더 사랑하게 되어서 서윤이 어디에 있든 어떤 모습이든 간에 행복하게 존재하기만을 바라게 되었다.

"시간을 두고 잘 생각해 봐. 수학 문제도 평소처럼 준비했다? 이 정도 준비성이면 사막이나 무인도에 떨어져도 나 완전 잘 살 것 같지?"

이번에는 수학 문제를 건네는 그에게 자리에서 일어난 서윤이 눈물을 왈칵 뿌리며 안겨왔다. 현후는 하마터면 중심을 잃고 의자째 뒤로 넘어질 뻔했다.

은은한 로즈 향이 그의 코끝을 맴돌았다. 서윤이 평소 즐겨 쓰는 샴푸나 로션의 향일까. 팔색조처럼 매혹적인 그녀에게 퍽 잘 어울린다는 생각이 들었다.

사랑해, 이서윤.

그녀를 마음에 품은 이후 심장으로 몇만 번이고 중얼거린 그 말을 오늘도 속으로만 속삭여 본다. 너의 모든 것을 사랑해, 이서윤.

제가 대체 왜 그런 행동을 했을까. 홀로 우는 게 아닌 이상, 어느 상황에서든 울고 난 후에 찾아오는 감정은 극한의 쪽팔림이다.

조금 차가운 느낌이 맴돌던 케이크가 상온에 오래 노출되어 미지근해졌다. 서윤은 현재의 상황이 몹시도 당혹스럽고 겸연

쩍어 케이크를 먹는 데 목숨을 바친 사람처럼 빵조각을 입에 꾸역꾸역 쑤셔 넣었다.

다소 당혹스러워하던 서현후. 그도 지금은 제법 안정을 되찾아 서윤이 푼 수학 문제들을 하나하나 살펴보고 있다.

"서윤아, 이 문제는 어떻게 해서 답이 나온……."

문제에서 시선을 뗀 그가 서윤의 얼굴을 빤히 쳐다보다가 피식 웃었다. 그녀는 당황해서 살포시 인상을 찌푸렸다.

"왜, 왜……?"

"입가에 크림 묻었다."

서윤이 휴지를 찾기 위해 재빠른 시선으로 식탁 위를 훑는 사이, 현후의 손가락이 가까이 다가왔다. 쓰윽, 그의 하얀 손가락이 저보다 더 하얀 생크림을 깨끗이 훑어내 제 입안에 넣었다.

"이렇게 덜렁거리니까 문제에서도 엉뚱한 실수를 하는 거야."

심장이 터질 것처럼 두근거렸다. 서윤의 목 너머로 침이 꼴깍 넘어갔다. 고등학교 시절, 반 친구 중 하나가 대학생 과외 선생님이 완전 잘생겨서 오히려 공부에 집중이 안 된다고 말했을 때 그녀가 참 한심하다고 생각했는데 그 말은 오늘부로 완전히 취소다.

'……남자가 저렇게 섹시해도 되는 거야? 이건 반칙이잖아.'

잘생긴 얼굴을 보는 것만으로도 공부에 집중하기 힘들다던데 제 눈앞의 이 남자는 잘생기다 못해 섹시하기까지 하다. 안 그래도 못 하는 수학 공부, 더 망하는 것은 아닐까. 수학 공부를 좀 더 효율적으로 할 수 있는 새로운 방안을 강구해 봐야겠다.

현후가 집에 머문 시간은 한 시간 반 남짓. 짧다면 짧은 시간이고 길다면 긴 시간이지만 서윤은 묘한 아쉬움을 감춘 채 그를 배웅했다.

"나 갈게."

"남은 기말고사 잘 봐."

서윤의 말에 현관을 나서던 현후가 어깨를 으쓱거렸다. 아무 문제 없다는 듯 자신만만한 태도이다. 저거 저러다가 시험지 앞에서 머릿속이 백지가 되어야 정신 차릴 놈이지.

문을 열면서 잠깐 마주한 찬바람에 어깨가 서늘해졌다. 현후가 떠난 후 두근거림을 대신해 일말의 죄책감이 서윤의 가슴을 교대 근무하듯 메워왔다. 중간에 주소를 잘못 찾아온 택배원이 초인종을 눌렀을 때 태현인 줄 알고 얼마나 당황했던가. 그 말인즉슨 지금의 상황과 제 감정이 그리 떳떳치 못하다는 의미리라.

엄마, 아빠와 같은 삶은 살지 않겠다. 어릴 때부터 해온 다짐을 깨뜨리지 않기 위해서라도 여러모로 발버둥 쳐봤지만 이미 돌아선 마음을 되돌릴 수는 없었다.

현후가 건네준 수학 문제는 연습장 사이에 잘 끼워놓았지만, 그룹 및 김 이사에 대한 정보는 먼지 쌓인 물건들이 어지럽게 늘어져 있는 서랍 안에 그냥 쑤셔 넣었다. 쳐다볼 필요도 없었다. 제 마음을 확실히 깨닫는 순간 답은 정해졌기 때문이다. 태현을 더 이상 사랑하지 않는다면 이 집안에 남아 있을 이유가 조금도 없었다.

오전에 나간 태현은 밤늦게야 되돌아왔다. 제 방문을 잠그고 공부를 하고 있던 서윤은 문고리를 덜컥덜컥 잡아 흔드는 소리에 그가 돌아왔음을 눈치챘다. 하지만 아무런 말도 없이 날카로운 금속 소리만 들려오자 서윤은 문득 두려워져 문을 열지 못했다.

덜컥거리는 소리는 5분 정도 들리다가 사라졌다. 서윤은 잡고 있던 문고리를 가만히 놓았다. 땀에 푹 젖은 손바닥이 미끄러웠다.

"……대체 무슨 말을 하고 싶었던 것일까."

주위가 조용해진 후에야 서윤은 비로소 의자에 앉아 생각할 여유가 생겼다. 지금처럼 그와 얼굴을 마주하는 일조차 힘들다면 앞으로는 어찌해야 할지 더욱 막막하게 느껴지는 밤이다.

하루가 1년 같았다. 월요일 저녁 무렵이 되어 서윤은 연아와의 약속을 위해 외출 준비를 하면서 조금이나마 생기를 되찾았다. 집을 나서기 전, 기본적인 도리로 태현이 먹을 저녁 식사는 랩을 씌워 식탁 위에 가지런하게 차려놓았다.

연아와 만나기로 한 곳은 지난번 우연히 마주친 백화점 지하 1층에 있는 '아띠'라는 이름의 카페이다. 테이블과 의자, 아기자기한 장식 소품들의 파스텔 톤 색상이 마음을 편안하게 만들어주는 곳이었다. 공기 중에 퍼져 있는 커피 원두의 향이 코를 자극해 왔다.

"왔어?"

서윤보다 일찍 와서 구석에 자리를 잡고 앉아 있던 연아가 웃으며 그녀를 맞아주었다.

"언제 온 거야? 많이 기다렸어?"

"조금 일찍 나와서 그냥 핸드폰 가지고 놀고 있었어."

주문한 음료가 나왔다. 서윤은 한 모금 들이켠 후 습관적으로 만질만질한 일회용 컵 뚜껑 부분을 매만졌다. 도대체 어디서부터 이야기를 시작하면 좋을지 알 수 없었다.

"지난번에 만났을 땐 바빠서 이야기도 제대로 못 하고 오늘에야 겨우 시간이 맞았네. 연락 없는 그동안 어떻게 지냈어? 잘 지냈어?"

활짝 웃는 얼굴로 입을 연 연아는 학창 시절보다 더 예뻐지고 생기발랄해 보였다. 누가 봐도 그녀를 세련된 여대생으로 생각할 것이다. 여러 가지 감정에 치여 얼굴에 짙은 그늘이 드리워진 서윤 저와는 달라도 너무 달랐다.

그런 연아에게 모든 이야기를 솔직하게 털어놓아도 이해받을 수 있을까. 본드라도 발라놓은 것처럼 입술이 쉬이 떨어지지 않았다.

"뭐, 그럭저럭. 사실 나……."

연아는 스마트폰을 한쪽에 밀어놓고 앞쪽의 음료를 한 모금 들이켜며 서윤의 이야기에 집중하려는 포즈를 취했다. 타이밍이 좋은 건지 나쁜 건지 카페에서 잔잔한 음악이 흘러나왔다.

"고등학교 마치자마자 바로…… 결혼했어."

"진, 진짜? 그래서 한동안 연락이 안 됐던 거야?"

"응. 어쩌다 보니 그렇게 됐네."

연아의 표정은 제3차 세계대전이 일어났다는 소식을 전해 들은 사람만큼 심란해 보였다. 하긴, 반대로 서윤이 그녀의 입장이었대도 놀랐을 것이다.

올해가 아직 지나지 않았으므로 그들의 나이는 겨우 21세에 불과했다. 만으로 따지면 이제 갓 20세이다. 이것저것 하고 싶은 것도 많고, 학회, 동아리, 봉사활동 등의 대외 활동을 통해 사람들도 많이 만나볼 나이였다. 하지만 그렇게 어린 나이에 결혼이라는 족쇄 아닌 족쇄에 묶여 버렸다고 하니 놀랄 수밖에.

"미, 미안. 너무 뜻밖의 소식이라 조금 놀라서……."

표정을 수습한 연아가 조심스레 사과의 말을 건넸다. 서윤은 애써 웃으며 괜찮다고 답했다.

"그래서 행복하게 잘 살고 있어?"

연아의 두 번째 질문이 날아왔다. 어떻게 지내고 있느냐는 첫 번째 질문보다 훨씬 더 답하기 어려웠다.

'행복이라……'

처음 몇 달간은 위태로워서 더 달콤했던 행복을 맛볼 수 있었다. 하지만 지금은…….

"나, 그 사람이랑 헤어질까 해. 그래서 네게 조언을 좀 구하고 싶어."

힘들고 불행하다는 투정 대신 그와의 이별을 생각하고 있다는 말로 현 상태를 알렸다. 말을 시작할 때만 해도 초조한 듯 이리저리 흔들리던 서윤의 눈동자가 어느 순간 확고하게 자리 잡았다. 연아는 그 모습을 보며 서윤이 마음을 단단하게 굳혔음을 깨달았다.

"대체 무슨 일이 있었기에 그래. 그 사람이 널 많이 힘들게 해?"

"태현이 다른 여자들이랑 바람피우고 있다는 사실을 처음 알았을 때 일찍이 갈라서야 했는지도 몰라. 하지만 그에 대한 미련과 두려움으로 나는 아무것도 하지 못했고, 결과적으로는 서로 상처만 늘린 꼴이 되었어."

태현. 무의식중에 서윤의 입에서 튀어나온 익숙한 남자의 이름에 연아는 하마터면 저도 모르게 욕을 내뱉을 뻔했다. 현후를 만난 이후 며칠 밤을 설쳐 가며 거짓이라면 좋겠다고 생각하던 일들이 아무래도 부인할 수 없는 사실이었나 보다.

'아냐, 아직은…… 아직은 100% 확실한 게 아니잖아?'

"여자들이란 말은 바람피운 대상이 한둘이 아니라는 거잖아. 대체 어떻게 생겨먹은 놈이길래 그렇게 뻔뻔해?"

자신의 애인이 양다리를 걸치고 있을뿐더러 결혼한 유부남이라는 사실을 알았을 때 이보다 더 충격받을 수는 없다고 생각했는데 그는 제 생각보다 훨씬 더 나쁜 놈이었다. 서윤의 말을 들어보니 저 외에도 사귀던 여자들이 다수 있었나 보다.

"뭐, 인물은 멀쩡하게 생겼어. 신혼 초까지는 자상하고 로맨틱하기도 했고……."

서윤이 코트 주머니에서 제 핸드폰을 꺼내 무언가를 찾는 사람처럼 손가락을 바삐 움직였다. 잠시 후, 그녀의 입술에서 탄식 어린 말이 흘러나왔다.

"……지운 줄 알았는데 못 지웠네."

씁쓸한 미소를 입에 머금은 서윤이 핸드폰 사진첩에서 사진 하나를 찾아내 연아에게 보여주었다. 사진 속의 그녀의 남자친구는 서윤의 어깨에 팔을 올린 채 행복하게 웃고 있었다. 빼도 박도 못 하는 진실이 연아의 눈앞에 펼쳐졌다.

"나쁜 놈."

연아의 입에서 저절로 욕이 터져 나왔다. 입술이 파르르 떨렸다. 지금 당장 전화로 태현을 불러내 어찌 된 일이냐고 따지고 싶은 충동을 간신히 억눌렀다. 아무것도 모르는 제 친구 서윤은 핸드폰을 거두어가며 덧붙였다.

"맞아, 참 나빠. 하지만 돌이켜 생각해 보면 나도 그리 잘한 건 없어. 경제적으로든 감정적으로든 그에게 너무 많이 의지해 왔으니까."

서윤은 최대한 무덤덤한 어조로 자신이 처한 상황을 이야기해 나갔다. 현모양처 노릇 하느라 대학 문턱도 밟지 못한 점, 태현과 결혼한 지 얼마 안 되어 어머니가 병으로 쓰러지고 시댁에서 그간의 병원비를 지원해 준 점 등을 말하면서 만약 시부모님의 방해 없이 그와 이혼하게 되더라도 제 고졸 학력으로 어머니의 병원비 및 생활비를 마련할 길이 막막하다는 사실마저 털어놓았다.

"이렇게 다시 만나자마자 못난 모습만 얘기해서 부끄럽기도 하고…… 그래도 누군가에게 속 시원히 이야기할 수 있어서 다행이라는 생각도 들어."

긴 이야기를 마치고 나자 서윤은 목이 타는 듯 다 식어버린 음료를 후루룩 들이켰다. 이야기 도중 묘한 부끄러움과 수치심에 얼굴이 화끈거리기는 했지만, 그래도 끝까지 말할 수 있어서 다행이었다.

결혼을 반대하다

"잘 생각했어, 서윤아. 그런 빌어먹을 놈이랑은 당장 헤어져!"

연아가 입술을 잘근잘근 깨물며 분노한 목소리로 외쳤다. 천하의 바람둥이에게 속절없이 놀아났다는 생각에 그녀는 평소보다 더욱 날카롭게 반응했다. 내 이놈을 기필코 응징하리라! 한편으로는 도둑이 제 발 저린다는 속담처럼 서윤이 미묘한 제 분위기를 눈치챌까 봐 불안해했다. 다행히도 서윤은 별다른 생각하지 않고 연아에게 너무 흥분하지 말라고 말했다.

타오르는 불처럼 분노에 찬 모습도 아니었다. 세상 다 잃은 표정으로 펑펑 우는 모습도 아니었다. 그저 스쳐 지나간 과거를 이야기하는 사람처럼 무덤덤해 보이는 서윤의 모습에 연아의 마음 한구석이 따끔따끔 아파왔다.

'넌 조금도 변하지 않았구나.'

서윤은 학창 시절부터 다른 친구들과는 조금 달랐다. 자신의 상처를 말없이 묵묵하게 끌어안고 버티곤 했다. 때문에 부모님, 선생님, 친구들이 봤을 때 그녀는 누구보다도 모범적인 학생이었다.

그때보다는 다소 철든 대학생이 되고서야 연아는 겉으로 드러나지 않는 사람의 내면에 대해 생각해 보게 되었다. 타인의 시선이 닿지 않는 이면으로 얼마나 많은 눈물이 서윤의 볼을 타고 흘러내렸을까. 어쩌면 더는 흘릴 눈물도, 더는 슬퍼할 심장도 남아 있지 않아 이토록 무덤덤해 보이는 걸지도 몰랐다.

"태현과 헤어지고 나면 그 이후의 삶을 어떻게 꾸려 나가야 할지 모르겠어. 사실 나 그동안 현후의 도움으로 수능 준비를 하고 있었거든. 이혼이 예상보다 훨씬 앞당겨지면 무용지물이 되겠지만……."

"수능? 대학 입학을 준비하고 있었어?"

"응."

그리 말하는 서윤의 얼굴은 조금 붉어져 있었다.

"전부 현후 덕분이야. 내 삶을 조금이나마 바꿔봐야겠다는 용기가 생긴 건."

연아의 인상이 저절로 찌푸려졌다. 제 사촌의 뺀질뺀질한 얼굴이 저도 모르게 떠올랐기 때문이다.

'서현후 이 자식, 애 앞에서 도대체 어떤 내숭을 떨었길래?'

연아는 서윤의 얼굴을 천천히 살펴보았다. 여자의 직감이 말해주건대 서윤은 현후에게 친구 그 이상의 감정을 품고 있는 것이 틀림없었다. 태현과 관련된 이야기를 꺼낼 때는 비교적 무덤덤한 태도를 유지하던 그녀가 현후의 이름을 입에 담는 순간 동요하는 모습을 보였다. 둘이 잘되기를 바란 적도 분명 있었지만, 막상 둘의 마음이 서로에게 닿아 있다고 생각하니 연아는 서윤이 불쌍해서 견딜 수가 없었다.

'강태현이 바람둥이에 쓰레기 같은 놈이라면 서현후는 악마,

아니, 마왕을 해 먹고도 남을 놈이라고!'

아무래도 신은 너무 완벽한 여자는 매력 없어 보일까 봐 서윤에게 남자 보는 눈을 주지 않은 것 같다. 똑똑하고 멋진 내 친구 서윤아, 너는 왜 이렇게 남자 복이 없니. 지금 이 자리에서 그리 외치지 못하는 게 천추의 한(恨)이다.

"걔가 현재 내 수학 공부를 봐주고 있는데 정말 깜짝 놀랐어. 중학교 때만 하더라도 수학을 그리 좋아하거나 잘하는 것 같지 않았는데……."

"그놈이 좀 독종이라 고3 내내 수학만 파서 그래."

"암튼 대단하더라. 그렇게 도움받았으니 대학에 꼭 들어가면 좋을 텐데, 지금 상황에서는 한 치 앞도 내다보기 힘드니까 참…… 그렇다. 대학에 들어가더라도 학비 걱정이나 하고 있을 테고."

"학비야 학교 장학금이나 국가 장학금으로 어떻게든 해볼 수 있어, 서윤아. 문제는 네가 말한 대로 거주할 집이랑 생활비, 병원비를 마련하는 건데, 대학생 생활비 대출은 학기당 대출 가능한 금액이 정해져 있으니까 다른 방도도 찾아봐야 해."

"집은 친정집이 엄마 명으로 남아 있어서 거기서 살면 돼. 집을 담보로 은행에서 대출을 받아 한 학기 다니고 나서 휴학하는 방법도 생각해 보고 있어."

"음, 네가 전에 살던 집은 주택이잖아. 그거 시가로 따지면 얼마 정도 될까? 집을 담보로 대출받는 것보단 차라리 작은 곳으로 옮기고 남는 돈으로 생활비를 충당하거나 집을 아예 팔아버리고 너 대학 졸업할 때까지의 생활비 및 병원비를 마련하는 건 어때?"

"그 생각도 안 해본 것은 아니지만 엄마가 동의할지도 모르겠고, 가격을 잘 받을 수 있을지도 의문이야. 이사 비용이며 부동산 중개료도 다 돈이니까……."

그래도 다행이었다. 식어버린 음료를 거의 다 비워낸 서윤은 입가에 보일 듯 말 듯한 옅은 미소를 그려냈다. 헤어져 있던 시간이 상당한 만큼 서로 어색할 법도 하련만 연아는 제 처지를 어느 정도 이해하고 공감해 주었다. 그 사실 하나만으로도 충분히 위로받고 격려받는 느낌이 들었다.

원래는 7시 30분쯤 근처 일본식 돈가스 전문점에서 식사를 할 계획이었지만, 오랫동안 만나지 못한 여자 둘의 대화는 생각보다 훨씬 더 길어졌다. 때문에 그들은 8시가 넘어서야 우동과 돈가스, 롤 하나씩을 시켜 늦은 만찬을 즐기고 헤어졌다.

"오늘 여러모로 고마웠어. 너 시험 다 끝나고 나면 조만간 또 보자."

"그래, 잘 들어가. 나도 있는 힘껏 도울 테니까 힘내!"

서윤을 떠나보낸 연아는 에스컬레이터를 타고 백화점 7층으로 이동했다. 유명 브랜드의 식당이 즐비한 이곳에는 식사 후 후식을 즐길 만한 카페도 두어 군데 있었다. 연아는 그중 오른쪽 방향에 있는 카페 '피카소'로 발걸음을 옮겼다. 그녀의 발걸음은 하얀 셔츠를 입고 앉아 있는 한 남자 앞에 멈추어 섰다.

"어때, 두 눈으로 직접 확인한 결과가?"

높지도 낮지도 않은 목소리가 방금 만난 서윤처럼 무덤덤하게 물어왔다. 연아는 제 눈앞의 남자를 똑바로 쳐다보았다. 눈은 웃고 있지 않는데 입술만 살짝 움직여 웃고 있는 모습이 불쌍하다.

"차라리 웃지 마, 서현후. 지금 이 모습이 더 봐주기 힘들거든. 안구 테러당하는 기분이야."

"이거 왜 이래. 내가 이래 봬도 우리 과 여자애들에게 얼마나 인기가 좋은데."

"그 대학교, 생각보다 물이 후지네."

거침없이 되받아 친 연아가 그의 맞은편에 살포시 앉았다.

"마지막으로 하나 물어볼 게 있어."

"뭔데?"

"서윤이를…… 끝까지 놓지 않을 자신 있니? 중간에 꺾일 거면 지금이라도 그만둬. 걘 너 아니더라도 이미 충분히 상처받았으니까."

"차라리 나한테 나가 죽으라고 해."

그가 천사처럼 웃으며 대꾸해 왔다. 예상한 답변이다. 그럼 되었다.

서로의 마음을 확인하는 일은 둘이 알아서 하도록 내버려 두자. 진짜 운명이라면 가까운 시일 내에 깨닫게 되겠지.

연아는 피식 웃다가 표정을 차갑게 굳혔다. 태현의 일만 떠올리면 여전히 심장이 벌렁거린다.

"그나저나 난 강태현 그 개자식, 절대로 용서 못 해. 나랑 서윤이를 갖고 논 죗값, 철저히 치르게 해주겠어."

사랑과 증오는 동전의 양면 같은 존재라 그를 진심으로 좋아한 만큼 연아가 느끼는 배신감과 분노 또한 짙었다. 첫사랑의 환상조차 와장창 부서져 내린 지금, 악마의 형상을 한 제 사촌의 손을 거리낌 없이 붙잡았다.

"후후, 참전(參戰)을 환영하지."

현후가 쿡쿡거리며 웃었다. 그가 별로 원치 않던 결말이지만, 결과적으론 저와 서윤을 지원해 줄 강력한 아군을 하나 얻었다. 연아에게 어쭙잖게 미안해하는 태도를 취하는 것보단 지원군을 얻었다며 기뻐하는 나쁜 놈의 모습이 제겐 더 어울리리.

〈2권에서 계속〉